21世纪文学之星丛书 2017年卷

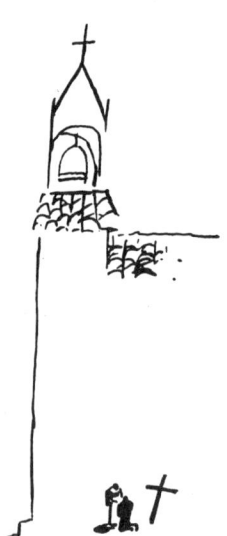

评论集

文学的内面

唐诗人 / 著

作家出版社

顾 问

王 蒙　王巨才　袁 鹰　谢永旺

编审委员会

主　任　何建明
副主任　高洪波
委　员　（按姓氏笔画排序）
　　　　　叶 梅　叶延滨　朱向前　何建明　吴义勤
　　　　　吴秉杰　张 陵　李敬泽　胡 平　高洪波
　　　　　施战军　梁鸿鹰　阎晶明　雷 达

出版委员会

主　任　吴义勤
副主任　李小慧
委　员　李小慧　王 元　史佳丽　李亚梓　赵 蓉

作者简介

唐诗人，男，1989年生，江西兴国人。中山大学文学博士，现为暨南大学文学院博士后；广东省文学院签约作家；曾在《文艺理论研究》《南方文坛》《小说评论》《文艺争鸣》《文艺评论》《福建师范大学学报（哲社版）》《山花》《作品》《文学报》《光明日报》《南方都市报》等刊物发表各类文章若干；曾获得福建师范大学科研成果奖(2012)、中山大学博士研究生国家奖学金(2015)等荣誉。现阶段主要从事中国现当代文学、文艺理论研究。

目录

总序 ·· 袁 鹰 1
序 唐诗人的里程 ································· 胡 平 1

辑一 审恶伦理

恶、罪与审美 ·· 3
恶的审美伦理——理解现代叙述中的"恶" ············ 19
"恶魔性"与中国当代小说的先锋策略 ················ 49

辑二 透视黑暗

存在、逾越与救赎——论陈希我的黑暗写作 ·········· 77
风俗、道德与小说——论迟子建《群山之巅》 ········ 95

比苦难更痛的是心死——论东西《篡改的命》……… 106
恶之花盛开，野蛮而鲜艳
　　——论盛可以《野蛮生长》及其他 ………… 120
侦破幽暗，策反道德——田耳小说论 …………… 138

辑三　世纪之光

在揭真相与泯仇恨之间——论张悦然《茧》 …… 157
灵魂世界的善恶博弈——论王威廉的小说修辞学 … 169
极致叙事与怜悯之心——孙频小说论 …………… 192
贴着底层生命，守护人性之光——陈再见小说论 … 209
行动之内，更有良知
　　——由《80后，怎么办?》引发的思考 ……… 221

代后记：成为学院批评家——周明全访谈唐诗人 …… 237

总 序

袁 鹰

中国现代文学发轫于本世纪初叶,同我们多灾多难的民族共命运,在内忧外患,雷电风霜,刀兵血火中写下完全不同于过去的崭新篇章。现代文学继承了具有五千年文明的民族悠长丰厚的文学遗产,顺乎20世纪的历史潮流和时代需要,以全新的生命,全新的内涵和全新的文体(无论是小说、散文、诗歌、剧本以至评论)建立起全新的文学。将近一百年来,经由几代作家挥洒心血,胼手胝足,前赴后继,披荆斩棘,以艰难的实践辛勤浇灌、耕耘、开拓、奉献,文学的万里苍穹中繁星熠熠,云蒸霞蔚,名家辈出，佳作如潮，构成前所未有的世纪辉煌，并且跻身于世界文学之林。80年代以来，以改革开放为主要标志的历史新时期，推动文学又一次春潮汹涌，骏马奔腾。一大批中青年作家以自己色彩斑斓的新作，为20世纪的中国文学画廊最后增添了浓笔重彩的画卷。当此即将告别本世纪跨入新世纪之时，回首百年，不免五味杂陈，万感交集，却也从内心涌起一阵阵欣喜和自豪。我们的文学事业在历经风雨坎坷之后，终于进入呈露无限生机、无穷希望的天地，尽管它的前途未必全是铺满鲜花的康庄大道。

绿茵茵的新苗破土而出，带着满身朝露的新人崭露头角，自然是我们希冀而且高兴的景象。然而，我们也看到，由于种种未曾预料而且主要并非来自作者本身的因由，还有为数不少的年轻作者不一定都有顺利地脱颖而出的机缘。其中一个重要的原因，乃是为出书艰难所阻滞。出版渠道不顺，文化市场不善，使他们失去许多机遇。尽管他们发表过引人注目的作品，有的还获了奖，显示了自己的文学才能和创作潜力，却仍然无缘出第一本书。也许这是市场经济发展和体制转换期中不可避免的暂时缺陷，却也不能不对文学事业的健康发展产生一定程度的消极影响，因而也不能不使许多关怀文学的有志之士为之扼腕叹息，焦虑不安。固然，出第一本书时间的迟早，对一位青年作家的成长不会也不应该成为关键的或决定性的一步，大器晚成的现象也屡见不鲜，但是我们为什么不在力所能及的范围内尽力及早地跨过这一步呢？

于是，遂有这套"21世纪文学之星丛书"的设想和举措。中华文学基金会有志于发展文学事业、为青年作者服务，已有多时。如今幸有热心人士赞助，得以圆了这个梦。瞻望21世纪，漫漫长途，上下求索，路还得一步一步地走。"21世纪文学之星丛书",也许可以看作是文学上的"希望工程"。但它与教育方面的"希望工程"有所不同,它不是扶贫济困,也并非照顾"老少边穷"地区,而是着眼于为取得优异成绩的青年文学作者搭桥铺路,有助于他们顺利前行,在未来的岁月中写出更多的好作品,我们想起本世纪20年代和30年代期间,鲁迅先生先后编印《未名丛刊》和"奴隶丛书",扶携一些青年小说家和翻译家登上文坛;巴金先生主持的《文学丛刊》,更是不间断地连续出了一百余本,其中相当一部分是当时青年作家的处女作,而他们在其后数十年中都成为文学大军中的中坚人物;茅盾、叶圣陶等先生,都曾为青年作者的出现和成长花费心血,不遗余力。前辈们关怀培育文坛新人为促进现代文学的繁荣所作出的业绩,是永远不能抹煞的。当年得到过他们雨露恩泽的后辈作家,直到鬓发苍苍,还深深铭记着难忘的隆情厚谊。六十年后,我们今天依然以他们为光辉的楷模,努力遵循他们的脚印往前走去。

开始为丛书定名的时候,我们再三斟酌过。我们明确地认识到这项文学事业的"希望工程"是属于未来世纪的。它也许还显稚嫩,却是前程无限。但是不是称之为"文学之星",且是"21世纪文学之星"?不免有些踌躇。近些年来,明星太多太滥,影星、歌星、舞星、球星、棋星……无一不可称星。星光闪烁,五彩缤纷,变幻莫测,目不暇接。星空中自然不乏真星,任凭风翻云卷,光芒依旧;但也有为时不久,便黯然失色,一闪即逝,或许原本就不是星,硬是被捧起来、炒出来的。在人们心目中,明星渐渐跌价,以至成为嘲讽调侃的对象。我们这项严肃认真的事业是否还要挤进繁杂的星空去占一席之地?或者,这一批青年作家,他们真能成为名副其实的星吗?

当我们陆续读完一大批由各地作协及其他方面推荐的新人作品，反复阅读、酝酿、评议、争论，最后从中慎重遴选出丛书入选作品之后，忐忑的心终于为欣喜慰藉之情所取代，油然浮起轻快愉悦之感。"他们真能成为名副其实的星吗？"能的！我们可以肯定地、并不夸张地回答：这些作者，尽管有的目前还处在走向成熟的阶段，但他们完全可以接受文学之星的称号而无愧色。他们有的来自市井，有的来自乡村，有的来自边陲山野，有的来自城市底层。他们的笔下，荡漾着多姿多彩、云谲波诡的现实浪潮，涌动着新时期芸芸众生的喜怒哀伤，也流淌着作者自己的心灵悸动、幻梦、烦恼和憧憬。他们都不曾出过书，但是他们的生活底蕴、文学才华和写作功力，可以媲美当年"奴隶丛书"的年轻小说家和《文学丛刊》的不少青年作者，更未必在当今某些已经出书成名甚至出了不止一本两本的作者以下。

　　是的，他们是文学之星。这一批青年作家，同当代不少杰出的青年作家一样，都可能成为21世纪文学的启明星，升起在世纪之初。启明星，也就是金星，黎明之前在东方天空出现时，人们称它为启明星，黄昏时候在西方天空出现时，人们称它为长庚星。两者都是好名字。世人对遥远的天体赋予美好的传说，寄托绮思遐想，但对现实中的星，却是完全可以预期洞见的。本丛书将一年一套地出下去，十年二十年三十年五十年之后，一批又一批、一代又一代作家如长江潮涌，奔流不息。其中出现赶上并且超过前人的文学巨星，不也是必然的吗？

　　岁月悠悠，银河灿灿。仰望星空，心绪难平！

1994 年初秋

序

唐诗人的里程

胡 平

在"21世纪文学之星"评选中,我读到唐诗人的书稿《文学的内面》,很是欣慰。这将是他文学道路上出版的第一部理论评论集,对于他是具有里程碑意义的,标志着一段里程的结束和新的里程的开始。人生第一部作品问世,无论如何都是重要的,像初恋一样重要。

转眼22年了,22年前,我也在"21世纪文学之星"出版了我的第一部理论著作《叙事文学感染力研究》,以至于现在我出席这套丛书的评委会会议,还常会听到高洪波、雷达、崔道怡、张守仁等老评委说起我当年的入选，其中，雷达先生当年是亲自为我作序的。我怎么能不感谢这套丛书和丛书的评委会呢？我相信，20多年来，入选丛书的每位作者，至今都还辛勤耕耘在文坛上，因为他们既然是21世纪文学之星，就不能辜负这个称号。只是，当年我已43岁，而现在的唐诗人只有28岁，这个差距说明了中国的文学人才日益年轻化，时代不断进步。

近年来，理论评论著作在丛书中的入选率明显上升，一方面说明越来越多青年批评家把入选丛书视为正途，另一方面也说明高等院校培养出的文学理论人才质量不断提高。此届行超、汪雨萌两人的著作，也具有不相上下的水准，因此同时入选。这个阵容也预示着文学理论批评队伍的空前强盛。

的确需要刮目相看今日28岁的文学才俊。阅读书稿，仅从唐诗人文章中引用的前人论述，也可以看出作者在专业上的涉猎面和探究深度，这正是现在一位博士生的视野。正如介绍所说，文集论及了文学的叙事伦理或阅读伦理，如关于现代性、先锋性与恶的关系，以及中国当代先锋小说叙事中的恶魔性特征论述，包括如何理解现代叙述中的恶性趣味。文集最大的亮点，是关注当代小说如何书写黑暗、鞭挞罪恶等美学伦理问题，钻研人心、灵魂，是深入文学作品内部的研究。的确，这些都是过去少有人谈及的文学伦理问题，表现了作者的独辟蹊径和独创性。

我始终认为，文学批评家最好从文学理论家做起，首先从理论上进入，争取形成自己独到的研究领域和格局，以及对文学的成体系的见解，这对将来从事文学批评具有必要和异常重要的深远意义。因为文学批评终究是要建立在一定文学理论的基础上，是理论的实践之一。文学批评派系林立，各有所长，术有专攻，一位批评家不可能真正"博采众长"，因为其中一些理论不仅是彼此消解的，而且可能一开始就是从哲学观念上互相冲突的。我们见过那种万金油式的评论者，他们善于套用很不相同的学术理念解释不同的文学现象，采用实用主义的态度，表面花哨，却很能发表真知灼见，这是由于自己从未进行真正深入的理性思考的缘故。一个有前途的评论家，不应该仅仅满足于评价作品，而应该始终处于独立的理论探索中。正是在这点上，我欣赏唐诗人的路数，他已经确立了自己的开掘面，在这个工作面上他可能把别人落在后面。当然，这不妨碍他对文学进行多方位观照，因为文学现象终比文学理论复杂。

我也欣赏唐诗人的批评实践。在文集中，我们可以看到，他并未一味沉溺于形而上的思考，没有以论理丰富自娱，而是时刻关注着当代文学创作的发展，经常发表评论文章，验证和发育自己的学术观点，阐释文学现实，进入了理论与评论相辅相成的良好态势。他不仅读当代文学，也读当前文学，文集里述评的迟子建《群山之巅》、东西《篡改的命》、张悦然《茧》等，都可以说是很晚近的文坛作品。这与某些平时不看当前文本，阅读面还限于八十年代创作，却可以对当代文学发表宏观阔论的学院派评论家形成对比。当然，不能要求所有当代文学研究者每年花大量时间跟踪创作进程，仅仅研究八十年代创作，或十七年创作，只要研究出成就，也可以成为大家。但作为中国作家协会设立的"21世纪文学之星"项目，的确更应该鼓励和支持唐诗人这批新秀的志趣和方向。因为协会批评更多为现场批评，紧密跟踪当前创作的最新发展，常以第一时间评价最新发表并引出影响的作品，及时探讨文学形势的新变化及走向，力求准确阐释具体作品的复杂内涵，以及具体文艺现象的内在根据，并将具体作品放在当前文学创作总体发展水平的格局里加以衡量，对文学作品、文学现象给予学理性的深入分析，判断其创新价值。唐诗人显然具备这些方面的难得素质。另外两位入选者也是如此。

我祝愿唐诗人在他的里程碑下稍作歇息，开始新的遥远的路程，走得坚实而自信。

辑 一

审恶伦理

　　每种技艺和探索,与每种行动和选择一样,都显得是追求某种善,所以人们有理由把善表示为万事万物所追求的目标。
　　——［古希腊］亚里士多德《尼各马可伦理学》

恶、罪与审美

关于"恶"的知识，我们其实是非常匮乏的，尽管我们每天都可以从各种媒介中闻及恶的信息。比如恐怖主义、腐败案例、强暴杀人……这些触目惊心的日常新闻，已将我们对于罪恶的印象变得具体实在。不用谁来说服，我们都知道，这一类故意对无辜者施加痛苦折磨的行为是罪恶的。但是，若我们进一步追问：为什么跟我们同样叫做"人"的人会选择恶的行径？是什么导致了他们如此凶残为恶？或者进一步寻思：什么是恶？什么是善？我们是根据什么来判断某一类行为属于恶？这些罪恶事件所激起的疑问，正是我们思考"恶"的起点。

或许，追问为什么的时候，我们会习惯性地从作恶者的身份去思考，比如探究他们的背景、职业训练、教育、性格、成长环境因素等等。社会科学和心理学领域有很多知识都在致力于这一理解。这些都是解释罪恶的思路。但是，这些加起来也无法完整地解释为什么人们做出了他们所做的罪恶选择。这种追问，表明我们需要探究关于"恶"的根本知识。从根本处思考恶，这是哲学问题。

一

从哲学的角度理解"恶",当然要梳理一下哲学史上的罪恶观。在古希腊时期,人们认为,恶不是根本的人性,而是一种善的欠缺。柏拉图相信,没有人甘愿作恶,恶是由无知造成的,有理智的人不会为恶。亚里士多德推崇一种"中庸"的德性,因此恶是"过与不及"的一种后果。普罗提诺则指出现实中的各种恶,都源于"物质"这一根本源头。他认为灵魂不具备心智、理性即恶。也就是说,当它缺乏中庸适度而又容忍其过度和不及时,它就成了恶与恶的根源。放荡、卑劣以及其他种种非分情感,缺德的心灵,都是由灵魂造成的,它诱导出虚伪的判断。而灵魂一旦善恶混淆,它就避善求恶。

基督教兴起后,有了一种至高无上的上帝和不可逾越的宗教规则,恶开始与罪等同化,不信神是最大的恶。肉体的欲望,甚至现实世界中的一切,都有恶的性质。《圣经》中还有一个最核心的恶之代表——撒旦。它是幽暗世界的管辖者、掌控者,它引诱人作恶,把恶通过亚当夏娃导入了人类世界。古罗马时代,奥古斯丁坚信神是最高的善,神的创造中不可能有恶,恶只是每个人的过失而造成的,恶是缺乏善,是人的意志背叛了善,是对善的恶用。中世纪阿奎那,他不相信有所谓的至恶,恶只是意外、偶然,而且是由善良生出的结果,它是由于"附性的偶然,而非自性的本然"。

文艺复兴时代,随着文化思想上对人和世界的重新发现,对"恶"的认识也逐渐从宗教意义上的"罪"脱离,转向人间的、具体的恶。《神曲》中,但丁通过游览地狱、炼狱与天堂,帮助人们见识了许多类型的恶人和恶行,是宗教的结构。

但在地狱图中，我们看到的都是恶人恶行，神的宽恕已经转化为人对它们的厌恶，惩罚看似来自神的正义，其实更是属于世俗世界里人的审判。艺术界的卡拉瓦乔对"恶"的呈现，不仅仅是自己生活浪荡放纵，还有作品中的血腥和审判。这些审判，有来自神的光，更有人间的不可谅解的追捕。在卡拉瓦乔身上，最典型地暗示了"恶"的观念变化，他个人的罪是人间的，也是宗教的，然而宗教上，神（主教）可以宽恕他，他把自己滴着血的头颅置入画中，祈求宽恕，有赎罪的含义，但这种赎罪抵消不了他在现世中所犯下的杀人之恶。但丁和卡拉瓦乔，分别在理性层面和异端、野性层面对"恶"有了新的理解。

启蒙思想兴起后，人性论开始丰富。培根对认为"恶"也属于人性中的天生趋向，它"表现为暴躁、好斗、嫉妒、幸灾乐祸、落井下石"。霍布斯有着典型的经验主义视角，他认为任何人的欲望对象，就其本人来说，都可称为善，而憎恶或嫌恶的对象则称为恶，轻视的对象则称为无价值和无足轻重。这里的"恶"不但是个人的事情，且还随着个人的心情变化而变化。霍布斯也指出，若是各人都任性地追求各自的目的，就会致恶，因此"恶"有"双重性"，这种双重性也表现在国家行为、战争行为中的"恶"。洛克认为善恶并不绝对，是比较而来的判断。杜威和詹姆斯，他们对善恶的理解与经验主义思想很类似，詹姆斯直接说有用的就是善的，而对于"恶"，只需要去避免和克服，不必去论述。杜威认为我们对善恶的判断不能绝对、僵死，要有过程性，要根据具体情况的变化而变化。

经验-实用主义思想之外，大陆理性主义对"恶"也有着深刻的思考成果。莱布尼茨相信神的至高之善，但他也强调，恶的根源依然在于上帝，上帝身上含有着善和恶这两种现象的本源，恶只是部分的、个体的，是一种贫乏。康德把自由意志作为人的真正本体，认为从这个本体中才能真正探明恶的本质，寻到恶的根源。恶的根源就在于人违背自由意志、理性精神这一真正本体。康德对恶的思考，开启了恶论的新思维，他开始把恶从传统神学的知识体系中独立出来思考，认为恶是自由意志的一种选择，人有向恶的禀性，根本恶植根于人的本性中。黑格尔批判性地继承康德，在他的辩证法思维中，恶是人类有限性的一种表现，而上帝是无限的，因此是善的。有限的恶可以被扬弃，最终抵达绝对精神的善。黑格尔要求我们理性地面对恶，进而消除恶。而在谢林思想中，恶内在于人的自由。人的自由的根基同上帝的根基有一致性。在上帝那里，根基与实存、黑暗与光明可以得到和谐统一，因而是绝对善的；而在人身上，根基中的黑暗因素可能成为控制性力量，导致人的意志出现善恶颠倒，坠入恶的深渊。

与黑格尔同时代的叔本华，认为"意志"即是邪恶的起源地。叔本华指出很多恶是找不到缘由的，有着无缘无故作恶的情况。叔本华的悲观哲学影响了尼采的选择。尼采对于善恶的观念，具有颠覆性的论述，他"敌基督"，直言"上帝死了"。伯恩斯坦分析恶的道德心理学问题时，认为尼采的道德批判意在揭示一种自我欺骗的道德假象。[①] 尼采认为人们通常所谓的道德，实是建立在憎恨的情感基础上，即软弱无能者对高贵者的憎恨。"恶是憎恨的暴力显现"，这是现代道德最为普遍和危险的特征。伯恩斯坦通过将尼采视作辩证反讽家来论

[①] ［美］理查德·J. 伯恩斯坦：《根本恶》，王钦、朱康译，南京：译林出版社，2015 年。

述，认为尼采的道德批判并不是针对过去的宗教教士，而是时代的憎恨心理。这种心理盛行于现代化进程中的文化、政治领域。尼采主张超越过去的善恶观念，期待一个价值重估的时代到来，其实是要我们警惕现代道德和现代社会化进程中的阴暗面，以弘扬光明高贵来抵抗时代的危险心理。无疑，尼采的信仰还是一种"乌托邦"，而到弗洛伊德时，就指出了这种期待的幻觉特征。弗洛伊德认为文明的进步其实扼杀不了本能性质的恶。实际上，我们不可能根除恶，恶是潜意识内部的力量，我们只能用超我世界的意识去防范各种恶的莅临。

二

在西方的"恶"论之外，中国关于"恶"的观念其实也很丰富。《说文解字》对"恶"的解释是："過也。從心亞聲。"清段玉裁解释说："人有过曰恶。有过而人憎之亦曰恶。本无去入之别。后人强分之。"在思想家里面，对"恶"有过论述的很多，孔子稍有提及。《里仁》篇："唯仁者能好人，能恶人。""苟志于仁矣，无恶也。"当然，这里面的"恶"更可能是表示一种情感上的厌恶，而非善恶之恶。比如钱穆先生就更赞同解释为"厌恶"①。《尧曰》也提到"四恶"："子张问于孔子曰：'何如斯可以从政矣？'子曰：'尊五美，屏四恶，斯可以从政矣。'……子张曰：'何谓四恶？'子曰：'不教而杀谓之虐。不戒视成谓之暴。慢令致期谓之贼。犹之与人也，出纳之吝，谓之有司。'"这是"恶"的四种类型，非常

---

① 钱穆：《论语新解》，北京：九州出版社，2011年，第79-80页。

有代表性。但是，孔子对"恶"的源头、本质问题未谈及，更多的是谈及这一现象。有人指出孔子"性相近、习相远"的说法中分别开启了孟子性善论和荀子性恶论，蔡元培也指出孔子思想中已有偏于性善说的倾向。① 孔子之外，战国初期还有世硕，他最早指出人性有善有恶。王充记述："周人世硕，以为人性有善有恶，举人之善性，养而致之则善长；性恶，养而致之则恶长。如此，则性各有阳阴，善恶在所养焉。故世子作《养书》一篇。"世硕持性有善有恶说，告子则认为性无所谓善恶。孟子从人有恻隐之心、羞恶之心、恭敬之心、是非之心等现象来说明人性本善。荀子从人的欲望出发，认为性本恶，需要礼仪道德，以"化性起伪"。当然，亦如蔡元培所言，孟子荀子的性善性恶，其实都未必是本源上的问题，而是一种倾向性，他们无法解释对立面的问题："孟子持性善说，而于恶之所由起，不能自圆其说；荀子持性恶说，则于善之所由起，亦不免为困难之点。"②

先秦时期，道家、墨家、法家也有相应的善恶观。《老子》有言："天下皆知美之为美，斯恶已；皆知善之为善，斯不善已。"庄子指出礼义法度，"应时而变者也"，认为道德这些东西也是不定实的，常因时因地而迁移。老、庄这种"相生"和"迁移"的思想，把美、恶、善、不善等的相互关系指出，令我们联系起西方现代思想中的善恶观，取消源头性的、本质性的思考，在对比中、情境中去判断，似乎才更具科

---

① 蔡元培：《中国伦理学史》，北京：北京联合出版公司，2014年，第10页。
② 蔡元培：《中国伦理学史》，北京：北京联合出版公司，2014年，第17页。

学性。当然，这里面也有根本的差别，老、庄由此相信，人们应顺应自然、顺乎本性。墨子思想中，"兼相爱"就是善，"别相恶"即是恶。韩非继承了荀子性恶的思想，认为人都在争夺名利，被欲望控制，因此主张"严刑峻法"。

后世思想家的恶论中，杨雄折中孟子荀子观，认为"人之性也善恶混。修其善则为善人，修其恶则为恶人"。韩愈把性、情分开论述，"性"是天生，"情"是后天，性有上中下三品，只恶无善是下品；情也有三品，喜、怒、哀、惧、爱、恶、欲七种情，若过甚或不及，那就是下品。王安石主张从"理"的视角判断善恶，这里的"理"是现世的道理，是说性情落实为行为之后，才能评价其合理与否，才能判断善恶。朱熹遵从儒家性善论，只承认相对性的恶："善为天命赋之所本然，恶为物欲生之所邪秽。"因此要"存天理，灭人欲"。而王阳明心学思想中，"无善无恶是心之体，有善有恶是意之动，至善至恶是良知，为善为恶是格物"。据陈来的分析，船山思想中，恶的根源在于"情"，这"情"与"性"不同，"情"是韩愈指出的"七情"，包括喜怒哀乐，也包括爱恶欲。"人苟无情，则不能为恶，亦且不能为善"，所以，"恶"是源于"情"，与"性"无关。除开以上思想家，后世还有廖燕、戴震、龚自珍、严复、章炳麟等等，但他们的善恶观念，并没有多少新的突破，还是在性无善恶或有善有恶阶段。其中，章炳麟结合进化论思想，也指出人性的善恶都在进化。总体而言，确实如很多论者指出的，我们的传统思想中，关于"恶"的探讨，是一个比较薄弱的环节，对"恶"的认识，在严密和庞杂性上有所欠缺。

三

　　思考恶,也需要将它同"罪"区隔开来。对"恶"(evil)与"罪"(sin/guilty①),我们经常混着用。"罪恶"总是挂在一起,好像它们亲密无间。"罪"与"恶"之间到底有什么区别?这涉及到宗教、法律问题。一般而言,"罪"是道德、法律上的概念,"恶"是伦理学的概念。当然,正如道德和伦理的概念之差一样,它们有区别,更多的还是交叉。

　　在犹太教基督教思想中,人一出生就携带了"原罪"(original sin)。人类祖先亚当夏娃没听从上帝,犯了规矩,有了"罪"。由这一典型"罪"来看,所谓"罪",它需要有一个"规矩""法则",作为判断的依据。在宗教世界,"罪"是违反了宗教教义。圣保罗指出人除开犯了原罪外,还有各种不同程度的"本罪",即违反上帝律令的罪行,比如违反"摩西十戒"。莱布尼茨在对恶的分类表述中,认为道德上的"恶"在于罪过之中,也就是违反了道德规则或者犯了罪的。基督教里有"七宗罪"之说,即阿奎纳列举的七种恶行表现:傲慢、妒忌、暴怒、懒惰、贪婪、贪食、色欲。这些都是冒犯教义精神的恶,是恶行,也是罪行。基督教思想家奥古斯丁,他就直接将"恶"与"罪"等同。在奥古斯丁看来,恶并不是自然而然的东西,被称作恶的,都属于罪或者罪的惩罚。而罪则是因为意志的问题,如果没有主动的意志,罪就不能成立。这里

---

　　① Sin:一般指宗教意义上的罪,甚至特指"原罪";guilty:这种"罪"一般指犯了世俗世界的法律。参考刘再复、林岗:《罪与文学》,北京:中信出版社,2011年,第23–24页。

奥古斯丁把罪归入了主动意志问题,他的罪就是恶,是意志上对善、对上帝的背离。基督教中的"恶"还包括"自然的恶",这就是非人为的,比如疾病、地震、干旱等自然灾祸。不管是道德上的恶还是自然的恶,都引起痛苦,于是都可以纳入"神正论"的探讨问题中。神创造的世界,为什么会有痛苦、死亡?许多宗教神学家都探讨过这一问题。

在我们的文化思想中,"罪"最早的写法"辠",《说文解字》解释"辠"的字意时就是"犯法也",秦始皇时代才把"辠"改写为"罪"。在《论语·尧曰》中用了"罪"的概念:"尧曰:'咨!尔舜!天之历数在尔躬,允执其中。四海困穷,天禄永终。'舜亦以命禹,曰:'予小子履,敢用玄牡,敢昭告于皇皇后帝:有罪不敢赦。帝臣不蔽,简在帝心。朕躬有罪,无以万方;万方有罪,罪在朕躬。'"这里的"罪",背后也有个"天""皇皇后帝"。钱穆解释为"皇皇在上的天帝"。它的内涵与其说是具体的神,不如说是宽泛意义上的、人类必须敬畏的、但依然模糊的道德律。因此,"罪"在孔子思想中,与其所讲的"恶"虽然有性质上的类似,但有类型上的区别。罪是违背了天帝意志的,恶是人间的一种现实存在。恶可以是犯罪的结果,可以是违背天帝的表现。作为道德律来源的"天帝"观,在我们的历史上,它并没有发展成具体的、宗教意义上的"神",而是在禅佛思想的影响下,慢慢演变为"心性""良知",成为一种心性修养上的自我要求。道德律外化成为道德规范的法律规则之外,进入内心一面时,就成了"心性""良知"的内涵。刘再复、林岗指出,这种心性论,或者本心说,本质上是发展自孟子人性论的原善说,指向的是没有超验范畴、只局限于经验领域的良心说。不离日常经验,因此心性论中的愧疚与责任等等,也都能够经由具体的经验得出结论,甚至可以解决这类良心不安问题。比起西方"永无止境"的赎罪、不可辩解的忏悔责任意识来,儒家的良知论还是比较狭隘的。① 刘再复、林岗还指出了道家老子思想中形而上学式的罪恶观念,比如《道德经》:"弱之胜强,柔之胜刚,天下莫不知,莫能行。是以圣人云:'受国之垢,是谓社稷主。受国不祥,是谓天下王。'""要求国君去承受国家和国民的屈辱、不幸和灾难,从内心上感受到一切灾难都与自己相关,都有自己的责任。"② 这种"罪"是内心化的,是主动承担的。至于为何要如此,老子不曾指出天帝或者神,但它有超验的一面。由此,在中国文化中,其实也存在着两个层面的"罪"观。即道德审判下的"罪感",除开具体的有限的道德谴责、法律制裁下的罪之处罚外,还有抽象的、无限的自我良知的审判,这种罪是内心的罪感。

内心的罪感,这在东西方,都会涉及到一个重要的问题:赎罪。在基督教思想中,谈论恶时,它与赎罪难分难舍。原罪的存在,因此人生在世须不断地赎罪。宗教上的"赎罪"需要一个信仰"原罪"的前提,这种前提在中世纪之后,不断受到怀疑,到康德时,对"原罪"的信任开始转为对道德责任的承担。责任概念是康德伦理学的中心。按照康德的说法,责任是道德价值的源泉,是良知感的外在表现。康德这种责任伦理,发展到20世纪的罗尔斯时,"罪"的含义几乎完全变成了存在者的不承担责任。因此,现代世界,世俗化时代的忏

---

① 刘再复、林岗:《罪与文学》,北京:中信出版社,2011年,第142页。

② 刘再复、林岗:《罪与文学》,北京:中信出版社,2011年,第146页。

悔与赎罪，更多的情况是表现为个体对良知的清醒认识和对责任的自觉承担。① 表现在文学上的忏悔和赎罪，不仅仅是服罪、受惩罚的问题，更是内心良知的发现，是自我苛责和道德愧疚。

刘再复、林岗对"原罪"问题进行解释时，把"原罪"引申为一种普遍性问题："用我们今天的语言解释，'原罪'其实就是人性深处某些不善的东西。这些不善的东西作为邪恶的念头存在于我们的心里，它就是一个不善的动机，或许转化为日常行为的恶行，这就叫做'guilty'。"② "原罪"不局限于宗教范畴，更是普遍存在于人类内心的恶之可能。承认这种恶的可能，核心就是呼唤人的"赎罪"意识。在犹太——基督教内，人要忏悔、要赎罪。而宗教之外，面对这种可能性，人也应该时刻警惕，警惕内心世界里恶的流露，而如何警惕？这需要清醒的道德律和良知感。

近代以来，中西方的宗教都有衰微的表现，世俗化愈来愈明显。在赎罪问题上，中国与西方也有很大的不同，这来源于文化中罪恶观念的差异。在西方，罪恶基本上会联系到宗教，而于中国，谈及罪恶，基本上是与法律制裁或者道德谴责相关，更多的情况是良心的不安问题，这也是一种重要的文化差异。

---

① ［美］罗尔斯：《简论罪与信的含义》，左稀等译，北京：中国法制出版社，2012年，第185页。

② 刘再复、林岗：《罪与文学》，北京：中信出版社，2011年，第24页。

四

那么，恶与审美又是怎样的关系？在传统的观念中，善、恶、美、丑，基本上是善与美等同化、恶与丑等同化，自然也就把恶与美对立化。"通常人们往往将'美'与'丑'对立起来。但'美'的真正对立面，其实是'恶'，而不是'丑'。"① 柏拉图、亚里士多德都相信德性就是欣赏美的东西、美即是一种善。在我们文化中，虽然美不一定是善，但恶必然是不美。比如《墨子》"务善则美"观念，善才是美的，恶与美无关。最早时，我们把美恶作为对立概念来使用，比如《左传》有"长而美""恶而婉""甚美必有甚恶"的对比说法。《老子》有"天下皆知美之为美，斯恶也"。这些多为词汇使用上的古老用法，它们所要表达的并非美即善、恶即丑的观念。相反，他们真正要阐明的，其实是恶或丑并不等同于不美。对于美和恶，他们思想中有着明显的辩证性。《孟子》："虽有恶人，斋戒沐浴，则可以祀上帝。"《庄子》有一段："阳子之宋，宿于逆旅。逆旅人有妾二人，其一人美，其一人恶，恶者贵而美者贱。阳子问其故，逆旅小子对曰：'其美者自美，吾不知其美也；其恶者自恶，吾不知其恶也。'阳子曰：'弟子记之！行贤而去自贤之行，安往而不爱哉！'"这里虽然用"恶"，主要还是"丑"的含义，是论述丑可以为善、可以有德。而且，我们也可以相信，这些思想家之所以要强调这种丑恶与美善可以转化的辩证关系，背后有着丑即恶、恶即

---

① 高宣扬、程抱一：《对话》，张彤译，北京：北京大学出版社，2011年，第50页。

不美、丑即不善的普遍性观念。这种简单的对应关系,这也是近代以来直觉主义人士所相信的。

对于善、恶、美、丑,今天我们已熟知康德美的无目的、无利害观念,能够把审美判断和善恶判断区别开来,加上唯美主义、浪漫主义以及西方现代美学、文学思想的发展,恶已经不是简单的伦理问题了,更是价值论与审美学上的重要问题。因此,在恶与丑、恶与美之间,不能简单应付。

对于恶与丑,李泽厚主编的《美学百科全书》对此作了概念上的区别:"丑与恶是相联系又相区别的范畴。其联系主要表现在:二者都是畸形、令人压抑的事物。但丑是恶的表现的一个侧面,丑是恶的外在形象显现,恶以形象表现出来便是丑;恶又是丑的内容:一、恶可由概念、判断理性抽象形式去把握;而审美范畴的丑必须以外在感性形式来表现,若无感性形象,也就不存在丑的美学概念。二、恶与功利直接相关,更属于伦理学范畴,其深含的是其内在的抽象的内容;而丑则属美学范畴,不与功利直接发生关系。"[①] 不管这种概括全面与否,应该承认,恶在现实中,或者在文本中,它所呈现出来的"面目"在广义上还是可以划入"丑"的领域,即恶的形象应该是丑的。即使唯美主义文学和思想中有着把恶"美化"的现象,但其"美"是血腥的、残酷的,其"美"也是美学层面的"美",并不是外在的"美",它们依然属于"丑"的形象呈现,在审美上依然是审丑的问题。

"恶"可以归入美学审丑话题,反过来却不能成立,即并不意味着"丑"就等于"恶"。"丑"更多是指向外在形象,

---

① 李泽厚、汝信主编:《美学百科全书》,北京:社会科学文献出版社,1990年。

包括现实中的表面现象，也包括文本中的具体内容情节和语言特征。但这种"丑"并不一定就是"恶"，正如前面所提及的，丑可以是有德性的、善的，丑的形象内部或许隐藏着崇高的人格和善良的灵魂本质。因此，我们关于恶的审美价值探讨，在广义上，依然是属于关于丑的审美，也是一项美学审丑的内容。

美学上有审丑一说，继续追问丑的内部的话，可否形成一种美学审恶的知识？法国学者彼得-安德雷·阿尔特的《恶的美学历程》，对西方文学史中的"恶"进行了极其全面的探讨，他提炼了六种非常有代表性的文学之"恶"，或者说六种恶的美学类型。阿尔特探究这些文学之恶的思想资源，是浪漫主义以来的文艺思想。这也说明，自浪漫主义开始，书写"恶"的文学与关于"恶"的思想逐渐兴盛。阿尔特说："直到18世纪末，一种独立的恶的美学在进行了得到一致赞同、令人信服的研究后才发展起来。1800年前后建立了一个纲领，它试图将艺术理解为一个独立于宗教、伦理和法理规则的部门。"[①] 这种冲向独立、自由状态的文艺观，恶的表现正是一个最具代表性的内容。"恶"从传统的表现规则中解脱出来，怪诞的、非道德的、令人恶心的、血腥的、丑陋的、变态的内容逐渐繁多。这些性质的文艺作品，文艺复兴时代有了萌芽，并逐渐增多。盛行于16至18世纪的以"怪"为美学特征的巴洛克文艺，但丁、拉伯雷、塔索、卡拉瓦乔等，甚至于莎士比

---

① [法] 彼得-安德雷·阿尔特：《恶的美学历程——一种浪漫主义解读》，宁瑛、王德峰、钟长盛译，北京：中央编译出版社，2014年，第2页。

亚，他们追求"变形"①的美，作品中叛逆的、怪诞的、丑恶的内容或精神气质非常明显。而到浪漫主义文艺运动开始，蒂克、霍夫曼、拜伦、萨德、歌德等人的文学实践，文学摆脱了道德的束缚，文学中的"恶"也呈现得更为"自由"。蒂里希曾指出，19世纪20年代发生了一个浪漫主义思想的转型，从开始时期强调无限临在于有限之中，到后期的时候，无限的方面不仅一直抵达神，而且下降到魔性当中。②这种魔性延伸到唯美主义以及存在主义、现代主义的各种艺术思想中，比如未来主义、颓废主义等等，成了宣扬丑恶的美学。这些艺术、文学作品中的"恶"极为普遍。王尔德直接要把道德从小说中驱逐，小说也把恶的内容描绘得美轮美奂。波德莱尔的《恶之花》一般被认为是现代主义的开端之作，也是研究文学与恶关系的代表作品。他用诗去书写各种丑恶和卑污的物体与事件。文学作品之外，还有思想上的"恶"论，比如弗洛伊德心理分析中的魔鬼、力比多思想，施莱格尔的黑色诗学，黑格尔、马克思等人的恶之发展动力说，以及存在主义以及巴塔耶、福柯等人的"恶"论。总之，近代开始，西方文学和思想中对"恶"的描绘与论述愈来愈多，对恶的审美也逐渐习以为常。

艾柯在《丑的历史》中梳理了西方文艺史上的丑恶类型，著作最后，他指陈了当下社会中无数的丑恶事件，认为我们被恐怖景象所包围，我们恐惧度日，也明白何为恶，会流露同情

---

① 叶廷芳：《美学操练》，北京：北京大学出版社，2012年，第61页。
② ［美］保罗·蒂里希：《基督教思想史》，尹大贻译，北京：东方出版社，2008年，第339页。

与愤慨；而在审美上，我们也清楚，文艺中的丑恶内容，本质上也并不是要引起我们的喜悦之感，而今天的艺术已成了一种边缘性存在。为此艾柯强调："但艺术提醒我们：尽管一些形而上学家满怀乐观，但有个无法改变的令人难过的事实——这个世界里有个恶意的东西存在。"① 艾柯的意思是，在这个野蛮时代，文学书写"恶"存在其难得的价值。当然，对"恶"的这种文学认同，仅仅是发现它的提醒作用还是不够，局限于一种社会功用上的发现远远不足以概括美学之"恶"的思想内涵和美学意义。对"恶"的书写与欣赏，是一个特别矛盾的、辩证化的问题。伊格尔顿曾指出："认为邪恶是富有魅力的观点，是现代所犯的道德上的最大失误之一。"② 这个观点置入文学审美中可能不完全适用，但也提醒我们，对"恶"元素的审美，需要警惕一种恶趣味的趋向。"恶"的书写与鉴赏均有内部的矛盾性，有着复杂的思辨空间，审"恶"的美，需要细致、科学的辩证思维。

---

① ［意］翁贝托·艾柯：《丑的历史》，彭淮栋译，北京：中央编译出版社，2012年，第436页。
② ［英］特里·伊格尔顿：《论邪恶——恐怖行为忧思录》，林雅华译，长沙：湖南人民出版社，2014年，第165页。

恶的审美伦理

——理解现代叙述中的"恶"

文学创作与文学批评的关系，总是有探讨不尽的话题，比如小说叙述上的先锋、现代与文学批评观念上的惯性、传统，这里面的前瞻与滞后所形成的矛盾，是每个时代的文学难题。就当代文学而言，自 20 世纪 80 年代以来，中国文学开始了现代、后现代式的叙述追求，但几十年来，人们的文学欣赏习性却还有着浓重的前现代情结。这一矛盾典型地体现在对"恶"的叙述和理解上。现代叙述已经习惯了非人格化笔法，人们却依旧难以接受作家处理丑恶情节时的现代技巧。这种悖论，是值得我们思考的现代审美伦理问题。

现代审美伦理，是对现代叙述的反思，也是对读者伦理责任的强调，内在地契合着当前文学理论研究的伦理转向。布斯在 *The Company We Keep*: *An Ethics of Fiction* 中指出，伦理批评不仅仅是作家对读者的影响，更是读者阅读理解行为中的伦理责任，读者应敞开心扉去细读文本、理解作家。希利斯·米勒的解构主义式阅读伦理观念中，强调读者的自由理解，这自由的根基是文本、语言，与传统的道德批评完全不同。劳伦斯·布伊尔曾总结性地指出，当代文学批评理论的伦理转向在恢复作者主体、重视时代语境、强调读者责任、注重文本细读等方面有突出表现。① 这几个方面，正是现代审美伦理的要义。

对于审美伦理，既有的研究主要集中在叙事伦理学和审美/诗性正义论层面，叙事伦理学强调讲故事的伦理特征和听故事的伦理体验，审美正义论强调文学伦理的超道德性，指认文学艺术揭示的伦理是人性的根本需要。这些成果，侧重思想阐发和理论介绍，少有论者针对现代叙述作专题性研究，从"恶"的视角展开的审美伦理思考，更是稀有。王建刚的《恶的审美化与诗性正义论》，在理论层面结合西方文学现象，对"审恶"问题谈得全面深入，只遗憾于论者未涉及当代中国文学文本。②

伦理转向不只是理论问题，理论需要走进切实的文本分析和现象研究，与当前文学创作与评论形成对话，才体现出生命力。同时，"恶"作为可以直接切入文本伦理内涵和作品思想核心的关捩点，也需要从分析文学叙述的内部逻辑来呼唤现代审美伦理，而不是简单地根据时代语境需要去做阅读伦理法则的规定，后者依然是传统道德批评的思维方式。为此，探讨中国当代文学中"恶"的现代叙述，分析它们展示了以及如何展示出特别的伦理观和正义感，显得尤为必要。

一

法国当代学者安德雷·阿尔特在其《恶的美学历程》中

---

① 见 Lawrence Buell, *Introduction*: *In Pursuit of Ethics*, PMLA1 (1999): 7 – 19。

② 王建刚：《文艺理论研究》，见《恶的审美化与诗性正义论》，2016 年第 2 期。

有一段话:

> 在现代,"恶"这个被基督教形而上学有约束力地固定起来的概念已经渐渐地失去其原本的意义。在"恶"原来所在的地方,现在已经被以各种不同类型出现的恶的美学所取代,恶的美学以重复违反道德界限和荒淫放荡的类型,在颠倒、超越或者分裂的模式中出现。"恶"始终坚持停留在能够集中看到其思想、行为和影响的各种文学形式的世界里。①

阿尔特强调"恶"在现代有了新的美学形态和文学表现形式,这里的"现代"概念,是与古代相区别、从中世纪走出来的"现代",在审美范畴上,它与"古典""浪漫"相接续。对于现代文学书写"恶",常娟博士有段总结:"与传统小说相比,现代小说在题材取向上明显更加重视恶的叙事,恶作为小说的审美对象不再是仅为了表现和衬托善的存在,而是具有了相对独立的审美价值;小说写作中的鲜明的伦理立场开始淡化,叙述人在面对善恶与否的价值判断时甚至有意地将自我隐蔽起来,采取所谓非道德的态度,导致恶的书写表现得更加复杂。"② 现代文学中的"恶",是一种具有独立审美价值的文学、审美存在。

---

① [法]彼得-安德雷·阿尔特著:《恶的美学历程——一种浪漫主义解读》,宁瑛、王德峰、钟长盛译,北京:中央编译出版社,2014年,第461、462页。
② 常娟:《恶的书写:现代小说叙事的伦理境遇研究》,博士论文,南京大学,2011年。

这种独立从何而来？这是近现代以来美学中的艺术自律问题。艺术自律是现代性的产物。现代性表现在社会、政治层面，是对理性、秩序的追求，而在文艺作品和美学思想层面，呈现为反抗现代秩序、反思资本主义理性价值的个体化、个性化自律追求，以树立"自我"的丰富性和自由度来对抗宏大的政治、资本控制。卡林内斯库说："波德莱尔是最早不仅将审美现代性同传统对立起来，而且将它同实际的资产阶级文明的现代性对立起来，形成艺术自律的艺术家。他历史性地表明，古老的共通美概念收缩了地盘，在一个令人感兴趣的时刻，已经同与之相对的现代概念，即瞬时美，达成了微妙的平衡。"① 波德莱尔开始的现代主义文学趣味，是典型的区别于古典，同时也反抗同时代资产阶级文化的审美取向。《恶之花》拓升了文艺复兴、浪漫主义以来以"怪诞""丑陋"为审美对象的文艺传统，波德莱尔所钟情的那些古怪的、狂暴的、过分的东西，均是现代理性所排斥的元素。波德莱尔强调："构成美的一种成分是永恒的、不变的，其多少极难加以确定；另一种成分是相对的、暂时的，可以说是时代、风尚、情欲，或是其中一种，或是兼容并蓄。它像是有趣的、引人的、开胃的表皮，没有它，第一种成分将是不能消化和不能品评的，将不能为人性所接受和吸收。我不相信人们能发现什么美的标本是不包含这两种成分的。"② 将相对的、暂时的那些风尚、道德、情欲等内容视作构成"美"的首要成分，这就意

---

① [美]马泰·卡林内斯库著：《现代性的五副面孔》，顾爱彬、李瑞华译，南京：译林出版社，2015年，第2、3页。
② [法]夏尔·波德莱尔著：《美学珍玩》，郭宏安译，上海：上海译文出版社，2009年，第359页。

味着非理性元素可以光明正大地成为独立的审美对象,"恶"也可以审出"花"的美。郭宏安指出:"我们可以这样认为,波德莱尔所说的'恶的意识'的含义是:人的存在本身就是一种恶,就是恶,人(首先是诗人)要对这种恶有清醒的、冷静的自觉和认识。"① 在波德莱尔的诗里,恶也是需要被克服的,但通往"美"的途径不再是简单的消除,甚至是不可消除情况下的煎熬,是以正视、认识和解剖恶为特征的美学表现。

波德莱尔在诗歌上开始了现代的审美风格,与其差不多时代的司汤达和福楼拜等人,则在小说上开始了一种典型的现代叙述。早于波德莱尔的司汤达,卡林内斯库评论说:"他所理解的浪漫主义不是一个特定的时间(无论是较长的还是较短的),也不是一种特殊风格,而是一种当代生活意识,一种最直接意义上的现代性意识。在这方面他也许是欧洲重要作家中的第一人。他的浪漫主义定义不止是一种富含悖论的常识,由于他暗示了'浪漫'与'现代'之间的同义性,由于它传达出强烈的时间意识,我们可以说它是波德莱尔现代性理论的雏形。"② 司汤达已经意识到写作是与时代相抗争,通过想象性的文学书写来消除传统习俗所带来的各种束缚,通往个体的自由。这种思维有着典型的审美现代性特征。他的小说也不仅是批判现实,更是在心理、内心书写上有着重要的突破。

福楼拜有着"自然主义文学的鼻祖"和"西方现代小说

---

① 郭宏安:《论〈恶之花〉》,上海:上海译文出版社,2014年,第71页。
② [美]马泰·卡林内斯库著:《现代性的五副面孔》,顾爱彬、李瑞华译,南京:译林出版社,2015年,第39页。

的奠基者"的名誉。于根本上,他的小说还是现实主义的,而叙事特征上的生物解剖式的冷漠,有意无意地成为了现代主义的叙事端倪。《包法利夫人》《情感教育》等小说,在细节叙述和伦理判断上都呈现了现代特征。詹姆斯·伍德分析福楼拜的战争报道笔法,指出这种叙述的风格是:"……将可怕与日常一视同仁。小说中的主角和/或作者同时注意到两者——而在某种程度上两种体验之间没什么重大差异:一切细节都令人麻木,又都令窥者心惊。"① 李健吾曾概括福楼拜的创作理论:"艺术家应该从地面吸取一切。好像一架吸水机,管子一直通到事物的脏腑,凡是人眼看不到的,藏在地下的,他全抽上地面,喷向太阳,呈出光怪陆离的颜色。太阳照下来的时候,粪堆上的红宝石和清晨露珠一样多。到了真实的时候,便是卑污也成为尘世的华严。他必须走进事物的灵魂,站在最广大的普泛前面,然后他会发现,唯其习惯于观看奇形怪状的东西,所谓怪物反而不是怪物,所谓英雄圣贤倒是怪物,一切只是例外、偶然、戏剧,不属于我们正常的人性。"② 这种认识,与波德莱尔等现代主义人士的观念非常近似,把奇形怪状的、非道德的东西作为书写对象,作为人性的正常成分,而对于那些被推崇为圣贤精神的成分,则是例外和偶然,是非正常的人性。这种认识让福楼拜的小说创作有着全新的真实观:时代所提供的所谓正常的真实观是虚伪的,那些属于欲望的,甚至是纵欲和邪恶的心理层面的东西才真正控制着人的生活,引导着

---

① [英]詹姆斯·伍德著:《福楼拜和现代叙述》,见《小说机杼》,黄远帆译,郑州:河南大学出版社,2015年,第31页。
② 李健吾:《福楼拜评传》,长沙:湖南人民出版社,1980年,第386页。

时代的风向。真实成了内在的真实，而不再仅仅是如巴尔扎克等人经典现实主义的外部客观真实。如此，福楼拜"把一种崭新的思维方法应用于文学，从而成为现代小说的始祖"①。

波德莱尔、福楼拜等人还是现代主义早期的人物。到20世纪，现代主义文学从各个角度展现了对现代理性文明的批判。资本主义逻辑导致的是人和物都越来越单一化、枯燥化、机械化，而现代文学则试图为个性、独创性、例外性寻找空间，它们要保留或创造一片不受时代体制规训的自由空间，是对工具理性和市场文化大行其道的精神反抗。这种反抗精神，在卡夫卡、艾略特、福克纳、萨特、加缪、贝克特这些现代主义文学巨匠的作品中有着最好的体现。他们作品中的"恶"，不再是古典时代的恶魔，而是现代人的冷漠无情或现代生活状态的冷酷荒凉。在卡夫卡的小说中，现代生活把人逼成动物，现代的家庭伦理在利益面前，亲情的内容逐渐被冷酷占据。艾略特的笔下，现代人是稻草人、空心人，现代人的精神实质是一片荒原状态。萨特的《苍蝇》，整篇小说布满死亡和腐败的气息，暗喻着现代资本主义精神的作茧自缚。加缪的小说，精神虚无、世界荒诞。总之，在现代视野下，真实是人的内心真实，而不再是现实主义的真实，这种内心真实感的源头，却又是现代世界令人压抑、焦虑的荒诞一面，是个体面对庞大体制和僵化理性时的荒芜感、迷茫感和绝望感。在现代主义的作品中，现代性所推崇的理性无法拯救世界，物质的繁荣和科技的进步不但解决不了人的内心荒凉，反而更为严重地刺激了人性

---

① 法国《文学报》1980年5月，2739期，见《情感教育（译本前言）》：福楼拜著《情感教育——一个青年人的故事》，冯汉津、陈宗宝译，北京：人民文学出版社，1981年，第1页。

的恶欲——"人性之恶却得到了最充分的演出：阴谋、自私、杀戮、世界大战、纳粹集中营。现代主义者看到了深渊中的一切，看到了生存的荒原，就像叶芝作品中所表达的：'一切都四散了，再也保不住中心，世界上到处弥漫着一片混沌'。"①

二

波德莱尔、福楼拜以来的现代小说，在处理恶时，呈现了一种非常现代的叙述特征——去人性化与非人格化。西班牙哲学家加塞特用"非人化"（dehumanization，或译为"去人性化"）来论述现代艺术的特征。"现代艺术家不再笨拙地朝向实在，而是朝与之相对立的方向行进。他明目张胆地把实在变形，打碎人的形态，并使之非人化"②。加塞特的"去人性化"，是先锋艺术作品对模仿说的摒弃，艺术不再呈现直观的外在现实，要在故意扭曲自然实在的基础上，抵达一种更为本质的、内在的真实。

加塞特认为现代艺术的"去人性化"导致的是艺术成了微不足道的东西。拒绝宏大意义、回归内在的艺术，摆脱了使命，也就成了不重要的存在。但"去人性化"在阿多诺等人的思想中，却成为反抗同质化的重要方式。"只有当艺术宣告它不愿扮演一种仆人的角色时，它才成为人性的艺术。艺术服

---

① 南帆、刘小新：《文学理论》，北京：北京大学出版社，2008年，第267页。
② ［西班牙］何塞·奥尔特加·伊·加塞特著：《艺术的非人化》，见［法］米歇尔·福柯著：《激进的美学锋芒》，周宪译，北京：中国人民大学出版社，2010年，第138页。

务于人性的相反的思想意识同现实的人性是不相容的。唯独艺术的非人性道出了它对人类的诚意"①。阿多诺对艺术的"非人性"持赞赏姿态，认为去掉那种对接受者感受能力的关注，超越传统经验性角度以为的现代作品不可理解性观念，是一种新的精神性内容，可以对人类意识形成新的影响。"一旦摆脱了对接受者之感受能力的关切，艺术就不再顾及感性方面，而感性唯有作为真理性内容的一种功能才被保留下来。这种内容由于艺术开始向所有新的、没有试验过的方向发展而变得活跃起来"②。

"去人性化"的现代作品不能通俗，大众难以理解，是作家特意对传统读者的拒绝和冒犯。这在中国当代小说的先锋、现代叙述中，亦是非常清晰的面目。余华在1989年《虚伪的作品》中所表达的观念，即与加塞特所说的"去人性化"近似，不是继续以往的逻辑和理性观念，而是以"扭曲"的方式来表达隐藏在事物内部的真实。"当我发现以往那种就事论事的写作态度只能导致表面的真实以后，我就必须去寻找新的表达方式。寻找的结果使我不再忠诚所描绘事物的形态，我开始使用一种虚伪的形式。这种形式背离了现状世界提供给我的秩序和逻辑，然而却使我自由地接近了真实"③。同时，余华这种"去人性化"，具备阿多诺所希冀的艺术批判力。在叙述中，余华打破过去的叙事逻辑，取消读者从以往阅读经验中所希望期待的东西，以并置、错位、颠倒等形式来讲述故事，让

---

① ［德］阿多诺著：《美学理论》，王柯平译，成都：四川人民出版社，1998年，第338页。
② 同上，第337页。
③ 余华：《虚伪的作品》，《上海文学》，1989年第5期。

语言和叙述过程本身成为一种具备突破性、解构性的精神力量,而不是靠着小说故事所传递的观念来起作用。这里面,有着对以往小说经验的扼杀。比如《十八岁出门远行》里的荒诞,以传统的阅读经验来看,它是不知所云。故意取消叙事的目的,而正是取消之后,叙事本身的价值才得以突出。这种观念,是先锋派作家的共同取向。

"'去人性化'是一个很宽泛的概念,其基本含义是对我们熟悉的生活世界的抽象和排斥。如果用现代主义美学的一个准确的概念来说,就是新艺术转向了对艺术纯粹性的强调。……简单地说,'去人性化'就是抛弃传统的写实主义风格,转向抽象的艺术风格"①。这是一种风格化,指向现代主义艺术。与这个概念相近的是"非人格化"(impersonality)。"去人性化/非人化"(dehumanization)与"非人格化"(impersonality),意义相近,通观各种使用习惯,它们也有一些差异。dehumanization,作为 dehumanize 的名词形式,内涵着使动的特征,指向现代艺术的风格化,成就的是一种取消人性维度的艺术风格。而 impersonality,在马克斯·韦伯的社会学观念中,是指社会管理的规则化、即事化,导致了人性关怀维度的缺失,因而是冷漠无情的。在文学层面,impersonality 侧重于在叙事学上使用,一般都在解释"客观叙述"(objective narrative)时提及,是一种客观化的叙事方式导致的中立性、冷漠化状态。艾布拉姆斯《文学术语词典》里,在解释"objective correlative(客观对应物)",分析艾略特非人格化观念时提到:艾略特说:"表达情感的惟一的方法是找出一个'客观

---

① [西班牙]奥尔特加·伊·加塞特著:《艺术的去人性化(译者序)》,莫娅妮译,南京:译林出版社,2011年,第5页。

对应物'；换言之，也就是找出一组事物、一个场景、一连串事件，它们是体现那种特定情感的固定形式"①。艾布拉姆斯解释说："艾略特的这种用外在物体对应内在情感的概念之所以流行，部分是由于它符合新批评反对诗歌描述的朦胧性，主张在诗歌中直接陈述感情的态度——一个常被引用的例子是雪莱的诗歌《印度小夜曲》里的一行诗：'我完了！我昏迷，倒下！'——而赞同用直截了当、非人格化（impersonality）和描述性的具体感来抒发诗人胸臆的手法。"② 在韦恩·布斯《修辞学》里，"像所有这类术语一样，客观性意味着很多东西。隐于它和许多同义词——非人格化、超然、不关心、中立，等等——之下，我们至少可以区分出三种独立的性质：中立性、公正性和冷漠性。"③ 因此，impersonality 是客观叙事的同义词，同"去人性化"不同，它指向对外在事物的零度描写、客观呈现。"去人性化"的现代艺术，因为扭曲地表现现实，想抵达现代艺术家以为的更为本质的真实，所以是对内在真实的呈现。但这种内在真实是什么？在现代主义文学艺术作品中，它们往往是阴暗的、残酷的、丑陋的，是潜意识世界被压抑的原欲部分。

去人性化指向内在的真实，是对潜意识世界的书写呈现。非人格化，指描写外在事物时，冷漠、客观，追求零度情感，不带感情地呈现。它们在根本上是相通的。"去人性化"去的

---

① ［美］艾布拉姆斯著：《文学术语词典》（第7版），吴松江译，北京：北京大学出版社，2009年，第395页。
② 同上，第395页。
③ ［美］韦恩·布斯著：《小说修辞学》，华明、胡晓苏、周宪译，北京：北京大学出版社，1987年，第77页。

是表面的真实，"非人格化"取消的是刻意的感情。在叙述时，作家不动声色地讲述着内在的感受。现代文学对内心感觉、潜意识特别钟情，而这些潜意识也需要凭借物来传达，于是物的本质成了人的意识本质，对物的客观冷漠叙述，正好契合了现代人逐渐物化、冷漠化的内心。另外，现代文学对人性阴暗面以及丑恶事物的书写兴趣，也正好沟通了这两种取向。去人性化要求扭曲的，非人格化要求客观中立的，那么对丑恶事物的描绘也就最好地链接了它们，客观丑恶的外在同现代人内心世界的异化和冷漠实现了对接。

三

西方现代文学的去人性化、非人格化叙述特征，在20世纪80年代的中国，在饥渴地学习、追赶西方文学的热潮下，被一同借鉴过来，成为中国当代文学中尤为醒目的叙述特征。王蒙的《蝴蝶》《春之声》《杂色》等，意识流的写作方式，同时又近于现实主义，这种模糊，就是现实的观感随着内心意识的流动而展开造成的。在刘索拉《你别无选择》、徐星《无主题变奏》中，错乱、迷茫的生活状态，未尝不是因为跟从躁动的内心意识而来。从先锋文学开始，那些阴暗的、丑陋的、暴力的、血腥的叙述，既是非人格化的冷漠表达，也是变异的、扭曲的心灵真相流露，是非人化的现代风格。

我们可以从叙述细节中来进一步探讨这种情况。先锋小说以来，众多小说都采取一种冷漠的、直观式的呈现黑暗、残恶与肮脏事物的写作方式，这些以往需要作者、叙述者进行节制处理和语言美化的题材内容，现代作家往往不加掩饰、不带情感，用几近零度的情感进行叙述。我以为这是体现现代小说

"去人性化"取向的典型特征。

在暴力屠杀场面的叙事中,余华开启了当代文学中的直白阴冷之风。在《现实一种》里,老母亲总是说"我看到血了",对孙子的死亡等等从没感到过伤痛。小说中所有的暴力情节,都是冷静地进行着:

> 山岗看到妻子一走近那摊血迹就俯下身去舔了,妻子的模样十分贪婪。山岗看到山峰朝妻子的臀部蹬去一脚,妻子摔向一旁然后跪起来拼命地呕吐,她喉咙里发出了令人毛骨悚然的声音。接着他看到山峰把皮皮的头按了下去,皮皮便趴在了地上。他听到山峰用一种近似妻子呕吐的声音说:"舔。"
>
> 山岗这时看到弟媳伤痕累累地出现了,她嘴里叫着"咬死你"扑向了皮皮。与此同时,山峰飞起一脚踢进了皮皮的胯里。皮皮的身体腾空而起,随即脑袋朝下撞在了水泥地上,发出一声沉重的声音。他看到儿子挣扎了几下后就舒展四肢瘫痪似的不再动了。①

这是山岗的视角,他看着妻子和儿子被暴打虐待,自己的感觉却是冷静。对亲人遭受暴虐,不但不产生同情和愤怒,反而是完全旁观者的厌恶性和欣赏趣。这里暴露的,不只是山峰的残暴,更是山岗的冷血无情。最后山岗报复山峰,山岗夫妻

---

① 余华:《现实一种》,北京:作家出版社,2013年,第18—19页。

以阴冷的微笑观赏着山峰被狗舔脚丫致死这一罪恶的进展,这种叙事不是福楼拜性质的不带感情的呈现,余华比福楼拜还要残忍,他直接让叙述者观赏着暴力屠杀的开展,是面带微笑的冷酷。

莫言很多小说,在表现暴力屠杀时也极喜欢赤裸直白的叙述。《红高粱》《丰乳肥臀》《檀香刑》中有很多残忍的细节展现。有很多论者曾挑出莫言的这些酷刑描写来专门探讨,认为这是过分夸张、不节制的叙事方式。比如李建军分析莫言《檀香刑》的酷刑描写细节后得出判断:"他精细地描写恐怖的细节,但却没有庄严的道德感和温暖的人性内涵。在这部'夸张'而'华丽'、'流畅'而'浅显'的作品里,除了混乱的话语拼凑,就是可怕的麻木与冷漠。"① 这种效果其实正是福楼拜以来非人格化现代叙事的极端化,它要求的审美方式也是现代的、辩证式的,要从这些直观和精细中看到颓废、残酷的反讽和批判。如果仅仅从传统的托尔斯泰"没有分寸感就从来没有、也不会有艺术家"式观念来判断,必然是不道德、不可取的叙事策略。

对残恶情节的非人格化刻画,贾平凹的叙事也很明显。《老生》里有一段话特别典型:

> 几个保安就扛来一页门扇,把老黑压在了门扇上,开始拿四颗铁钉的长钉子钉起手和脚。老黑没有叫喊,瞪着眼睛看砸钉的人,左手的长钉砸了两下砸进去了,右手的长钉砸了四下还没砸好,老黑说:你

---

① 李建军:《是大象,还是甲虫?——评〈檀香刑〉》,《海南师范大学学报》(人文社会科学版),2002年第1期,第42页。

能干个×！长钉全砸钉好了，老黑的眼珠子就突出来，那伙保安又把一块磨扇垫在老黑的屁股下，抡起铁锤砸卵子。只砸了一下，老黑的眼珠子嘣地跳出眼眶，却有个肉线儿连着挂在脸上，人就昏过去了。姓林的说：继续砸，这种人就不要留下根。保安用冷水把老黑泼醒，继续砸，老黑裤裆烂了，血肉一摊，最后砸到上半身和下半身分开了才停止。①

这种叙述的冷漠，比起余华、莫言的暴力场面来，更接近福楼拜等人的现代叙述，里面有一种平静的恐怖。"有类似推拉的镜头运动，离尸体越来越近。读者正一步步走向恐怖，而与此同时行文却一步步抽身而退，坚决地抵制着情绪。这里还有一个对于细节的现代性迷恋：主人公好像能注意到那么多东西，把一切都记录下来"②。这是詹姆斯·伍德评价福楼拜式的现代叙述，似乎完全可以用在以贾平凹上面一段为典型的众多细节叙述中。

我们还可以从小说对肮脏事物的描写中看到一种现代特征，这种情况在贾平凹小说中特别突出。《怀念狼》开篇不久，写人与狼的战争："狼死了一层又扑上来一层，竟也有撅起屁股放响屁，将稀屎喷到十米八米高的墙头上人的身上。""遭狼灾的时候，粮庄的掌柜夜里拿着火铳守在城墙上，夫人原本闭门睡觉，半夜里要解手，屋里放着尿桶的，但她爱洁净，偏去后院厕所，厕所的泄粪口对着院外，一只狼从那里往

---

① 贾平凹：《老生》，北京：人民文学出版社，2014年，第60页。
② ［英］詹姆斯·伍德著：《小说机杼》，黄远帆译，郑州：河南大学出版社，2015年，第32页。

里钻，一爪子就把她下身抓个稀巴烂，失血过多便死了。闹起白朗，一队匪兵又在磨坊里轮奸了他的女儿，匪退后，邻居的阿婆用烤热的鞋底焐女儿阴部，焐出了一碗的精液。"《病相报告》里的肮脏点也很普遍。"他那颗脖子撑不住脑袋像西瓜一样倒过来倒过去，并且大小便失禁，稀粪从裤管里流出来。""我的那个邻座的妇女就吐了堆污秽又吐黄水，最后竟吐出一条蛔虫来。"《商州》里描写了很多地方恶俗。"有的讲究此一种肉蛆，故意让那肉生蛆，在肉下放一面筛，蛆滚下来投入面粉中，取出油炸。听起来这食品恶心，但吃起来却十分酥香，尤其下酒，比油烧虾蛹更有一种滋味在口中心中。"这些细节几乎遍及贾平凹所有的小说。一方面，这是源自陕西地方性民俗方言特征。贾平凹极为琐碎细致的叙述，将生活中各种七零八碎的话和物都呈现出来，全然不顾所谓的艺术语言与生活语言的差别。另一方面，他这种叙述，具有一种现代的叙事精神。无所顾忌地表达，并且很多情况下其实是故意的恶心化、丑陋化，故意把目光专注于日常生活中的卑琐存在，揭出阴暗面、肮脏面。这些揭示往往将人的内心意识连带出来，让人从自以为是的美丽幻觉中意识到生活本相的丑恶现实，同时也暗示了人心潜意识并不是一味地趋美向善，恶的、丑的或许更为醒目，在刻意回避丑恶的时候，丑恶其实已经潜伏在人心。

对肮脏、阴暗事物的零度展现，这种叙事可联系起波德莱尔的《恶之花》，艾略特等现代派诗人的诗歌以及乔伊斯的《尤利西斯》。他们的写作都有着面向丑恶的取向，目光注视的基本是阴暗一面。《普鲁·弗洛克的情歌》里的比喻方式——"天空慢慢铺展着黄昏/好像病人麻醉在手术台上"——在既往的文学修辞中，黄昏即便意味着幕落忧郁，但也是美的，但比喻成等死等刀割的病人，取消了温情，通往的是残酷现实的"客观"展现。这种"客观"，在艾略特看来，是一种"非人格化"。他主张"诗不是放纵感情，而是逃避感情，不是表现个性，而是逃避个性"。① 贾平凹对乔伊斯的现代叙事精神曾用过心。"《尤利西斯》这本难懂的书你可以什么都没有看懂，但你要看懂他是怎样把潜意识的东西用语言传达出来的。……乔伊斯却在一问一答中同时把这一切都写了出来。所以说，现代小说的语言更具独立性，能直接达到目的。"② 对丑陋事物的潜意识感受，即在语言中直接流露。

总体上，贾平凹也确实如詹姆斯·伍德评论福楼拜的现实主义一样，"既栩栩如生又人工雕琢"③。栩栩如生是因为细致、真实，那种日常的东西，扑面而来，毫无隔膜。这里也内在地包含着作家刻意的人工雕琢。细节上冷静的、零度的风格本身就是雕刻。刻意放弃以往文学书写喜欢美化和诗化的惯性，用那些更刺鼻、刺目的肮脏点滴，铺就起一个值得努力去超越的真实生活。对于书写大量段子式的肮脏情节，贾平凹自己曾解释，这一方面是给作品添加一些风趣点，但更是用捉虱子、拿别人吃过的碗盛汤这些细节，表现农民身上的低级趣味。④ 肮脏、残酷的叙事都有其刻意成分，内涵着作者对这些

---

① [英]托·斯·艾略特著：《传统与个人才能》，卞之琳、李赋宁译，上海：上海译文出版社，2013年，第10、11页。
② 贾平凹：《关于语言——在苏州大学"小说家讲坛"上的讲演》，见《当代作家评论》，2002年第6期。
③ [英]詹姆斯·伍德著：《小说机杼》，黄远帆译，郑州：河南大学出版社，2015年，第40页。
④ 蒲荔子：《贾平凹：在肮脏中干净地活着》，见《南方日报》，2007年10月17日，第A15版。

肮脏现实和阴冷人性的审视。

叙事的非人格化,还可以在更多作家、更多层面得到体现,比如性爱的描写,从张贤亮式的诗意到90年代以来的直白化、恐怖化,巴塔耶所说的"情色就是污秽本身"变得越来越切实,我们能在阅读中直观感受到这种变化,不再细述。去人性化的叙事风格,不管是拒绝通俗化,还是细节上的残忍、阴冷化,在当代小说中,尤其是80年代现代派、先锋派文学之后,非常泛滥,有着浓郁的"不道德感"。

四

阿多诺说:"艺术的形式愈纯粹,自律性程度愈高,它们就愈残酷。"① 艺术自律,现代小说叙述上的"不道德"特征,并不意味着文学不具备伦理层面的价值,而是指小说的叙事伦理发生了根本变化,理解他们的伦理意义需要新的视角。为此,思考一种恶的审美伦理非常重要。

前述探讨现代小说暴力叙事的非人性化风格时,我们或许会联想起古典文学中的血腥场面。在《水浒传》里,武松、李逵等人的血性,在小说中得到畅快的表达。在作者的叙述中,血腥残暴是正义造反的需要。即使对一些人物过于血腥残酷有责备,也往往被造反的功劳抵消。很长一段时间里,他们的残酷血性,被解读为快意恩仇,不减他们的英雄形象分。李卓吾的批点对此类残暴亦是充满欣慰,带着赏玩的心态。这种残暴,刘再复解读为忍人的表现。所谓忍人,就是掏空了常人

---

① [德]阿多诺著:《美学理论》,王柯平译,成都:四川人民出版社,1998年,第89页。

该有的不忍之心的人。"他们对人类的不幸、灾难、残暴,能够做到不动情、不动性、不动心。由于见残忍而不动心,所以他自己还可以充当杀手。尤其重要的是,他们不仅可以干残忍的行为,而且还能毫不动心地欣赏残忍的行为,这种能够制造残忍和欣赏残忍的人,就是忍人。"① 嗜血、残暴,喜欢欣赏这种场面,这是人的一种邪恶本性表现。在人类文明发展的前期,包括西方,是非常普遍的现象。《圣经·旧约》里记载的各种惩罚,人祭制度等等,都是骇人的。古希腊时代,各种搏斗,本质上亦是对暴力、血性的欣赏。中世纪的宗教杀害和迷信杀戮,往往也面向公众。公众对那些残忍的刑罚,不仅仅是对制度的认同,更有着欣赏的趣味,带着旁观者的残忍,"对这些暴力表现出冰冷的麻木和无动于衷"②。还比如16世纪巴黎的"烧猫"娱乐,这些残酷没有任何理性的理由,也不是为了达到任何惩罚和管教的目的,而纯粹只为了从折磨和虐待中得到一种快感。③ 刘再复感慨:"原来,听到生命刀下火中咪咪惨叫就高兴的心理,中国有,西方也有。"④ 但是,中西文化,或者说人类本性中的这些血性,在古典文学中的呈现,与现代以来的暴力表现并不同。古典作品中的残暴,作者和读者都带着欣赏口吻,暴力并不具备多少反思性。而在余华、莫

---

① 刘再复:《人论二十五种》,北京:中信出版社,2010年,第93页。
② [美]斯蒂芬·平克著:《人性中的善良天使——暴力为什么会减少》,安雯译,北京:中信出版社,2015年,第176页。
③ [德]诺贝特·埃利亚斯著:《文明的进程》,王佩莉译,北京:生活·读书·新知三联书店,1998年,第297-312页。
④ 刘再复:《双典批判》,北京:生活·读书·新知三联书店,2010年,第83页。

言、贾平凹等人的小说中,那些暴力残酷,虽直观,但它是现代艺术性质上的直观,它的去人性化,为的是达到一种辩证式的审美效果,有反讽性质,本质上是暴力批判。

由此,我们的问题是:如何在客观化的丑恶书写中发现作者、叙述者的道德意旨?或者如韦恩·布斯所认为的,要在不可靠叙述者中发现隐含作者的叙事意图,要从非人格化叙事中看到真实作者的爱与恨。继续以莫言《檀香刑》为案例,《檀香刑》有许多叙述者,但都是不可靠的声音。刽子手的自我表达等等,是虚构,更是一种角色的表演,没有哪个具体人物的声音可以完全代表作者的思想,但通篇都是作者的声音。很多评论不注意这种叙述人之间以及叙述人与作者之间的复杂性,而将刽子手的残忍等同于作者的残忍。对这些评论,莫言曾自述:"我觉得批评者或者读者应该把作者与书中的人物区别开来,赵甲对酷刑的沉迷并不等同于我对酷刑的沉迷,这是问题的一个方面。文化的批判者,应该首先是,或者曾经是一个文化沉迷者,这是问题的另一个方面。作者的批判立场,并不一定要声嘶力竭地喊出来,这是问题的又一个方面。展示的本身具有沉迷和批判的二重性,这是问题的第四个方面。"[①]理解《檀香刑》既不可单从赵甲恶魔般的内心独白或者赵小甲等人观赏式的表达中进入,也不可完全放弃这些不可靠叙述者的独特性,而是兼顾各种声音,思考最终的善意选择和反讽朝向。理解这种审美方式,需要我们摆脱传统的阅读习惯。

南帆曾总结过传统的道德批评所蕴含的两种假定:"第一,它假定文学对不道德的内容再现或表现,极有可能使这种

[①] 莫言:《耳朵的盛宴——答〈亚洲周刊〉记者问》,见《碎语文学》,北京:作家出版社,2012年,第298页。

不道德的案例变得普遍化了，而且，文学的形象性和情感性又强化了人们对这些不道德事件的主观反应，而不断强化的主观反应会导致人们把不道德事件视为一种无独有偶、自然普遍的现象……其次，道德批评往往假定文学的道德或不道德内容与作品的社会道德效果之间存在着某种直接的因果关系，似乎再现了什么样的道德内容的文学作品，就会产生什么样的道德效果。"① 可以说，绝大多数批判《檀香刑》的文章，都有这种心理基础，都还处于这一传统道德批评范畴。他们对作品的批评，依然有一种"害怕误人子弟""担忧其社会影响"的潜在心理。这种道德批评观念如今已难以服人，其愿望和担忧是好的，却不适用于对现代小说的理解和批评。这些批评者应该对读者有基本的信任，要相信小说的读者是具备道德判断能力的完整人，他们对小说中的"恶"，能够抱持客观的认知态度。

亨利·詹姆斯认为予人真实之感是一部小说至高无上的品质，他分析福楼拜《圣安东尼的诱惑》《情感教育》等作品时，认为福楼拜放弃情感介入，写异国情调时，避开了对自己所厌恶事物的更多情感联想，因而更为真实客观，而在《情感教育》等文本中，充斥着反讽笔法，因此客观叙述变得异常冷酷。对于小说的道德观，詹姆斯强调"道德的能量的真髓就是要纵观全局"，"道德观念和艺术观念在一点上是非常接近的，那就是根据这个非常明显的道理：一部艺术品的最深刻的品质，将永远是它的作者的头脑的品质。……一个浅薄的头脑绝对产生不出一部好小说来——我觉得对于写小说的艺术

---

① 南帆、刘小新：《文学理论》，北京：北京大学出版社，2008年，第183、184页。

家来说,这是一条包括了所需的一切道德基础的原则"。① 莫言与福楼拜不同,但可从詹姆斯的分析中得到启发。莫言书写刽子手的内心世界,弃绝了简单的情感介入,同时也在各种口吻的夹杂中,潜伏着各种类型的反讽。

如果我们用传统现实主义的道德批评观来分析现代小说的道德感,尤其是先锋文学以来的小说,往往会出现貌合神离的现象。小说叙事中的伦理不同于现实生活中的道德。道德感,这应该是纵观全局、在完整意义上的感觉,而不能从小说中某些具体的段落、话语来判断。对于具体的场面描绘,埃兹拉·庞德认为不折不扣的准确描述,是小说写作的唯一道德。《檀香刑》中的酷刑描写,莫言若是做到了"不折不扣",才真正符合现代的叙述道德。韦恩·布斯说:"当给予人类活动以形式来创造一部艺术作品时,创造的形式绝不可能与人类意义相分离,包括道德判断,只要有人活动,它就隐含在其中。"②《檀香刑》是在整体结构上和故事资源上有莫言所言的"大撤退",但在整体精神上,在小说叙事的视角变化等技巧层面,却十足是一部现代小说的模样。莫言曲折地去表达自己对刽子手赵甲的情感态度,用反讽式的叙事技巧呈现赵甲行刑时的心理意识,最后也让知县钱丁正义感压倒利欲心,让夫人、刘朴等进入深明大义的行列,让一个身怀六甲的女子眉娘终能幸存。这些都使小说,不管是细节还是整体,具备了庄严的道德意味和温暖的人性内涵。

---

① [英]亨利·詹姆斯著:《小说的艺术》,朱雯、乔衒、朱乃长等译,上海:上海译文出版社,2001年,第29、30页。

② [美]韦恩·布斯著:《小说修辞学》,华明等译,北京:北京大学出版社,1987年,第441页。

以上还是一种叙述学上的考虑,而从根本上,《檀香刑》以及更多看似不道德的现代小说,之所以不是不道德,反而具备难得的伦理价值,缘于作家"杰出的头脑"——这种头脑就是敢于冒犯世俗道德,抵达更高的伦理感,思考更为超越的伦理问题。阿尔特在《恶的美学历程》最后,总结说:

> 当恶的美学急切要求孤立观察美学的客体时,这就意味着道德的反射形式是一个"机制"(Instanz),它使各种关系变得清楚可见,而且这样一来就能够造成各种关系之间的相对化。这里显示出来的是个人主义、意向性、刺激性和欲望的总和,那里显示的是利益平衡、斡旋、相互补偿的场景。恶的作品产生的影响作用,存在于破坏道德准则和制造道德准则的机制之间的张力中。它的特点在于一种关系,它存在于对伦理和法律的兴致都被文学纲领性否定或者掩盖起来的地方。……虚构的自由通过一系列违反准则的过程,通过违背情理的逻辑矛盾,过分的升级结果,或者是对超越过程的过高要求,让恶变得可以察觉,而且通过一种对于审美经验来说,经常包含在内的道德机制,让恶的特征可以看得见。在文学幻想试图混淆善和恶之间区别的地方,对道德的判断机制依然存在于一个能够清楚地察觉善恶区别的二元结构中。[①]

[①] [法]彼得-安德雷·阿尔特著:《恶的美学历程——一种浪漫主义解读》,宁瑛、王德峰、钟长盛译,北京:中央编译出版社,2014年,第526、527页。

作家书写恶,他们是在小说中思考、探讨一种比当前的善恶观念更为"高超"的思想。徐岱的审美正义论屡屡强调,文学艺术的伦理意义具有超道德性。《檀香刑》里莫言不仅批判刽子手的残恶,在其酷刑描写中还夹杂了更多思考。如第二部分的凌迟描写,它有着多维度的批判指向。刽子手、看客以及专制时代的残酷文化,这些是显而易见的批判对象,隐藏在背后的,还有作者对自我内心的省察,甚至还有引导阅读者去反省自身的信号。

> 这实际上是一场大戏,刽子手和犯人联袂演出。在演出的过程中,罪犯过分地喊叫自然不好,但一声不吭也不好,最好是适度地、节奏分明地哀号,既能刺激看客的虚伪的同情心,又能满足看客邪恶的审美心。师傅说他执刑数十年,杀人数千,才悟出一个道理:所有的人,都是两面兽。一面是仁义道德,三纲五常;一面是男盗女娼、嗜血放纵。面对着被刀脔割着的美人身体,前来观刑的无论是正人君子还是节妇淑女,都被邪恶的趣味激动着。凌迟美女,是人间最惨烈凄美的表演。师傅说,观赏这表演的,其实比我们执刀的还要凶狠。①

这一段话,直接"阐释"了阿尔特所说的道德反射机制,把参与这种残恶刑罚的各种关系剖露得非常清晰。每个群体、个体的欲望和残忍,都在这场行刑大餐中得到揭示。我们可以

---

① 莫言:《檀香刑》,北京:作家出版社,2012年,第238页。

从这段话中分析出多个层面的"恶",比如刽子手之"恶"和看客之"恶"。关于这两种"恶"的关系,谢有顺曾有过论述:"一边是刽子手努力地把酷刑变成一种美学仪式,另一边是看客们通过自己廉价的同情心和邪恶的趣味,不断把这种美学仪式转换为观赏价值。通过看客们对酷刑的疯狂消费,行刑慢慢地变成了人们日常生活中必不可少的例行节目。就在这个表演和观赏互相激励的过程中,人性的无耻建立起来了,人性的深渊也彻底地敞开。其实,一个观赏酷刑表演的看客,许多时候比表演酷刑的刽子手更加残酷,更狠,因为刽子手仅仅是在'执行任务',而看客却是纯粹为了满足自己黑暗的私欲,他的看,无形之中使酷刑成了合法化的消费行为,其后果是使自己作为一个人的尊严被践踏和放弃。如果说刽子手是对人的肉体进行虐杀,那么,看客的行为则可以视为是对人类精神的虐杀。"[①] 此外,这里面或许还有更为复杂的关系。刽子手与看客的关系,也类似于作家和读者的关系。莫言描绘残恶的酷刑执刑过程,也是展示给读者阅读的"行刑"行为。莫言似乎也相信,这种展示可以起到震惊效果,让人看到人性的残恶可能,看到灵魂深处那些黑暗领域的可怖景观,看到自身作为阅读者阅读残忍叙述时的邪恶快感。

文艺的超道德性,在世界文学史上,托尔斯泰、陀思妥耶夫斯基、福克纳、纳博科夫等大作家的作品中都能感受到。安娜·卡列尼娜的不道德,最终是感动并生成人心的更为宽阔的道德;而拉斯科尔尼科夫的恶,也是于内心纠葛中发现,恶人并不那么简单。在中国当代小说中,《檀香刑》之外,《废都》

[①] 谢有顺:《当死亡比活着更困难——〈檀香刑〉中的人性分析》,见《当代作家评论》,2001年第5期,第24页。

《秦腔》《我爱美元》《兄弟》《后悔录》等小说中也可感觉到，他们对恶与"不道德"叙述的兴趣、对现存道德规则的冒犯，是在探寻一种超道德的伦理观。《檀香刑》中的刽子手，也并不是简单的杀人工具，他有着各种各样的内心思虑；《废都》里庄之蝶式不道德人物，本身就能激起文化的探寻，以一种颓废来反观一个时代的精神状态；《我爱美元》里的不道德，指向的是颓废、媚俗、物化时代的心灵寄托问题，人物不道德不要紧，要紧的是他们能引起我们观照到何种更为高超的道德；陈希我的很多小说，比如伦理小说《母亲》一类，儿辈"让"母亲不受折磨而"杀害"母亲，这里的"不道德"，通往的是一种存在性的生存和伦理困境思考。

五

现代小说，它本质上是一种含混的艺术，按伊恩·瓦特的说法，这是一种表现的现实主义。现代小说要对日趋含混的现实之"真实"进行挖掘。进入近现代以来的现实，逐渐变得难以把握，它们是变动的、流动的。小说要于相对的世界中呈现某种本质性的真实，那它必然要牺牲掉那种清晰的评价性、判断性元素。判断不清晰，并不意味着小说就失去了自己的判断力。韦恩·布斯强调，认为在道德态度上那些看似含混的现代小说，其实也有着特定的道德尺度。通过"不可靠的叙述者论"等概念，布斯论证了用"客观叙述"方式讲故事的伦理内涵，认为："当给予人类活动以形式来创造一部艺术作品时，创造的形式绝不可能与人类意义相分离，包括道德判断，只要有人活动，它就隐含在其中。"正如纳博科夫的《洛丽塔》，是一个不道德人物的叙述，这种叙述看似在为一个罪人脱罪,甚至是在炫耀一种变态的性心理。但是,这小说的伦理效应,却因为其语言和故事的魅力,而深入人心。小约翰·雷博士的序文里指出:

> 作为一份简历,《洛丽塔》无疑会成为精神病学界的一本经典之作。作为一部艺术作品,它超越了赎罪的各个方面,而在我们看来,比科学意义和文学价值更为重要的,就是这部书对严肃的读者所应具有的道德影响。因为在这项深刻的个人研究中,暗含着一个普遍的教训:任性的孩子,自私自利的母亲,气喘吁吁的疯子——这些角色不仅是一个独特的故事中栩栩如生的人物;他们提醒我们注意危险的倾向;他们指出具有强大影响的邪恶。《洛丽塔》应该使我们大家——父母、社会服务人员、教育工作者——以更大的警觉和远见,为在一个更为安全的世界上培养出更为优秀的一代人而作出努力。①

雷博士这一理解非常实用化,但很直白地表达了成熟的读者阅读《洛丽塔》后该有的、很正常的伦理反应。这种理解,类似于阎连科讲述的黑暗写作的价值。阎连科的写作,也是注视黑暗和恶的写作,他对这种写作的价值曾做过解释。他用他们村一个盲人晚上打电筒的故事来比喻。盲人用电筒,目的不是自己看,而是给别人看,是他自己感受到黑暗,于是努力为

---

① [美]小约翰·雷博士著:《洛丽塔(序)》,见[美]弗拉基米尔·纳博科夫著:《洛丽塔》,王万译,上海:上海译文出版社,2005年,第4、5页。

别人提供光明。"从这位盲人的身上,我感悟到了一种写作——它愈是黑暗,也愈为光明;愈是寒凉,也愈为温暖。它存在的全部意义,就是为了让人们躲避它的存在。而我和我的写作,就是那个在黑暗中打开手电筒的盲人,行走在黑暗之中,用那有限的光亮,照着黑暗,尽量让人们看见黑暗而有目标和目的地闪开和躲避。"① 也就是说,书写人性的卑琐、黑暗一面,塑造邪恶的文学人物,其伦理意义就在于让我们清晰地感受到内心阴暗面的卑琐以及人性之恶的恐怖,也警觉到"恶"所能造成的毁灭性,进而避开它、防止它。

知晓"恶"而警觉和防范"恶",这是种辩证式的、从反面来理解"恶"文学的善意。而从理解"恶"本身来看,也有着改善我们的同情心、增强我们对罪恶本身的认知作用,锻炼更为成熟、深刻的道德反应和伦理判断。现代小说,按照布斯的观念,它本质上就是一种修辞方式,其道德力量不是直接让小说中的人物用语言直白地表达出来,它所引发的伦理效应也不是在文本中给读者提供某种值得模仿、学习的行为,更多的情况是提供一些伦理想象,通过故事、叙述来培养我们的同情心、改善我们的伦理判断能力。苏珊·桑塔格在一个演讲中也提到小说作为道德力量这一问题,她说:"一位坚守文学岗位的小说作家必然是一个思考道德问题的人。思考什么是公正与不公正,什么是更好与更坏,什么是令人讨厌和令人欣赏的,什么是可悲的和什么是激发欢乐和赞许的。这并不是说需要在任何直接或粗鲁的意义上进行道德说教。严肃的小说作家是实实在在地思考道德问题的。他们讲故事。他们叙述。他们

---

① 阎连科:《上天和生活选定那个感受黑暗的人》,见《语文教学与研究》,2015年第1期,第75页。

在我们可以认同的叙述作品中唤起我们的共同人性,尽管那些生命可能远离我们自己的生命。他们刺激我们的想象力。他们讲的故事扩大并复杂化——因此也改善——我们的同情。他们培养我们的道德判断力。"①

"恶"难以觉察,书写"恶"就是承担了揭示恶与黑暗的人性责任。以文学阅读来培养一种"恶"的道德,即是透过阅读,通过故事,认知"恶"、了解"恶"、防范"恶"。在了解的基础上,也改善我们对人(包括罪人和受害人)的理解与同情,培养更为健全的道德判断力。这也是叙事伦理学的价值表现。刘小枫说:"叙事伦理学从个体的独特命运的例外情形去探问生活感觉的意义,紧紧搂抱着个人的命运,关注个人生活的深渊……叙事伦理学的道德实践力量就在于,一个人进入过某种叙事的时间和空间,他(她)的生活可能就发生了根本的变化。"② 阅读文学,就是感受特殊个体的生命感觉。我们对小说人物内心的体验,即在改变着我们的伦理观念。"什么是伦理?所谓伦理其实就是以某种价值观念为经脉的生命感觉,反过来说,一种生命感觉就是一种伦理;有多少种生命感觉,就有多少种伦理。伦理学是关于生命感觉的知识,考究各种生命感觉的真实意义。"③ 维特根斯坦强调:"伦理学是对有价值的东西的探索,或是对真正重要的东西的探索,或者我会说,伦理学是对生活意义的探索,或者是对生活

---

① [美]苏珊·桑塔格著:《同时:随笔与演说》,黄灿然译,上海:上海译文出版社,2009年,第218、219页。

② 刘小枫:《沉重的肉身》,上海:上海人民出版社,1999年,第4、5页。

③ 同上,第3页。

过得有价值的东西的探索,或者是对正确的生活方式的探索。"① 对"恶"文学的阅读,可体会受害者承受"恶"的疼痛,也可感受作恶者的罪感与耻感。由此,我们亦能从中领悟到,何种生命感觉更值推崇、何种生活方式更具意义。

---

① [英]路德维希·维特根斯坦著:《维特根斯坦论伦理学与哲学》,江怡译,杭州:浙江大学出版社,2011年,第2页。

"恶魔性"与中国当代小说的先锋策略

引 言

关于恶魔性,陈思和曾指出,恶魔性问题自鲁迅开始就变得明显。鲁迅引入的"恶魔性",源于西方浪漫主义文艺思想中的恶魔性。陈思和在文章中,引用了楚克尔界定的恶魔性概念:"……重新发现恶魔性(demonic),把它视为一种不能以善恶尺度来衡量的魔力,是由18世纪末反理性崇拜的'天才'造成的。这是对启蒙运动、对功利主义的中产阶级的秩序观念、对流行的道德神学和理智神学的根本反抗的表现。"① 这种恶魔性概念,没有褒贬,是中性词,它在后期浪漫主义、现代主义、先锋派文学中表现得极为突出。西方现代主义以及中国现代文学中的鲁迅传统和海派的现代传统,是20世纪80年代现代主义、先锋派文学兴起的思想缘由。若按陈思和的思路,这些带着恶魔性世界性因素的浪漫主义、现代主义思潮进入当代文学的血液时,是不是也给当代文学注入了新的恶魔性?

---

① 陈思和:《试论阎连科的〈坚硬如水〉中的恶魔性因素》,见《当代作家评论》,2002年第4期。

楚克尔的恶魔性说法是西方近代以来的反抗性特征，是对启蒙理性的反抗。而刚刚结束"文革"、依然紧跟政治意识形态而行的中国当代文学，内部最渴望的就是反抗的声音。解禁之后西方现代主义的引入，也就在"反抗"层面有了最好的链接。贺桂梅说："80年代现代主义文学的形成过程，事实上是社会主义中国将冷战阵营另一方的文学知识内化为自身的叛逆性资源的过程。"① 以往被意识形态界定为颓废、堕落的现代主义思想，被引用来作为批判历史和改变现状的思想武器。这种反抗式探寻，结合起现代主义思想的反抗是对启蒙理性和资本主义现代化文明的反抗特征，就导致中国当代的现代主义文学思想更为复杂。它不是简单地批判现代文明，也不仅仅是对过去的反思和批判，它指向过去，更针对当下，具有多重面向的反抗。陈思和曾专文论述过当代文学中的现代反抗意识，认为这种意识以反抗、虚无、孤独为主要特征，这些特征反映了作家们对于根深蒂固的社会习俗和传统观念的厌恶和唾弃，有着清晰的"现代的烙印"②。

这种反抗的文学，也是追寻文学现代化的方式，带着要与世界文学同步前行的焦虑感。西方现代派文学，在80年代的中国，是一种媒介，而不是标准或原型。80年代，文艺是借用了西方现代主义文学的美学特征和思想特征，来表达不满，也表达一种不比他人落后的焦虑。这些不满和焦虑，从其要求启蒙和进步的内涵来看，本质上是一种现代性的追求。而其反

---

① 贺桂梅：《"新启蒙"知识档案：80年代中国文化研究》，北京：北京大学出版社，2010年，第116页。
② 陈思和：《当代文学创作中的现代反抗意识》，见《批评与想象》，上海：华东师范大学出版社，2014年，第57页。

抗性和焦虑感如何表现？除开形式的实验和创新外，还有一种因太明显而容易忽略的成分，即恶魔性成分。陈思和认为鲁迅笔下的狂人形象综合了几个世纪以来西方文学原型中的恶魔性因素，认为中国文学中的恶魔性因素，借着西方的恶魔性和鲁迅笔下的狂人意象，而向着两个方向开拓自己的形象空间："就是犯罪与疾病，于是，狂人、疯子、罪犯成为恶魔性因素的主要承担者。"① 随着时代、环境的变化，这些形象时隐时现，恶魔性形象不断变化，并有着更多的内涵。在80年代以来的现代小说中，这类形象变得更为普遍。寻根派不仅寻文化中的良善传统，更寻着狂乱、野性的成分；现代派有着躁动不安的气氛，更有着新时代纷乱的人欲；先锋派小说里的精神病，带着恐怖和暴力，它们有着对时代的不满和激情，更有着历史创伤的阴影；而到市场经济盛行之后的新潮小说，颓废蔓延，人也走向了纵欲和狂暴；女性主义思想也在女作家的小说中激起恶的新面目，以及各种现代与后现代思想影响下的中国当代文学，追求现代感的时候，恶魔性也潜伏其中。

一、先锋派小说与"恶"的技术

或许，我们可以在先锋派之前的、带着现代主义风格的作品中发现恶魔性因素。比如王蒙小说中疯狂、杂乱的意识流表达，寻根文学代表作韩少功的《爸爸爸》，用白痴丙崽的视角来呈现落后愚昧村落的麻木和野蛮，以及张炜《古船》中历史复仇的罪与恶，还有贾平凹乡情小说中由野情私恋探入乖戾

---

① 陈思和：《试论阎连科的〈坚硬如水〉中的恶魔性因素》，见《当代作家评论》，2002年第4期，第36页。

人性的书写，那些杀戮和兽交内容等等，都可以分析出一系列典型的恶魔因子，但这些依然没有先锋派作品中的"恶魔"因素来得惊异。我们将焦点放在那些被文学史界定为先锋派的作品中，也由此总结性地探讨当代文学的先锋策略。

对于先锋派小说，我们总是热衷于谈论它们的形式技巧，这是文学史的谈论方法，而从小说故事本身来理解的话，还有什么东西值得思考、能够引起阅读兴趣？这里，本人以为，死亡、暴力性的情节就是一大方面。

在先锋第一阵线的马原，《冈底斯的诱惑》是三个几乎不相干的故事，马原抓住"天葬"这一在藏地之外的人看来很血腥的情节作为"诱惑"。围绕这一诱惑，小说中遍布着死亡、尸体和肢解一类字眼，有熊活撕牛的血腥描写，以及各种意外的死亡。这些内容，让形式的实验充满意外和残酷，技巧也更为神秘。在《虚构》里，麻风病是个典型意象。陈晓明分析说："麻风病人在西藏也被看作邪恶的象征，很久以来对病人都有歧视。"① 整部小说虽然不见什么恐怖和暴力成分，但在马原的叙述中，阅读感受充满惊骇和恐怖，尤其是和麻风病女人做爱的叙述，即是典型的恶魔性情节。"马原最终虚构了与麻风病女交媾的这个时刻，那是感性高潮与死亡重合的时刻，如果考虑到在鲍姆嘉通那里，美学原本起源于感性学，这样的感性时刻，就是抵达的死亡时刻，就是现代文学所能抵达的最终境地。"② 这种"耸人听闻"的情节，产生令人惊骇的巅峰感，这是小说最为"先锋"之所在，它比"虚构技巧"

---

① 陈晓明：《众妙之门：重建文本细读的批评方法》，北京：北京大学出版社，2015年，第31页。

② 同上，第33、34页。

更为刺目。

残雪的先锋更是堆满了丑陋和邪恶。残雪这一笔名即与黑暗同义,她的写作理念是写得越黑暗越好,是一种复仇式的写作,她把写作当做一种黑暗灵魂的舞蹈。她相信人性即是阴暗、凶残、狡诈和淫邪。残雪曾自述:"我以为,'脏'就是生命力,所谓的美,正是从脏的土上长出来的花。最'脏'最黑暗的地方是最有生命力的,离开了,美就只能是苍白的。"① 因为这种信仰,她的写作就是要直面、揭露人内心世界"脏"的一面,注目于淫邪人物身上的"美"。《污水中的肥皂泡》,写的是一个人如何蓄意谋杀母亲的故事,小说整体氛围极其可怖。《苍老的浮云》里,人与人之间,只有恶毒和厌恶、阴暗、压抑,总感觉内里潜藏着谋杀。虚汝华把自己关在一个门窗都被钉死的屋子里,即是出于对亲人以及邻居的恐惧。她的邻居总是对她进行恶意的窥视。她的丈夫老况想拌点砒霜在蚕豆里毒死她。老况的母亲独断专横,她就是一个噩梦般的存在。《山上的小屋》里,全是阴森恐怖的字眼,这里,母亲是虚伪的,为了睡觉不被吵,甚至要打断"我"的胳膊;小妹的目光永远直勾勾的,令人恐惧;父亲是狼,连北风也是凶的,小屋就是个恐怖的象征。《黄泥街》里,人都是猥琐、丑陋的形象,令人恶心。残雪书写的,基本是非理性、非逻辑、变态式的人心和事件。对于残雪的阴暗、邪恶趣味,杨小滨等人都分析出这里的历史阴影:"在残雪的小说中,肉体痛苦极为丑陋的意象以及对那些经常看似合理的思想的不连贯表述就是对无意识中精神创伤记忆含混暧昧和不可追踪的痕迹的

---

① 残雪:《为了复仇写小说——残雪访谈录》,长沙:湖南文艺出版社,2003年,第78页。

暗示。"① 刚刚过去的极端历史经验，比如亲人相互揭发，邻里相互防范，各种宏大话语、口号标签对人的精神压制，以及那些残酷血腥的肉体迫害，它们对人，包括对后世的影响，已经深入内心潜意识世界。残雪小说中的恶，比较少直接的暴力行为，多的是人心的邪恶，是潜意识中的阴暗和恶毒。残雪的先锋，不仅表现为用潜意识这些现代主义的笔法，更是她用了现代主义这种技巧最好地表现出"文革"对人心、人性的摧残和长久创伤。

以恶来表达先锋性的作家，余华最为典型。1987年余华发表先锋小说《十八岁出门远行》《西北风呼啸的中午》《四月三日事件》《一九八六年》，1988年发表《河边的错误》《现实一种》《世事如烟》《难逃劫数》等，这些小说是愈来愈"恶"。《十八岁出门远行》里还是奇怪的小型殴打，"拆解"的是小说和现实的逻辑；《西北风呼啸的中午》和《四月三日事件》与残雪的先锋小说风格很近似，在恐怖窒息的叙述氛围中等待着谋杀和暴力，都是阴暗的潜意识表达，解构人的光亮内心；《一九八六年》和《现实一种》，却是极端的暴力之恶和人性的阴冷残恶书写，恶在这些小说里比叙事技巧等更为夺目。《一九八六年》里的历史感非常强烈，暴力之恶是"文革"的遗产，给人的创伤是肉体的，更是精神的。这里的疯子是"历史疯狂的凝聚"，疯子的血腥自虐，被余华用来批判人们的健忘，以刺激世人对残恶历史的记忆和反省。"余华从这里出发走进一个由怪诞、罪孽、阴谋、死亡、刑罚、暴力交

---

① 杨小滨：《中国后现代：先锋小说中的精神创伤与反讽》，愚人译，上海：上海三联书店，2013年，第82页。

织而成的，没有时间也没有地点的世界。"①《现实一种》中的恶，比《一九八六年》更为"现实"，兄弟相互残杀，复仇毫不留情，人性的本质现实就是恶。其他小说，《世事如烟》《难逃劫数》《死亡叙述》《往事与刑罚》《河边的错误》等等，都离不开恶："《世事如烟》对暴力、阴谋、罪孽、变态等的描写淋漓尽致。在余华的那个怪异的世界里，时间和空间、实在和幻觉、善与恶等等的界限已被拆除，阴谋、暴力和死亡成为日常生活必要的而又非常自然的内容。""《难逃劫数》把暴力场面写到炉火纯青的地步。"② 总之，余华的先锋离不开恶的书写，以至于当时即有人评论余华的小说即是人性恶的证明。③ 这种以恶的内容、情节来填充形式实验的先锋写作，内容和形式其实是难以分割、相互补充的。比如在《十八岁出门远行》里，那种荒诞的产生，离不开人恶的心理，有无厘头的抢劫和殴打，十八岁的男孩才意识到世界的荒诞。《河边的错误》里，利用疯子的杀人凶手身份，利用血腥的死亡方式，才能有神秘性和荒诞感，而刑警最后枪杀疯子，却似乎又是一种暴力，消除荒诞与恶之来源的力量，亦是产生荒诞与恶的力量。叙述的扑朔迷离，与小说故事的神秘以及作家想表达的荒诞认知，这些都是一体的，并不是简单的单方面的技巧表演。

其他先锋作家的先锋小说中，恶也是非常醒目的存在。苏

---

① 陈晓明：《中国当代文学主潮》（第二版），北京：北京大学出版社，2013年，第352页。
② 同上，第354页。
③ 樊星：《人性恶的证明——余华小说论（1984 – 1988）》，见《当代作家评论》，1989年第2期。

童的先锋小说也离不开恶。《一九三四年的逃亡》中，动乱与逃亡，夹杂的是底层社会内在的颓败和民众自身的残暴。枫杨树里的人，地主陈文治的恶，以及普通民众对自家人的残酷，比如狗崽拷打弟妹，以及陈玉金挥刀砍杀阻止他"逃亡"的妻子，母亲蒋氏放药导致环子堕胎，环子盗走蒋氏最小的儿子……《罂粟之家》里的每一个人，都活在阴狠的世界里，演义时不时说要"杀了你"，最后被弟弟沉草用斧头砍死；长工陈茂被当做狗，同时陈茂也作恶多端，最后被亲儿子沉草枪杀；沉草被曾经是同学的工作队长庐方枪毙……苏童的先锋性，其实在形式上比较保守，但在暴力和颓废、死亡与奸淫层面，却叙述得最为娴熟，所有的深邃诡秘，都与恶交缠不清。格非的先锋小说也离不开恶。《追忆乌攸先生》里，一开始即是杀人比杀鸡还简单的故事，小说也是围绕一个错案而来，杏子被头领奸杀，乌攸先生自愿供认为凶手，被误判、枪毙并就地填埋。格非还特意写了两个见习法医对杏子尸体的胡乱解剖："尸体足足解剖了一整天，尸体被搅得不成样子，被分割成大小七块……"在《褐色鸟群》《青黄》等小说中，谋杀也是小说的最大疑点。这些恶的书写，在我看来，不仅仅是让格非神秘的叙述结构更具幽暗特征，而且是形式实验能够成立的核心结点，没有暴力和谋杀，他的技巧也是"巧妇难为无米之炊"。

　　并不是说先锋派因为书写了恶才是先锋派，而是说中国当代的先锋文学有着特殊的面目，它们并非只是技巧表演上的先驱实验，还有着多种维度上的艺术资源与思维突破。艺术资源方面，它不仅仅是西方现代主义的叙事技巧，也不仅仅是存在主义哲学影响之下作家对人性困境、黑暗意识和生存荒诞等精神指向的情有独钟,① 还有本土的历史阴影、作家的心理创伤等等。由这些因素筑起的先锋文学,突破的不仅是现实主义的小说结构和叙事笔法,让小说扑朔迷离、神秘幽暗。恶的成分也起到了别样的效果,与叙事技巧形成了互补,让先锋更为锐利,反抗了更多层面的传统势力。陈晓明在反思先锋派文学的文章中曾指出:"先锋派表达的那些对人类生活境遇的怪异、复杂性和宿命论式的表现,在很大程度上得力于形式方面的探索。那些超乎寻常的对人类、对生活境遇的表现,其实是艺术形式的副产品。这一点在余华的写作中表达得最为明显。余华那些对生活的怪异性、对人类生活的原罪和暴力倾向的揭示,例如《世事如烟》《现实一种》《难逃劫数》等等,得力于他寻求那种将人物与所处的环境不断剥离的叙述试点……"② 这是对先锋派小说形式探索的认可,从这里,也可以反过来思考:正是得力于先锋作家对人性幽暗面、荒诞存在以及怪异生活的关注,对人生和人世复杂性的认知,才有了形式探索的迫切需要。先锋派的反叛,不只是反叛一种陈规的叙述方式,本质上还是反叛一种被压抑被规训的世界观和人性观。因此,谁是谁的副产品,还是值得思考的问题。起码,借着"恶"的因素,靠着偶然性和非理性的成分,先锋小说所突破的传统惯例,有过去的叙事规则,也有陈旧的叙事伦理。

---

① 张清华:《中国当代先锋文学思潮论》,北京:中国人民大学出版社,2014 年,第 223 页。
② 陈晓明:《审美的激变》,北京:作家出版社,2009 年,第 177 页。

二、新潮小说的颓废方式

"先锋"本质上是要求不断更新、越发激进,如若一种先锋浪潮成了派别,尤其是成了一种权威,那么,它也就不再属于先锋,而是需要更新一代的先锋来突破的传统了。1988年之后,尤其是进入90年代以来,之前的先锋作家对于各种技巧实验性的内心意识书写,已经呈现疲态,他们纷纷调整策略,转向了更有温度的历史和现实。苏童《米》《妻妾成群》《红粉》《我的帝王生涯》《城北地带》等,余华《在细雨中呼喊》《许三观卖血记》《活着》等,以及莫言、北村、格非等人的小说,都开始了讲故事式的写作,虽然先锋实验给了他们灵活、沉稳的叙述能力,在一些细节上依然有着先锋的痕迹,但在先锋性上确实有了大的撤退。苏童曾经自述道:

> 从1989年开始,我尝试了以老式方法叙述一些老式的故事,《妻妾成群》和《红粉》最为典型,也是相对比较满意的篇什。我抛弃了一些语言习惯和形式圈套,拾起传统的旧衣裳,将其披盖在人物身上,或者说是试图让一个传统的故事、一个似曾相识的人物获得再生。①

先锋作家的转型,一方面,如余华自己强调的——"我认为我现在还是先锋作家的一个重要原因是,我们还是在中国

---

① 苏童:《怎么回事(代跋)》,见《红粉》,南京:江苏文艺出版社,1993年。

文学的最前面,这个最前面是指,我们这些作家始终能够发现我们的问题在哪里,我们需要前进的方向又在什么地方。从这个意义上说,我觉得我还是一个先锋派作家。"① ——他们依然在引领时代,还可以称作先锋作家;另一方面,一些青年作家在影响的焦虑面前,需要摆脱先锋派的权威,愈加激进地形成了新时代的先锋。如何呈现这种新?90年代,文学界意识到了新的危机感,青年作家也在寻找断裂的机会。危机感层面,政治气氛和经济形势的剧变,被普遍论述为90年代文学叙事危机的时代背景。而先锋派小说内部的问题,比如缺乏现实关怀,也被指作叙事危机的根源。危机是制造新式先锋的前奏,90年代的先锋于是开始了"由内往外"的突围,要突破文体内部形式实验的牢笼,但这种"外"又不能倒退为现实主义写作,过于琐碎的新写实和"分享艰难"一类的现实主义,都不可能满足先锋的"激进"和"反叛"欲望。于是,除开部分作家依然继续一种不识趣的形式探索之外,大部分作家,都从技巧走向了前卫的观念冒险。新潮小说的新,普遍呈现为小说内部的观念之新。前卫的观念,遭遇90年代的市场经济,因着情和性的刺激,迅速收获了市场名利。当求先锋的焦虑与不断前卫的写作同市场的欲望逻辑结合后,先锋与媚俗就纠缠不清了。世纪末的先锋,也就成了欲望舞蹈式的媚俗表演。

观察90年代的新潮小说,它们的前卫,主要体现为颓废与媚俗。王朔在80年代末就开始前卫写作,《一半是火焰一半是海水》被人认为是流氓小说,小说所瓦解的,是传统情爱

---

① 余华:《我永远是一个先锋派》,见许晓煜编《谈话即道路——对二十一位中国艺术家的采访》,长沙:湖南美术出版社,1999年,第248页。

的道德心理。王朔用一种真真假假的姿态，以"邪"压"正"，调侃崇高，嘲笑先锋派的苦闷，开始把文学作为商业产品，在先锋和媚俗之间行走得异常嚣张。贾平凹的《废都》，以长篇的方式，开启了90年代文学颓废精神里的性爱冒险。"晚生代"在形式层面有着新的探索，但他们在这方面的探索，没有多少新意，越走越窄，更加突出了形式先锋的危机处境。相反，他们小说中的前卫姿态，以身体取代主体的激进，倒是有着先锋的气息，这种姿态也是颓废的精神。谢有顺曾指出，80年代的先锋小说，其颓废还是源于历史本身的颓废性质，并不是作家主体对现实的颓废感受："是那段历史所固有的颓废性，帮助先锋作家实现了对生存颓废感的表达。"①但到90年代的新一代作家身上，颓废回归了"现在"，是面对现在而产生的颓废感。比如朱文小说中的伦理观念，《我爱美元》里儿子请父亲嫖娼，甚至要让自己的女朋友去"陪"父亲，这里所冒犯的道德，足以写入中国当代风俗史；韩东《交叉跑动》《障碍》等，除开其中对人们认为的正确恋爱观进行嘲讽和罪恶评判外，小说里的性也令人惊骇、恐怖，这种纵欲，若以常规的道德来判断，已抵达恶的境界；何顿《生活无罪》《太阳很好》等小说，叙事上，注视当下现实，是一种直接化的经验书写，但更具冒犯性的还是小说中的伦理态度，推崇实利、迎合欲望，放弃了常规的道德感，对恶俗的现实欲望是不加反思的接受和认同。"晚生代"之外，90年代，女性作家从另一个性别角度解构了传统的情爱伦理。情爱，在林白、陈染、徐坤等人的小说里，还有着自我的觉醒意识。她

---

① 谢有顺：《历史时代的终结：回到当代——论先锋小说的转型》，见《当代作家评论》，1994年第2期，第104页。

们的先锋不排斥先锋派的叙述方式，但在精神意识上有了新的反抗，她们以与往常小说不同的人物形象和思想认知，反抗父权、男权，这种突破，夹带了另类的生活和心理，把一些需要反抗的东西确立为"恶"的势力。比如林白《一个人的战争》，这里多米的成长历史中，男性或者缺乏，或者是带来痛苦的对象，最后所依靠的老人（丈夫），也是阻拒自由和道德指责的对象；陈染的《私人生活》里，倪拗拗的父亲是暴戾的，T老师是邪恶而猥琐的，而她自身，也有着一种魔鬼式的欲望特质，把自己推往精神病的境界；徐坤的《女娲》，写女性的苦难和尖酸刻薄，这里的女性，独立顽强，也阴狠毒辣，小说书写了大量的恶：暴虐、乱伦、告密、迫害等等。这几位女性作家，反抗依然是现代的反抗，有着主体自觉性，"自我"是一个非常清晰的存在，其先锋精神比较纯粹。到卫慧、棉棉、九丹等人冒起的时候，人的"主体性"几乎成了肉体和性。她们的写作，把"晚生代"作家和林白等女性作家在情爱伦理上还残留的现代性因素继续瓦解掉。比如韩东小说中无节制的性，背后还有一种对传统道德拘束的反抗，甚至还有一种反向式的爱情怀恋和坚守。但到卫慧、棉棉的时候，性是生活中至上的东西。《上海宝贝》特意把爱与性分开，让爱在性的面前显出孱弱和无望；同时，九丹的《乌鸦》等作品，从生存视角上，用金钱来解构爱。

这些由身体和欲望彰显的前卫写作，把作为先锋的颓废与媚俗，实现了耦合。卡林内斯库将先锋、颓废和媚俗作为现代性五副面孔中的三副，说明它们之间也有着内在的共同性。关于颓废的反抗性，卡说："颓废风格只是一种有利于美学个人主义无拘无束地表现的风格，只是一种摒除了统一、等级、客观性等传统专制要求的风格。"① "作为一种主体性的文化,颓废主义意味着自我的扩张,意味着自我逾越其固有的传统边界……"② 媚俗与先锋,它们的技巧也是相互借用,比如"美学广告",即是媚俗艺术家使用先锋手法的产品,而先锋派也用媚俗艺术来玩反讽等等。由此看来,卫慧这些人的前卫写作,或许有其特意的解构式先锋,但又接近于一种"享乐艺术家"的媚俗状态。她们的作品所呈现的人物(非作家自身),内心对自己的欲望有所困惑,被自己的生存状态所困扰,甚至有着罪恶的感觉,但她们在本质上依然是作为享乐者的存在。另一方面,这些作家很可能正是以这种人物内心的困惑来实现暧昧,把罪恶感等等作为最后的、毫无力量的道德牌坊,让作品还有着一层美学的面纱,以此来模糊先锋与媚俗之间的差别。或许,如果卫慧们能够再纯粹一些,取消人物的心理困惑,才真正是作为"享乐艺术家"的先锋,即使这种先锋从正统价值观来看是一种道德衰败。

以上一批作家的前卫体验,跟一种世纪末式的颓废情绪非常接近。张器友等人把80年代以来的小说都纳入颓废主义范畴,对于90年代小说中的性革命,视作弗洛伊德力比多思想作用下的颓废书写。③ 这是一种否定式的评价。其实,90年代这些新潮小说中的颓废和媚俗,具有着两面性:一是作为先锋的开创性,二是作为恶魔式的破坏性。开创性层面,即如叙事

---

① [美] 马泰·卡林内斯库著:《现代性的五副面孔》,顾爱彬、李瑞华译,南京:译林出版社,2015年,第185、239页。
② 同上。
③ 张器友等:《世纪末中国文学颓废主义思潮》,合肥:安徽大学出版社,2005年版。

的解放，使得书写性爱和欲望，不再羞羞答答，突破叙事的禁忌，让一切都赤裸呈现，实现了一种彻底直观化的叙事冲击力，使得以后的小说叙事，在这些方面能够在藏和露之间自由选择；这种书写，作为创造力的同时，也是恶魔式的破坏力。它们冲击人的伦理观。爱被性欲和金钱解构之后，道德败坏的批判必然出现，个人也将陷入更为极端的焦虑和绝望状态。甚至于，作为提供生活暖意和生存希望的爱被消解之后，死亡也就接踵而至了。这种恶魔性，就从小说文本而言，也确实普遍都离不开死亡。薛雯指出："由身体代表的感性、由女性代表的美、由死亡代表的结局，是颓废主义不可或缺的三要素。"[①]在死亡层面，比如刁斗的小说《作为一种艺术的谋杀》，小说中的妻子借着出差机会和他人偷情，丈夫发现后自杀身亡；而在《上海宝贝》里，也有着天天的死亡；在《乌鸦》中，谋杀和死亡更是小说中时刻不离的存在。因此，沉溺于性的纵欲，也内涵着恶。纵欲背后、不道德的情性背后，隐藏着他人的痛苦和死亡。欲望本身不是恶，但因它而来的伤害，则是恶的表现。

三、先锋写作和极致笔法

"'享乐艺术家'为进步的精神规定当然的'目的'。但只有进步的精神才给予他此在的可能性。享乐艺术家通过它提高享受能力，进步的精神则通过它制造的刺激形式增加着刺激可

[①] 薛雯：《颓废主义文学研究》，上海：上海世纪出版集团，2012年，第197页。

能性。"① 前面论述的那一批前卫作家，不一定是舍勒所言的享乐艺术家。他（她）们的写作，从肯定层面而言，带来的是精神的进步，是突破各种叙事上的规约，有解放的作用。很不凑巧的是，这种"解放"恰逢了市场时代的享乐追求，这种精神上的进步直接沦落为物质的享受，文艺上的刺激形式也演变为唯物式的刺激寻求。这种情况下，继续前卫，如木子美等人的写作，就可以视作是完全的媚俗，与先锋求进步的精神已相去甚远。先锋需要有新的突破，要寻找别的"刺激"方式，以超越传统的同时突破媚俗化的光圈。在我看来，在精神领域，一种极致的写作可以看做是新一代的先锋表现。

极致写作，指向的是突破常规经验的写作，需要凭借非凡的想象力和思考能力，以去挖掘和呈现一些特殊领域的深度经验。这种写作可以抵至超验境界，成为一种纯粹精神上的演绎。它既是对日常世界生活规则的僭越，也是对精神世界中各种束缚灵魂自由的陈规阈限之超越。洪治纲在论述先锋文学的时候，指出过一种类似于《尤利西斯》《追忆似水年华》那样的极致叙事："……这两部一直被视为先锋文学的代表性作品中，其实非常成功地运用了一种极致性的审美法则，即，将叙事话语不断地推向某种艺术的巅峰状态，使叙事显示出极度辉煌、极度恣肆的审美情境。"② 对此，他延伸至先锋文学：

> 这就是带着超验特征的极致性审美法则，也是先

---

① ［德］马克斯·舍勒著：《世界观与政治领袖》，曹卫东等译，北京：北京师范大学出版社，2014年，第159页。
② 洪治纲：《回到超验的极致》，见《小说评论》，2001年第4期，第10页。

锋文学中最为活跃和最具表现力的一种表达手段。一方面，它注重话语表达过程的极致性审美目标，无论是人物性格还是情节结构，都不断地走向某种极端，完全摆脱了客观现实的庸常状态，使文本在许多臆想不到的情境中显示出自身独特的艺术魅力。另一方面，它又极力强调话语表达的超验性品质，在艺术传达过程中鄙弃一切通常的经验逻辑，抛却那些具有集体倾向和公众意趣的审美感受，使人们的一切理性预设手段都失去作用，话语呈现出大量非理性、颠覆性、独创性的成分。总而言之，它是一种超验性和极致性的高度融合，是先锋作家对自身超验性审美感受的极端表达，其最终目的是为了在反抗既定的文学观念和话语秩序的同时，确保文本全面地展示作家自我艺术理想的完整性和深刻性。①

追求极端的叙事效果、呈现异端的经验世界，这或许也可以说是很多传统小说的叙事特征。比如《水浒传》中的杀人场面，以及通俗小说中对阴私和黑幕的兴趣，都可以看成是极端的经验世界。但先锋叙事所追求的极端并非简单的惊骇效果。惊骇刺激只是手段，它背后的反叛和对抗精神才是目的，它是对传统规矩和常规思维的绝对颠覆。这方面，洪治纲也有论述："……先锋文学的极致性审美法则并非如此简单。它虽然也强调话语表达上的极端性，追求某种艺术上的巅峰状态，但这种极端是源于创作主体对既定传统话语模式的反抗愿望，

---

① 洪治纲：《守望先锋》，桂林：广西师范大学出版社，2005年，第112、113页。

是源于他们对人类存在境域的超前性体验，是源于他们对某种人性本质的尖锐发现，是源于他们对自身艺术感觉的高度自信。也就是说，它是源于作家内心深处的种种超越常规的审美体验。而这种超常体验，往往是建立在反伦理秩序、反文化秩序、反价值规范之中，并常常从根本上颠覆了人的理性逻辑，折射着先锋作家精神深处的反叛秉性和原创品质。"① 应该承认，这种精神源自西方现代主义文学思想。中国80年代以来的先锋文学，一直就有这种极致的叙事特征和精神追求，比如余华、莫言的小说，只不过因人们对技巧实验的过度热情而被压抑，未曾得到特别的重视。它在90年代，尤其是新世纪以来的一些先锋文学中再次得到发挥，成为有别于颓废和媚俗方式的，更具现代主义精神的先锋文学。

刘再复认为莫言善于把故事推向极致。确实，莫言在90年代之后的写作，最典型地体现了一种极致化的叙事精神。其《酒国》《丰乳肥臀》《檀香刑》《生死疲劳》《蛙》都有着非常明显的极致叙事，从各个方面发展了他80年代后期的先锋精神。《酒国》不仅仅是继续先锋形式的探讨，更是在写一种极端的罪恶，小说中的政治腐败和人性黑暗，都有极致的摹状，用杨小滨的话说，是"野蛮残暴与豪言壮语，罪恶与正义，苦难与欢乐都混为一体"，② 芜杂的叙事语汇把人物和时代的罪恶表现得淋漓尽致。《丰乳肥臀》把受苦受难的母亲形象演绎到极致，这是一个生活经验芜杂无比精神却又极为伟大

---

① 洪治纲：《回到超验的极致》，见《小说评论》，2001年第4期，第11页。

② 杨小滨：《中国后现代：先锋小说中的精神创伤与反讽》，愚人译，上海：上海三联书店，2013年，第226页。

崇高的母性形象，似乎是《红高粱》中"我奶奶"形象以及战争叙事的极端扩充。《檀香刑》则从《红高粱》中的剥皮叙事中进一步延伸，书写刽子手的屠人艺术和邪恶内心，用极致的笔法去剖析邪恶人心和剖露杀人技艺，是当代文学中最为邪恶却又最为经典的长篇之一。而《生死疲劳》拓展的是《红高粱》中的死亡观念，轮回的死亡，是从极端的视角对现世进行轮番注视。《红高粱》中"我奶奶"死后是跟着鸽子化身为鸟飞着，去感受"我的天"。而《生死疲劳》让西门闹转世成驴、牛、猪、狗、猴和大头婴儿，这些经验除开难以想象，还有一种批判历史逻辑和解构世俗伦理的效果；另外，《蛙》中的姑姑的形象或许与《红高粱》难以形成呼应，但莫言让她去经历几个时代的生育历史，也就是要她经历残恶并最终感受自己的罪恶。莫言这些小说，在叙事结构、形式技巧上有着他自己的先锋探讨。如谢有顺指出的，莫言《檀香刑》这些小说，用的叙事资源，在当代作家普遍用现代手法写作成为主流时，他"转身从中国传统中汲取叙事资源，这种后撤，也可以认为是另一个意义上的先锋"①；而另外一方面，莫言这些小说因为极致的叙事，也抵达了精神层面的先锋性。他的小说所突破的不仅仅是过去的叙事形式，更是叙事精神上的更新。比如在书写邪恶人性和罪恶历史等问题上，颠覆了过去的叙事伦理，直接进入恶人的内心以及打通人与动物的内心世界，大肆渲染，把人物形象往最为极端处描绘，打破任何一种要求节制和平和中正的叙事法则。陈晓明认为莫言的语言是追

---

① 谢有顺：《莫言的国》，《花城》，2013年第3期，第187页。

求快乐的极致①,这种快乐应该是不到巅峰不过瘾、不放弃的叙事趣味。这种极致叙事的实现,要求作家在创作时把自己置于绝对自由的精神状态,成为一个不受任何拘束的灵魂体,完全解放自己的感官之后进行想象和书写。莫言的极致写作,超越了常人的想象力,突破了这个时代的平庸思维。

　　莫言之外,还有一批作家从其他角度进行了极致叙事式的先锋写作。北村在80年代末也是重要的先锋作家。后来,他将自己前期的先锋写作称作技术主义,给予了否定。1992年之后,他的写作从"技术主义"走向了极致主义。他热衷于书写人的极端经验,在极端中感受绝望,在绝望中发现宗教性救赎。《消失的人类》里,孔丘的自杀是必然的,尘世生活无法抵御人性深处的黑暗;《施洗的河》中,刘浪的残暴之恶,很多情况下是不可理喻的,施恶欲望总是无端地来临,他射杀女人、残害兄弟等等,面对这些人性之恶,人类是绝望的;《破伤风》里,父亲的病和死亡,儿子们的冷漠和恶意,以及小说整体上的恐怖气氛,都是黑暗领地的故事;《玛卓的爱情》里的爱情,最终演变为互相的恐惧,最后双双自杀,意味着世俗的爱情无法拯救人类。北村这些小说,抛弃技巧之后,故事却走向极致,人进入极端的精神困境,这些困境往往又是人性的恶,面对这些无法抵御的黑暗,绝望、死亡往往是最后的结局。同为福建作家的陈希我,又从别于北村宗教性的另外视角书写黑暗与恶,成为新世纪以来最为锐利的先锋作家。从写作开始,陈希我就专注于人性中不可理喻的病态成分。《我爱我妈》里那种纠渴到乱伦的叙事;《放逐,放逐》

---

　　① 黄茜:《勒·克莱齐奥、莫言:写到极致才停止》,见《南方都市报》,2015年10月21日。

中抵于自我牺牲的血腥之爱；《冒犯书》的世界，每一个形象都因极致而逼向人性的可怕之境；《抓痒》中的夫妻，爱即是虐，婚姻是令人绝望的关系，人伦关系的本质就是恐怖；《大势》里的父爱，也是爱到极致的虐……陈希我几乎是极致写作的典范，书写恶与虐的问题上，有其深邃的发现。

其他先锋作家，也有各种各样的极致方式。宁肯、麦家、七格、刘恪、李浩、吕新等人，继续先锋形式变革的探索，同时也书写出一些超越日常想象的故事。他们或者向潜意识中的黑暗世界挺入，或者想象不可知领域、未来世界的故事。他们的先锋，致力于抵抗流行于世的平庸想象，也在反抗着意识形态的规训和市场经济时代各种媚俗法则对文学写作的辖制。《我的阿加蒂斯》写博尔赫斯，在叙事方式上模仿博尔赫斯。麦家不断地在写作中掺入难以想象的经验，挖掘人类未知世界的秘密。《黑记》是对人类未来恶症的想象，是对未知领域的"超验"式书写。七格的大多数小说都在形式上令人耳目一新，而故事层面，他也另辟蹊径。《真理与意义》用小说来解构哲学，以人性恶的力量，瓦解了所谓的真理，嘲笑哲学，更是在对抗这个时代的思想平庸。刘恪认为先锋是一种疾病，它要求走向极端，走向背叛自身的极端，要用否定的方法，取消自身："对于自身来说，器官已经病变了难道还不是身体先锋？所有病态都是极端，不极端怎么会病呢？一切事物的病！故先锋是一种病。"[①] 他在先锋技巧的研究上有非常全面的探讨，而他的小说，也在实践着一些自我颠覆式的极端叙事。《墙上的鱼耳朵》《鱼眼中的手势》《无相岛》等，侧重于极端

[①] 刘恪：《致先锋书》，见何锐主编：《世界的罅隙》，南京：江苏文艺出版社，2012年，第113、114页。

的故事，也是些罪恶的题材。《墙上的鱼耳朵》，核心是强暴和死亡，水月香的死是个谜，作为赌徒的丈夫，他的虐待是一个线索，邻居余松棵和孙二拐的强暴，都是致死的原因。在小说的叙事中，他们都不确定，却又都认罪，于是变得都没有罪，最后的凶手指向一个只偷了一面小圆镜的小偷。这里，小说中的恶，不仅仅是题材的罪恶故事，而且是叙事上的恶。在叙事逻辑的推理下，善恶可以转换："叙述毁灭了事物，但也创造了事物，并使它在想象中永恒地延续。"这里的极端，是毁灭善恶关系、创造伦理困境。《无相岛》是一个谋杀故事。惊悚的气氛，人物进入的是极为荒诞的岛，进去了就走不出，只有死路。刘恪这些先锋小说，故事基本都难以理解，有着很强的神秘和惊悚特征，它更侧重于文本内部的自我颠覆式实验。"恶"在其中充当的主要是颠覆叙事逻辑的作用，由此进入的极端的形式实验，同时也在黑暗、阴影层面表达了潜意识的能量。

勒南指出："在个体心理学中，睡眠、疯狂、精神错乱、梦游、幻觉，所提供的有益经验，比正常状态提供的多得多，因为在正常状态下，各种现象由于太微弱，似乎都被抹去了，而在一种更容易察觉的极端变化状态下，这些现象被放大了，所以变得更为明显。"[1] 虽然指向心理学研究，但于文学世界，同样如此。对极端、变态状况的书写，放大一些人性内部的潜藏之恶，人们才会真正觉察到人自身的问题，进而对人、对自身抱持自省和敬畏之心。防范恶，而不是极度地自信于个体的有限经验。极端的书写，就是在冒犯人的常规认知和正常感觉，于变态中发现细微的东西，更为醒目地呈现出文学、小说的伦理力量。

---

[1] 转引自：[法] 乔治·康吉莱姆著：《正常与病态》，李春译，西安：西北大学出版社，2015年，第36页。

四、反思：模仿而来的现代恶

对西方现代文学的借鉴，先锋写作以及更多的现代风格突出的小说，在表现"恶"的内容时，不再如伤痕、反思阶段的写作那样，作为内容情节、人物形象的"恶"转变成了形式和内容皆为"恶"的写作。现代风格的小说，在"形式就是内容"观念上体现得更为明显。现代派、先锋派的写作，文本自身的自律要求，既是作为文学写作的自由追求，也是作为反抗文学被社会化、政治化拘束的外在的自由追求。在"恶"的问题上，现代、先锋性质的书写方式和表现内容，他们呈现的"恶"趣和"恶"意，本质上是一种自由之善，这近似于萨特、巴塔耶论述波德莱尔时称谓的文学之"恶"。

萨特论述波德莱尔时指出："要让自由使人头昏目眩，必须进行选择……犯极大错误。这样，在整个世界都崇尚善的情况下，他能独树一帜，他应该完全赞成善、保持善、强化善，以便投入恶，而自我惩罚的人，则陷于孤立；他提供了一个具有孤独感的真正自由人的孱弱形象。从某种意义上讲，他在创造，说明世界上每一分子为了整体的伟大，都在自我牺牲。这时出现了独特情况，一个部分，一个片段起来反叛。由此可见，每一事物，都是自行出现，过去并不存在，任何情况都无法抹煞，完全不是严厉的经济措施事先准备的。这是一种无偿的、不可预测的高贵事业。请注意恶与诗的关系。当把恶视为目标时，这两种有限责任的创作就相互结合，融为一体，这样，我们就拥有恶的花朵。但是，有意识地制造恶，即错误，却是接受和承认善。这是向恶致敬，自认低劣，并承认自己的成就是相对的、派生的，如果没有善，创作就不存在。"① 这种道德观，是人为了肯定善而选择的故意唱反调行为，是为善而来的因恶而恶的写作，正如负负得正的思维，因恶而恶的写作，其内在的伦理指向，实为善。波德莱尔的"恶之花"，故意把目光转向邪恶、肮脏与颓废，即是这一比反讽更为悖论的有意而为。萨特拿他与黑弥撒相比，黑弥撒故意讽刺性地模仿弥撒行为，实质上依然是对上帝的崇敬。

萨特对波德莱尔的解读，会让人以为波德莱尔创作"恶之花"一类诗歌时，有着完整的善意的道德指向。对此，巴塔耶指出了其中的漏洞："萨特分析的错误是把诗和诗人的道德看做选择的结果。如果认为个人做了选择，他的作品的意义就在于回答了社会的需要。波德莱尔诗作的全部意义，不是在他的错误中体现，而是在历史的等待中确定的。'错误'回答了等待。表面上，在萨特看来，类似波德莱尔的选择，在其他时候是可能的。但在那样的时候，不会出现类似'恶之花'的诗。萨特解释性的评论，忽略了这一真理，但也提出一些深刻的看法，评论没有考虑到我们这个时代，波德莱尔的诗已全面归入灵魂（或者只作相反的考虑，从反面进行诽谤却对理解有意外的作用）。"② 也就是说，波德莱尔的"恶之花"诗歌，其价值并不是源于诗人先在的道德感，而是诗人从个人的感受出发，在当时语境下自发的文学风格选择。这种选择的价值，在今天（萨特、巴塔耶以及我们的时代）看来，是超越

---

① [法] 让-保尔·萨特著：《波德莱尔》，施康强译，北京：北京燕山出版社，2006年，第48页。

② [法] 巴塔耶著：《文学与恶》，董澄波译，北京：北京燕山出版社，2006年，第36、37页。

式的价值。在波德莱尔时代，资产阶级在进行资本的原始积累，完全是明天优先，牺牲现在。为此，工人反抗资产阶级的残酷剥削，浪漫主义作家、诗人们则反抗这种功利主义思潮。浪漫主义、现代主义的文学反抗，是纯粹个人的情绪，而这些情绪的特征当然离不开时代语境。巴塔耶对此说："他只表达了诗人受到阻碍的心情，遇到无法维护或不能办到某事的心情。诗人不愿作恶，但觉得恶有魅力，这是真正的恶，因为他思想上向往的是善，与恶完全无分。总之，恶最后并不重要：意志的反面是迷惑，迷惑则是毁灭意志……诗的对象是人的敏感性。为了吸引人，应该把吸引对象限制在意志所能承受的范围。旧诗把自由限制在诗里。波德莱尔揭示了被诅咒的诗，在喧闹的群众中消沉。这类诗不承担任何责任，它接受不能带来满意的诱惑，一种毁灭性的诱惑。这样，诗就背离了外部提出的要求，意志的要求。这是为了适应一个唯一的内在要求，把它与诱惑相联系，使它成为意志的反面。"[1] 这就是后期浪漫主义、现代主义的风格来源，适应那唯一的内在要求，而背离外部要求，是向内心的感觉回归。"对波德莱尔来说，否定善基本上就是否定未来至上，肯定善属于一种成熟的感情。这种肯定，经常不幸地（以诅咒的方式）向他揭示现时自相矛盾的现象。"[2]

萨特、巴塔耶对波德莱尔《恶之花》诗歌的解读，给我们的启示是，80年代的现代、先锋写作对"恶"的热衷，与

---

[1] ［法］巴塔耶著：《文学与恶》，董澄波译，北京：北京燕山出版社，2006年，第39、40页。
[2] ［法］巴塔耶著：《文学与恶》，董澄波译，北京：北京燕山出版社，2006年，第40页。

西方现代文学的"恶"有着重要的区别。它们的相同之处很明显,即在创造性内部潜藏着恶魔性。但在差别上,有着刻意的恶性书写,也有着清晰的善意指向。先锋派或者后来的以恶和黑暗为特征的先锋精神作品,它们对暴力、邪恶、阴暗面的关注,不是简单的时代语境驱使下的自然流露,更多情况是出于模仿特征下的刻意为恶性。因此,巴塔耶指出的萨特理解波德莱尔的错误之处,正是中国当代文学中现代、先锋写作的突出特征。他们作品中的黑暗和邪恶,是怀疑、消解和更新了过去的写作范式和文学观念,即使它们的客观效果相近,但主观动机却很不同。当代中国文学的先锋和现代,其恶的取向是有意而为,在一些作家的写作中甚至是刻意为之,而非时代语境同作家个人内心感觉相碰撞冲突后的"自然流露"。我们的"现代",很大程度上是模仿来的"现代"。"恶"也如此,多为模仿而来的"恶"。为此,也能理解有论者批评当代中国文学中的"恶意"冲动写作实属于病态审美趣味。[①] 但今天也必须承认,这种"恶意写作",客观效果上,却是带来了崭新的文学面貌,对于文学如何书写历史、现实都产生了深远的影响,这也是西方的现代"恶"错位式地进入中国后,给中国当代文学所带来的文学史价值。

---

① 路文彬:《"恶意"冲动迷失下的写作情感依赖——当代中国文学的一种病态审美趣味》,见《文艺理论与批评》,2005年第6期。

辑 二

透视黑暗

　　恶认识善,可是善并不认识恶。只有恶才有自我认识。

　　恶即引开者。

——［奥地利］卡夫卡

存在、逾越与救赎

——论陈希我的黑暗写作

进入论述之前,我们先行引述德国学者萨弗朗斯基论述谢林哲学中自由与恶关系时的一段话:

> 上帝的深渊是那个尚未完成的上帝,是那黑暗的和封闭的,还未进入自我透明的存在。上帝身上的深渊是潜能,这个潜能是给予可能,但同时持留着一种威胁。它能作为根基让存在者产生,变得有序——但它也能把存在者重新吞回:那无序的和混沌的东西会作为深渊再次出现。
>
> 自然的演变是个戏剧性的过程,而这幕戏剧必定会在人身上——亦即自然在那里得以成为最高意识的地方——上演。潜能的负面——无序的和混沌的——在他身上会变得自觉,成为自由的行动。正因为如此,在人的自由中有虚无和毁灭的可能选择,亦即混沌。人被允许进入存在,但他能感到挣脱存在、毁灭存在的要求,这就是恶。由于他的自由,人能成为未完成的上帝的同谋。上帝身上的深渊和人的自由中恶的深渊互相联系。人与上帝相联,但是,也同这个上

帝的夜的原则、同他那混沌的未完成性保持联系,这属于他棘手的遗产。①

基于宇宙生成论,谢林认为上帝的存在有其根基:"上帝得先从他自己的黑暗的根基处展开,成为神化的、神圣的上帝。"上帝的根基是上帝自身,不在上帝之外。同时,上帝也超越根基状态,它是整个存在。这种根基思维,意味着上帝身上也有黑暗,潜藏着恶的可能。上帝的潜能给予存在者各种可能,或者是有序的善,或者坠回深渊。

向混沌、根基世界回缩,意味着黑暗降临、罪恶显现。这种"恶"体现在人的自由问题上时,表现为挣脱、毁灭存在。而人为什么要挣脱、要毁灭"存在"?在自由中,人为什么会选择恶?谢林将其解释为负面的潜能作用,人感受到内在于上帝的黑暗根基,恶也就成了可能性选项。这是一种宗教、玄学化的解释,没有神学基础,难以理解。

为此,我们尝试摆脱谢林的神学框架,来思考存在、自由与恶之间的关系。这种尝试,起源于我对陈希我作品的理解。他的小说有着深刻的黑暗根基,他竭力于思考现代人的"存在病症"。这是精神问题,在其小说中表现为毁灭存在、通往黑暗的人性现象。

一、存在即恶:"此在"向"存在"的质询

谢林说:"只有在人格性中才存在着生命,而所有的人格

---

① [德]吕迪格尔·萨弗朗斯基著:《恶,或自由的戏剧》,卫茂平译,云南:云南人民出版社,2001年,第46页。

性都基于一个黑暗的根基。"① 陈希我的诗学观念可与此相比："我不过是沉溺于黑暗了，黑暗成了我的生存方式。黑暗是我的生命之痛，但是就像牙疼，越是怕痛，就越是要拿舌头去顶伤口，在痛中得到确认，在痛中得到慰藉。文学就是与苦难调情，从而使苦难变得迷人，产生出极端的欣悦，从而超越苦难。"② 他承认自己内心的黑暗，他相信宗教是建立在黑暗基础之上的。只有黑暗，才有光。③ 谢林作为哲学家，他相信人的理智可以克服自由意志中的恶。但在陈希我的小说中，理智的力量往往孱弱、微末。陈希我的小说，特意逼迫出人潜意识中的黑暗能量、挖掘出人内心中的非理性魔力，他坚持的是一种凝视恶的黑暗写作。

那么，陈希我作品中的黑暗来自哪里？大多数作品中的恶，可以找到恶人，恶的源头是具体人物的邪恶，这些邪恶用社会学、政治学或心理学等方面知识可以解释，甚至可以被消除。王国维的悲剧学说中，认为由极恶之人造成的悲剧，是最浅层次的悲剧，没有恶人的悲剧，才最深刻。由此推之，文学书写世俗的、具体的恶，这不足为奇。而若能够书写出超越具体、具备普遍性特征的"存在"之恶，理当更为可贵。这里的"存在"，是形而上、本体论意义上的"存在（Sein）"，它指向人和世界的本质性问题。

---

① ［德］F. W. J. 谢林著：《对人类自由的本质及其相关对象的哲学研究》，邓安庆译，北京：商务印书馆，2008 年，第 134 页。

② 陈希我：《一个理想主义作家的告白》，见《山花》，2005 年第 1 期。

③ 陈希我：《我疼（跋）》，北京：人民文学出版社，2014 年，第 353 页。

在陈希我笔下,"恶"是绝对的,是本体性的力量存在,是一种近似于谢林哲学意义上根基性的黑暗深渊。作为本源性力量,它们具有旋涡般的吸引力,摧毁着此在世界。长篇《抓痒》集中反映出陈希我对"存在之恶"的理解。小说触及众多此在生活的恶之本质。死亡、欲望、爱、教育、美……这些都被拆解,露出了它们本质性的狰狞面目。

《抓痒》一开篇即是死亡。死亡本是极为严肃的事,但在偷情、嫖妓的叙述中,失去了它该有的庄重,只带来亲朋们难堪的、虚伪的哀悼。文中还这样写道:"要是因病而死,即使是偷盗被枪毙,甚至是杀人越货,他都可以坦然躺着。"杀人越货的死亡也比偷情的死亡要坦然?在这种比照中,死亡本身突然变得不可信,只剩下荒诞。嵇康去纠结这种死亡的意义问题,不与同伴们去嫖娼。但回到家后,妻子做日常家务活,追求干净,却"逼"得嵇康不安、绝望——"坐在湿漉漉的书房,就好像坐在一片孤舟上一样,四面是海,无所傍依。"——家庭生活处处令嵇康绝望,每顿饭吃什么突然变得可怕:"今天问完明天还问,平时解决了,休息日、节假日也不能解决。日子好像过到了尽头了。"回答"随便"把两个人逼向了争执,妻子的笑令嵇康厌恶,夫妻生活只剩下无趣,一切都是"烦"。家庭世界,那些温馨的装置,都是生活之"烦"的伪饰;豪华的一切,都是折磨人的刑器。嵇康逃离家庭,沉于网聊,住到宾馆去"监视"自己的家。"你要做做可以把你毁灭的事。那是一种反抗,那是被阉割后的狂狷。"可嵇康终究逃不开妻子、家庭的"监牢",他永远被套在其中。人就"好像一只被套住了的猎物"。"套住"是《抓痒》中非常关键的词,嵇康被家套住,被朋友和关系利益套住,做爱过程也感觉是被套住,别墅也是套住嵇康的牢狱,请来的门卫都是他的看守。生活就是一个巨大的套壳，人的身体、感觉和灵魂都被牢牢套在其间，不可动弹。

婚姻、欲望是《抓痒》最核心的"攻击"目标。"婚姻，与其是面向生的，毋宁是面向死的。"婚姻"像环扣的铁链"。什么都可以发展，唯有婚姻不能发展，它本身即是死。婚姻内部的爱，"是人类最大的谎言。爱其实是在肮脏中产生的，爱就是脏"。婚姻中的性更是无趣、令人绝望。嵇康感觉自己像是填土的苦力工，他边做边想象自己作为旁观者，冷冷地看着自己这可笑而可怜的残忍行径。而嵇康又害怕自由，他要在虐打妻子中得到存在感；而乐果，她已经绝望，对她而言，离婚、再婚与不婚都无差别，存在之"痒"是本质的痒。嵇康与乐果的婚姻本质，就是相互挠痒。痒是逗留于此在世界的存在性表征，挠痒就是对存在的触碰，是对存在感的领受。

小说中，人物日常生活的各种欲望被一个一个地破除。欲望是满足即死的东西，和"苏州女人"网聊，对方的胸部豁然敞开的，不是刺激，而是死亡，是亵渎。"它豁然敞开了。彻底开了。你看到了里面。那是什么？死亡/死寂。"嵇康要同苏州女人见面，也只是去感受那种临界状态，挑战自己的欲望底线，真正走向会面，也就意味着欲望的彻底死亡。那么，欲望是什么？不是满足，而是永远停留于想要而不可要成的临界状态。它是虚空的。人终日所追寻的，不是具体的人或物，而是"欲望"本身，欲望永远不可满足。在这里，欲望像极了"存在"，"存在"本身不可见，它以"逗留"的形式呈现，潜藏着，无穷无尽地冒现。"存在"就似一片可怕的欲望之海，吞噬什么并不要紧，"吞噬"本身就是它的本质。

嵇康和乐果夫妻沉于虚拟的欲望实验，实际的欲望满足都宣告失败，而在虚拟中，他们相互凌虐，想象各种性虐方式，在虚拟中感受无尽的欲望。虚拟的凌虐，也让嵇康和乐果真正有了痛感，从欲望的痒感进入到生命的痛感，他们其实是在体验"存在"的真实感。这种在本质性存在的深渊中维持的婚姻，看似无爱，实则为两人坠入深渊、看到了"存在"的荒漠本相后的相互厮守。

对存在的虚无、荒漠体验，能解释嵇康和乐果对"此在"生活的态度："生存本身就是荒谬的景象。"小说中大量谈及生孩子的问题。他们与小树的对话，直接质询了生存的意义。生命诞生，即意味着恶的出现。生儿育女是个错误，长大成人也是非个人意愿的必然性错误。但这也不是作为父母的错误，而是存在本身的错误。存在者生存于此在世界，它是被抛入的。被抛入之前，有一个已然的自然世界和文明世界，他要与更多的存在者共存，要寓于各种关系中，必然要进入"烦"的状态。而所谓文明，只是制造出生活的假象，让人去奔忙，最终也是失去价值的死亡。关系世界，也是套笼，是虚伪、欺骗。世界的本质是黑暗，那些真正控制世界运转的东西，都是暗中进行的。那些揭示出世界、人性黑暗本质的人，都被扼杀，被纳入变态者范畴，被送上疯人船。

《抓痒》呈现的在世状态，其实际性生活已经完全沉沦：

> 在大众消费时代，无论为温饱的搏斗，还是为输赢的较量，最终全部归入一场巨大的游戏。大众消费社会的所有成员，或者说，西方现代生活方式的所有参与者或分享者，无论其主动还是被动，一般而言都必然卷入这场巨大的游戏。这场游戏为欲望和能量的表达提供了疯狂的形式和机会。而欲望和能量的疯狂表达，则迄今为止最大限度地唤醒了人身上潜在的兽

性。在大众消费社会中,阴暗角落潜藏着防不胜防的兽性和猎杀者,彼此都不能幸免。

利益至上,平庸深入骨髓了,正义与邪恶之间的界限也被对既得利益的共同贪婪模糊掉了。就为了致富,奔小康,灵魂烂透了,几乎没有一个官员是清白的,没有一分钱是干净的,没有一个字是诚实的。

在海德格尔存在论中,此在世界即是沉沦的世界;《抓痒》的此在世界,它的沉沦,是形而上性质的沉沦,也是世俗性的沉沦。嵇康和乐果相互凌虐的行为,是对这种沉沦性世界的反抗,想走出沉沦以抵达本体、存在,以突破"此在"的麻木来质问"存在"的隐匿。

此在之存在,即是操心/烦,这"烦"不局限于一般意义上的烦扰、忧虑等含义,而是指向生存论和存在论。在生存论层面,操心由实际性来规定,但操心的结构在存在论层面,并不能简单地回溯到一种存在者层次上的基本现象或基本元素。"操心的规定是:先行于自身的——已经在……中的——作为寓于……的存在。这一规定摆明了:这个现象在自身之内也还是在结构上分成环节的。"[1] 在存在论上,操心还有更为源始的现象,是先天性、普遍性。海德格尔用古老寓言[2]来说明这一源始性。"'为生计操心'与'投入'在生存论上的可能条

---

[1] [德]马丁·海德格尔著:《存在与时间》,陈嘉映、王庆节译,北京:生活·读书·新知三联书店,2006年,第226页。

[2] 同上,第228页。

件须得在一种源始的，亦即存在论的意义上被领会为操心。"①嵇康和乐果的生活，摆脱了为生计操心的生存论性质的"烦"，但他们的生活世界，本身即是沉沦，是灵魂烂透了的恶世界，他们要从自我的那种失却生计操心后的"此在"状态中追寻、感受人之为人的存在论意义上的"烦"。于是，嵇康和乐果自我凌虐、相互摧残，毁灭他们此在的生存状态，进入了"存在"之烦。"存在之烦"是一种深渊。他们想回缩到存在本身，也就是回缩到根基、混沌世界，陷入更为绝望的黑暗深渊。

由此，我们再回答人为什么要摧毁存在、选择恶？从陈希我《抓痒》来看，是在沉沦的此在世界里，那些不甘愿与沉沦"同流合污"的存在者，或者说摆脱了生存性之"烦"的存在者，他们要去寻找起源性、本质性的存在感。这种寻找必然打破沉沦世界的"正常态"，成为另类，在变态中发现"存在"的面目——这种"存在"其实是不存在的。寻找它却陷入更为源始性的黑暗深渊。寻找作为回归，实质上却是作为摧毁生命和陷入深渊的恶。

二、逾越之恶：内在的耗尽与超越的背叛

《抓痒》中，嵇康、乐果"享虐"的残忍等级愈来愈高，升到极点之后，再共同坠落——跌入死亡的深渊。自毁实际性生存的死亡方式，实是耗尽了人物内在性之后的肉身与精神之死，他们抵达了极致的暴虐状态。这种想象，跨越世俗的写作

---

① ［德］马丁·海德格尔著：《存在与时间》，陈嘉映、王庆节译，北京：生活·读书·新知三联书店，2006年，第230页。

界限，超越常态的人性想象。这里的死亡，不仅是肉身，更是一种精神性的、存在论意义上的死亡。从"此在"的享虐和死亡迈向"存在"的黑暗深渊，揭示了"存在—深渊"的可怕，也从反方向上证明了这一对夫妻自身此在状态的可怕性。陈希我的这种追求，是一种现代主义式的逾越追求，它具备令人惊惧的魔性之力。迈向"存在"的步伐就是毁灭自身的过程，这是向人的本质"牺牲""献祭"，是一种自毁精神。

关于逾越的美学，阿尔特有一段话：

> 在文学作品中，恶总是作为扰乱的角色出现，在这种纷乱中一种混乱不堪的结构得到了反映，因此，人们完全可以用"混乱的制造者"这个概念来表示这个角色。现代主义的作品主要是通过逾越的过程介绍恶这个角色的。在这样的过程中恶的不安分为它赢得了特殊的美学地位。因此，逾越（transgressio）的形式就和一种传统的归咎因素连接起来。这样一来，恶所追求的便是超过和越界。这种妨害规则的动力——这是一种在不断的重新起始中对限制进行加工的运动——是由固定标记的一种辩证关系决定的。逾越的美学——它已经加入到了恶关于渎神、暴行以及色情的各种想象之中——尤其表现在违反和认可的似非而是的统一之中。[①]

---

① [法]彼得-安德雷·阿尔特著：《恶的美学历程——一种浪漫主义解读》，宁瑛、王德峰、钟长盛译，北京：中央编译出版社，2014年，第286页。

陈希我写作的现代主义特征，不是以形式、技巧等作为表现方式，而是以阿尔特说的这种逾越之恶/美来体现的。嵇康和乐果逾越的是此在世界的"正常"形态，以享虐的方式来突破无聊、空虚的生活状态，想以"虚"，也即精神性的享虐来抵达存在、本体世界的"实"，这于本质上是一种悖论。空虚的生活状态才是真正的"实"，"存在"本身才是"虚"。嵇康和乐果以"抓痒"方式，想超越"烦"的生存性事实之"实"，来感受"虚"的存在性状态，却没料到，后者才是真正意义上的"烦"。这种"颠倒"，看似属于"超越"，实际上只是耗尽了人的内在能量。同时，其效果也背叛了内在精神。初始的善，最终指向了地狱式的黑暗深渊，超越也就成为逾越之恶。

陈希我在探讨"恶"的问题时，有这样一段话：

> 到地狱中来，是我们应该承受的，是我们的真实存在。在叔本华那里，在克尔凯郭尔那里，在萨特那里，乃至海德格尔那里，都为人类描绘了悲观的世界图景。在这种情况下，我们跟恶较量，结果可想而知。面对强大的恶，所谓超越只是一种虚妄。在虚妄之下，道德无以附丽。在实际上无法压制恶的情况下，所谓胜利实际上只是精神上的胜利。这种胜利是不可靠的，很容易就会以负面出现屈从恶，同时也放纵自己本能的恶，把耻辱当光荣，把不幸当幸运，把苦难当幸福。①

---

① 陈曦：《文学中享虐现象之考察》，博士学位论文，福建师范大学，2007年，第54页。（注：陈曦即陈希我）

面对世界的沉沦，个体若希望超越这一强大的生存性"恶"，其实是一种虚妄，它本质上是恐怖而绝望的。嵇康和乐果的"超越"，是放纵自己的享虐本能，从反方向屈从了潜意识中的黑暗因素。这一精神逻辑，是陈希我众多小说的共性。《我疼》一篇里，"疼"是一种存在之恶，"疼"是一种唤起人的存在感同时也摧毁着整个人生意义的感觉。[①]"我"从小就牙疼，这疼"直接逮着我"，逼着"我"想方设法去缓解，这致使"我"很小就知道这样的道理："生命的疼痛如此尖锐，我无法回避。"随着年龄增长，"疼"越来越繁多，它好像是变换着方式在追逐"我"，无法回避"疼"的"我"，最后被逼得只能主动迎接。"我"不断地主动去感受"疼"，也不断地喊"疼"，喊自己的"疼"，也揭开别人不愿说出来的"疼"……"我"让"疼"字充满在整个世界，所有平庸乏味的日子也因为"我"的喊"疼"而变得异常夺目。后来，"我"用性和毒来缓解"疼"，也用它们来感受"疼"，"我"沉溺其中，最后被送到戒毒所。针对人们所说的新生活，"我"嘲笑说："可你们不懂得疼！""疼"成就了"我"的骄傲，嘲讽着大多数人的世俗生活。不懂疼的人生就是轻飘飘的人生，没有"疼"的生命，存在感何在？存在感就是各种各样的疼，这种"疼"让"我"对生活、对世界充满绝望感。用"疼"来刺激、揭示存在，是一种平常意义上的感受自我存在的方式。

乌纳穆诺说："我们事实上并不知道，只要我们不曾感受

[①] 陈希我：《冒犯书》，北京：人民文学出版社，2007年，第137页。

到不舒服、苦难或悲痛,我们就不会知道我们拥有心、肺、胃等器官。生理上的苦难或怆痛,它能向我们展现自己内心的精髓。而精神上的苦难或创痛也同样真切,因为除非我们受到刺痛,否则我们从来不注意我们曾经拥有一颗灵魂。"① "疼"可以让人更直接地认知自我和灵魂的存在。但是,一旦越界,如小说中的女孩"我"那样,进入到以疼为傲、以吸毒等方式主动寻求疼痛感的时候,成了一种享虐,恶也就莅临。这种疼痛感—存在感的追寻,虽然超越了不知疼痛的麻木存在,却也同时从反面背叛了疼的精神性要求,走向的只是肉身的放纵和伦理的越界。

逾越的美学,在陈希我小说中表现为日常、正常走向反常、变态的过程。在《大势》里,父爱一开始还处于正常状态,而一旦这种爱跟极端化的民族情绪结合,溺爱、太爱,变形为反常的束缚,最后演变成病态的恶魔式控制。《上邪》一篇里,诗人叶赛宁执意要求情人言说"我爱你",他为此而自杀。这一带着夸张的故事设计,为的是写出叶赛宁沉于"心"之后的可怕性,要求他人的言行同其内心的渴求相等同,这是一种不可能。叶赛宁执着于它们的等同,外在的失败之后,他走向的是刺破自己心脏——内心的自杀举动。

陈希我小说中的逾越之恶,并非一般的恶,基本是自虐、自杀式的"恶",顶多是在自我毁灭的同时也造成了对他人的伤害。这种恶,不是为着要伤害他人以获得某种满足,也不是纯粹要搞破坏的恶。自残、自杀或享虐的恶,实质上是人物被自己的内心所逼迫而犯下的"恶",是人物对自己内心的要求

---

① [西班牙] 乌纳穆诺著:《生命的悲剧意识》,王仪平译,哈尔滨:北方文艺出版社,1987年,第133页。

放大后,想把他人也内心化,却终究不能而导致的恶。一方面是精神的纯洁化渴求,另一方面,享虐式的恶,是享虐者的内心还站立着一个恶魔,这一恶魔驱使着、旁观着、欣赏着现实中的身体进行着自虐或施虐。

《抓痒》用第二人称"你"来叙述,这有着奇特的效果。叙述者作为小说中的"你"(嵇康),在内心叙事的作用下,他与自己有了分裂感。我们可以感受到一对陷入深渊、值得怜悯的灵魂,也能看到一对令人恐惧的、血肉模糊的身体。这两方面都是精神、内心与现实之间的关系表现。小说人物都希望感受一种内心化的、精神性的存在,这种内心,耗尽一切以吸收外在世界(包括肉身)进入其中,抵于超越的境界。而实际上,这种超越并不会实现。即使故事层面完成了超越,在阅读(读者)的接受层面,超越也只会是对精神纯洁性的背叛。逾越了常态的伦理规则和道德想象,从文本中感受到的,只会是恶的形象。

三、恶与拯救:困于深渊的灵魂之声

《抓痒》最后乐果、嵇康与网友们对峙,为自己的自虐行为争取合法性,其中网名"周渔的飞机"说他们会受到审判,而乐果质询道:"自己嫖自己,要上哪个法庭?"随后,有了"陈希我"的声音:

> 陈希我:灵魂法庭。生命都可以解决?当官的腐败,可以反腐败;政策理不顺,可以去理顺;人民道德水平差,可以通过教育或者法律来规范;下岗职工可以通过政府让他再就业;农民利益得不到保护,有

《焦点访谈》曝光呀！不是还可以参政议政吗？是啊，还有什么不能解决的？立个法庭，多几个死刑，就他妈什么问题都解决了。可是心灵呢？就是死刑犯还有阴魂不散的问题呢。

嵇康、乐果的享虐，不会受到现实世界的审判。但他们的自身状态，痛苦的精神煎熬，绝望的存在感，本身就是承受惩罚。陈希我的叙述是进入人的内心世界，他探讨的是人在各种生存问题都解决之后的心灵、精神、存在性问题。《抓痒》中嵇康和乐果的"痒"不是生存之痒，而是精神、存在之痒。《我疼》中女孩的"疼"已经超越了身体的具体疼痛，而是存在之疼。《晒月亮》里，这对男女的性刺激，不是要寻求欲望的满足，而是刺激欲望本身，这是精神性的折磨。在《补肾》里，也不止于写妻子如何为沉于自慰的丈夫寻找"补肾"良药，而是书写现代人的精神匮乏，用"人肾"去补的，不是性能力，而是维系人继续活着、存在的精神资源。在《又见小芳》里，女性事业成功，身体却发胖了，这种颠倒，使金钱的存在失去了价值，身体的肥胖引起的是自我与他人的厌恶。过去的身体感觉，成了现在的精神渴求，"她"只希望获得男性一个真心的拥抱，像他们拥抱过去的"小芳"那样带着愉悦和欣慰，而不是带着利益和厌恶。《大势》那种要把一切纳入精神纯洁的爱，是一颗极端纯粹的心，但恶正是源于此。这些人物，普遍挣扎于内心世界，被自己的精神所折磨，最终走向自虐、自杀、罪恶。这些恶，是陷入存在—深渊世界后的人性状态。这些人物，被根基性的存在之恶所召唤、摧毁。他们自我折磨（同时也折磨他人）的生存状态，是于深渊处发出的绝望之声，他们在灵魂深处呼唤拯救。

这种奔向存在—深渊的牺牲式、献祭式写作，人物是圣徒也是魔鬼。在圣徒一面，他们自我牺牲，让自己的身体成为精神的奴隶，行走在最原始的存在处境——也即荒芜的、粗粝的、黑暗的深渊，最终走向死亡，成为存在的祭品。这种死亡是向死而生，是在唤醒。在实际性世界已经完全沉沦的时候，只有死亡以及奔向死亡的疯狂才能够把人们从一种恶的生存状态中唤醒过来。享虐、死亡都是极端的故事和夸张化的人性表演。在麻木、无聊已成为常态，世俗心态已坚固地控制着人心，商品意识形态等把人规训为单向度的人的时候，只有极端和变态才能起到令人震惊的唤醒性效果。在魔鬼方面，他们所选择的极端行为，本身具备惊惧性，是骇人的、反常的。更为深层次的魔鬼性还在于，这些形象抵达的深渊，是一种彻底的虚无、黑暗。萨特说存在就是虚无，他们对"存在"的体验，也注定了是体验虚无："人的意识的虚无化就成为一种能动的恶。"①

如此，我们好像进入了绝望之境。实际性生存状态已沉沦为恶，而存在的深渊也是黑暗与虚无，人到底该如何生存于世？不问本质存在是一种麻木，体验"存在"却是走向恐惧与恶。此在与存在，都是黑暗，令人绝望。

在没有宗教心理的情况下阅读陈希我的小说，很容易将其理解为纯粹恶的、绝望的书写。就如在《罪恶》中，每一个人都清楚何为罪恶，但每个人又都在犯着恶，他们对善和忏悔的承担，只不过是在不损及自身利益情况下的有限作为："你可以向遥远的灾区捐款，却不能对现实作出赔偿；你可以向空

---

① 刘小枫：《拯救与逍遥》（第二版），上海：华东师范大学出版社，2011年，第430页。

泛施舍，却不能对具体你所犯下的罪恶作出承担。那种施舍的场面多么好啊，轰轰烈烈让人忘记了个体的罪恶，信誓旦旦然而谁都不需要去承担，做个姿态就让负有罪责的人成了善人，然后船过水无痕。"① 小说中说这话的"我自己"，也只不过是说说而已，"俨然自己是局外人"。这是一个人人都有罪，却人人都逃离承担具体罪责的绝望现实。在《拯救》中，人的忏悔只不过是让自己的罪恶变得可以谅解，让自己可以和一个犯过恶的过去和睦相处，只是幻想被"死"了的、不会说话了的神原谅。一旦这神是"活着"的，没能原谅个体，险恶的人性又再次泛起。小说在质问我们所谓的拯救，人性沉沦到连宗教都可以利用、连赎罪都可以是虚伪，还能拿什么来拯救？只有无解、绝望。即使是《移民》，陈希我放弃了之前叙述中不妥协的精神，在陈千红不断地向生活、现实妥协之下，生活依然是个绝望的深渊，现实的恶具体而醒目，只把一个充满爱的个人逼向绝境。

绝望是人的一种根本处境，个体的此在与根本的存在，都是恶的。在这种极端悲观中，陈希我到底要表达什么？不是表达对世界的憎恨，更不是宣扬自杀自虐式的存在感体验。陈希我对萨德式写作有自己的理解："萨德是死的呼唤者。这也让他区别于欲望写作，欲望写作是奔着快乐而去的，但萨德所书写的欲望却毫无快乐可言。驱使人类文明的是追求快乐之欲，于是萨德必然被文明所罢黜。萨德之'恶'，就在这。但这不是'恶'，倒是更高意义的'善'。有道是，写作是疗伤，但与其是疗伤，毋宁是救赎。疗伤与救赎不同，疗伤是'向生

---

① 陈希我：《我疼》，北京：人民文学出版社，2014年，第172页。

而生'，救赎是'向死而生'。疗伤者信心满满、无所不能，救赎却必须建立在对自身能力的绝望，从而遁入虚妄。"① 陈希我书写的绝望，也是指向救赎的绝望。

其实，用"恶"来描绘此在世界与本质世界，无非是指向另外一个维度：上帝/天堂。生存的实际性状态是人间，存在的黑暗性深渊是地狱，而"天堂"这个维度呢？小说里没有天堂的位置，作家将它搁置在读者的内心了。看到地狱惨状与人间沉沦，我们难道沉溺其中吗？作为读者，我们的责任是转过身子，要"掉过眼光向天国仰望"（《神曲·天堂篇》），真正去理解光明源自黑暗的真理。作为创造出这些小说故事、人物形象的作者陈希我，他的目光近于天国的目光，他注视着现世世界深处绝望深渊的人，省察着他们扭曲的身体与挣扎的灵魂。书写就是注视，这种注视唤起的是怜悯与哀悼。作家的眼光盯着人的黑暗心灵和世界的罪恶本质，这不是看透世界后的无所谓，不是庄子、陶渊明等人拒绝现世生活的逍遥、超越和返归自然式的精神姿态，而是努力承担起反抗绝望的责任，成为殉道者。

> 作家也通过"恶"的书写成了殉道者。陀思妥耶夫斯基被普遍认为是离上帝最近的作家，他左手捧着不忍的心，右手挥起残忍的刀。但我却觉得，萨德离上帝更近。他不是上帝的选民，但他洞悉上帝的秘密，他是上帝的"私生子"。伟大的作家都是上帝的"私生子"。他书写黑暗，把厚重的黑暗砸向读者，

---

① 陈希我：《伟大的作家都是上帝的私生子》，见《北京青年报》，2015年9月23日。

猛然溅出光来。这是黑暗底下的光,令凡常的眼睛短暂失明。①

《创世纪》开篇言:"起初,神创造天地。地是空虚混沌,渊面黑暗;神的灵运行在水面上。神说,要有光,便有了光。神看光是好的,就把光暗分开了。"神发现黑暗,然后才说要有光,于是便有了光,再然后是光暗分开。陈希我深深地被这种根本性、源始性的黑暗所诱惑,他身上不是携带光,他不是背负着已然象征光的十字架去写作的作家。他携带的是黑暗,是最本源的黑暗。这种凝视源始深渊的黑暗写作,目的亦是要人们像上帝一般发现大地的空虚混沌和渊面的黑暗,于是"有光""救赎"便成了迫切的需要。将光暗分开是读者的责任。陈希我是刻意用上帝私生子的目光在写作,他不信教,他的写作不是传道,却从反方向或者说根源上,为人类需要救赎而写,向黑暗需要光芒而去。

"从谢林晚期哲学来看,恶是一个颠倒的、需要一种启示的世界的状态。"② 或许,陈希我的写作就是这样一类启示。他书写绝望和黑暗,发出那些困于深渊的灵魂之声,召唤上帝、天国的拯救。同时,作家在现世中,因为深刻意识到现世的罪恶与人性的黑暗深渊,也就弄清了人的能量与局限。于是,当面对各种个体意志延伸为普遍意志的现象时,他能够本着独立与爱,去反抗、去批判。

---

① 陈希我:《伟大的作家都是上帝的私生子》,见《北京青年报》,2015 年 9 月 23 日。
② [德]吕迪格尔·萨弗朗斯基著:《恶,或自由的戏剧》,卫茂平译,云南:云南人民出版社,2001 年版,第 57 页。

风俗、道德与小说

——论迟子建《群山之巅》

一、风俗与自然

美国评论家莱昂内尔·特里林曾经强调说,在小说中,风俗造就人是绝对正确的。而且他认为这"风俗"可以从任何角度去理解。[①] 其实,不管风俗可以解释成什么,我们只按最平常的风俗概念去判断,也会相信这一说法的准确性。作家塑造人物,必然要从人物生活的地域风俗着手,进入人物周身世界的自然和人文环境,在各种关系中呈现特定人物的言语面貌和行为特征。只有把文学人物的生活环境和关系世界描绘出来了,作家笔下的人物才有可能臻于栩栩如生的境界。

迟子建的小说总是带着浓郁的地域特色,她笔下的人物活动场所基本都是她所生活的北国,而且多为其家乡北极村一带的特殊风光。她曾经表述过:"……小时候住在姥姥家里,每天早晨起来,看到太阳从苏联那边升起,常常有一种非常奇妙

---

① [美] 莱昂内尔·特里林著:《知性乃道德职责》,严志军、张沫译,上海:上海译文出版社,2011年。

的感觉。我的故乡有广袤的原野和森林,每年有多半的时间是在寒冷中生活。大雪、炉火、雪爬犁、木刻楞房屋、菜园、晚霞……这都是我童年时最熟悉的事物,我忆起它们时总有一种亲切感,而它最后也经常地出现在我的作品当中。"① 这种特殊不但在她早期的小说里很明显,在《额尔古纳河右岸》中也是如此,新著《群山之巅》也继续了这样的地域风俗特征。不过,这一次,作者把"额尔古纳河右岸"的世界转移到"群山之巅"的世界。在这群山之巅,我们看到了很多不同的自然景象。当然,作家也继续了那种把物灵动化、把大自然生命化的书写方式,用她一贯的自然、轻灵之语言,将小说需要涉及的地域特征、风俗人情呈现得真切、美妙。比如,作者笔下的松山山脉,"它像一条舞动着的彩练,春夏时节被暖风吹拂得绿意盈盈,秋季让霜染得五彩斑斓,冬天则被一场接着一场的雪,装扮得通体透白。它绵延数百里,一路向北,起起伏伏的,初始南北走向,到了青山县,它似乎厌倦了一个姿势向前,调皮起来,这条彩练忽然打了个结,山脉呈东西走向了"②。简单的字词,却把一座宏伟的山勾勒得亲切活泼,将大自然点拨得极富生命气息。这种描写地域背景的方式,当然有它特别的含义。这种东西走向所延伸出来的是"状如飞龙"的龙山,龙盏镇即是依龙山而建的"与众不同"的村庄。

有此般风水,龙盏镇才能降生出仙子般的人物,安雪儿就

---

① 方守金、迟子建:《自然化育文学精灵——迟子建访谈录》,见《文艺评论》,2001年第3期,第80页。
② 迟子建:《群山之巅》,北京:人民文学出版社,2015年,第30页。

是典型。她是行刑法警的女儿,生来就带着灵异的功能。身材矮小,是侏儒,能预测死亡,弱小的手臂却可以拿起重重的雕刻工具,无师自通地就会刻碑。这当然是灵异功能,是仙子下凡。迟子建在描绘安雪儿的神秘功能时,有一段写得很妙:"安雪儿不理会绣娘,将目光放回云彩上。她惊诧这一回头的工夫,先前那团病马似俯卧的乌云竟有了生气,支起了两条前腿!她期待它完全站起,变成一匹奔腾的马,可它终究还是破散了。安雪儿叹口气,回头问老杨是不是属马的,老杨点了点头,安雪儿说,你今年死不了,碑还刻吗?"这是人们首次领会安雪儿的灵异技能。这种描绘,当然是把人和自然结合得最紧。不仅仅是安雪儿与自然的关系,而且还有老杨与自然的关系。人的生命与自然世界的一切都有着关系,领悟了自然,也就领悟了人世的生命气象。当然,正如安雪儿只会诞生在龙盏镇一样,这样富有生命意味的"云彩"似乎也只是群山之巅才会有。

地域特色成就一方人文风俗,龙盏镇的人们都很重视风水,一直都生活太平。但经济发达后,龙盏镇曾经把镇里的主干道修成水泥路,在山顶建过八角亭。改造之后,风水失灵,出现了草爬子咬死人、格罗江发洪水等灾难,这在龙盏镇是史无前例的。于是,会风水的说水泥路是在龙脊上贴膏药,不透气,龙山就成了病山;山顶建亭,似龙头上打伞,让喜雨水的龙山难以存活,镇子才会遭难。这在别处,也许成了迷信,不被理睬。但在龙盏镇,镇长与民众上上下下都信。于是,唐镇长差人烧了亭子,找机会把水泥路也给挖了。此后,镇子重归太平,镇里的人们也更为欢喜。这些就是风俗,是龙盏镇的自然成就的风俗,作者让这一块风水宝地特立独行,她笔下的镇长也晓得守护它。

这种自然和风俗的呈现，似乎成为了这部小说耀眼的背景，它意味着群山之巅的龙盏镇，该是风水宝地，该享太平世界，是人与自然和谐相处的理想之境。可是，这毕竟属于小说，属于桃花之源。这浪漫的幻影，在这个科技和经济合谋着四处掠取资源的时代，群山之巅的风水，必然要颤颤巍巍。虽然龙盏镇的风水时刻都有被毁灭的可能，这种巨大的危机感，让读者的内心时刻都绷着一根弦，导致我们会期待着作者也可能要叙述一个现代经济技术摧毁自然人文的故事。但是，迟子建并没这样叙述。整部小说中，除开"斗羊节"那部分，作者用斗羊的热闹场景连带着叙述了唐镇长对外来勘探人员的抵抗之外，她并没有用多少笔墨去叙述龙盏镇的人们如何保护自家风水。作者让这些作为背影，似乎是故意要让生活在这个背影下的龙盏镇风俗摇摇欲坠。

也许，相比于直接描绘外界势力的侵扰来呈现一种现代性批判写作，迟子建更愿意抓住具体的人，从人出发，去瓦解一个宁静的桃花源。这似乎是文学更应该坚守的准则。文学是人学，小说叙事不可用概念去调动关系世界，而该是从人性层面的书写去勾连一切、解释一切。如此，《群山之巅》的故事就不是山巅与山外的对抗性故事，而是山巅的龙盏镇内部故事。迟子建从龙盏镇内部的"人"出发，用人性的变化去引导故事的进展。

二、道德与人

迟子建在《群山之巅》后记中说："辛七杂一出场，这部小说就活了，我笔下孕育的人物，自然而然地相继登场。"辛七杂最早出场，人物一出现，小说也就开始具备生命，风俗之类才得以映入眼帘。辛七杂用太阳火点烟，极具个性的行为。他还不认父亲辛开溜，他从小就相信父亲是当年抗日联军的逃兵。他极度憎恶自己的日本母亲，为此他不希望留后，想为这样的家庭断后。于是有了王秀满，她自行结扎后，跑到辛七杂家里，毅然决然，又是一个性格鲜明的烈女子。辛七杂与王秀满日子过久了，觉得有个孩子也挺好，于是到别处要了个孩子做养子。可这一养，问题就来了，这养子知道自己不是亲生的，性格怪异，又得知生母是上海知青，于是不满，最终成了孽子。他用斩马刀砍下了养母的头颅，逃走时顺便强奸了龙盏镇人心目中的仙子安雪儿……书写这些关系，作者只用了很短的篇幅，却把辛七杂、辛开溜、王秀满、辛欣来这些极富吸引力的人物性格端呈出来，于是，不但作者感觉小说活了，读者也能迅速感觉到这部小说的魅力。

  第一部分让这"一家人"先聚拢，然后再通过这一家人把故事铺展开来。这里其实还有超乎家庭关系的叙事设置。辛开溜是外来人，包括养子辛欣来，都是外来的，因此这一家人对于龙盏镇来说，是外姓，是群山之巅之外的人。也许，群山之巅之所以有故事，就必然要从这一家开始，要是无端地让一个本地家庭开始腐化，未免会有突兀感，会使很多故事没有来由。辛欣来杀害养母逃走时，强奸了安雪儿。为此，作者写道："他强奸安雪儿，等于把龙盏镇的神话给破了。"不仅破了人们认为的安雪儿作为仙子的神话，更破了龙盏镇向来的纯净风俗之神话。风水宝地里，神仙连仙子都保护不了，可以被杀母者玷污，又如何保护这里生活的众多凡人呢？这当然是巨大的讽刺。

  神话破灭，龙山没有护佑龙盏镇的仙子，于是，现世的道德问题也就在这里开始鲜艳地盛开。安雪儿的父亲安平开始追捕辛欣来，他作为法警的生活世界也开始展开。这又是一段读来惊心动魄的故事。法警是行刑的警员，人们都认为他手上沾满了鲜血，都畏惧他。他曾经瞒着身份娶了全凌燕，却终于被识破，融洽的关系瞬间变得僵硬，全凌燕害怕安平的手，连安平做的饭也不敢吃。她在恐惧中生下安雪儿，然后迅速离婚。安平把安雪儿交由居住在龙盏镇的母亲带大。作者安排安平为法警，把一种特殊身份的生活呈现出来，连带着也观察了一个地域的风俗。龙盏镇人天然地恐惧杀生者，不管这种"杀"是犯罪还是执法。无意中，作者触及了最严肃的法律和人性关系问题。

追捕辛欣来的还有龙盏镇镇长唐汉成，唐汉成作为一镇之长，认为辛欣来强奸安雪儿是破了龙盏镇的一块招牌，灭了可能给全镇带去光明前途的生命之灯。作者顺带着也叙述了唐汉成的家族史，虽然也是外来者，却从开始就意味着一种守道德的生活。其父唐铁刚心肠极好，娶了一个不幸失去丈夫的可怜寡妇，将家安在了龙盏镇。高大帅气的唐汉成，后来被林场场长一家的鸿门宴骗害，娶了又丑又老的场长妹妹陈美珍，但他也就这样认命，并不过多埋怨。后来他成了龙盏镇镇长，不但不参与亲戚的腐败，而且一心想着保护龙盏镇的环境，不被经济利益迷惑。迟子建塑造这样一位镇长，在如今地方官普遍追逐利益的背景下，似乎有点理想化，但也算是一种叙事的需要。

由此，从辛欣来犯恶，到安平、唐汉成对他的追捕，再由这些人物作延伸，一幅人物关系图就这样展开，也就铺开了整个故事的结构。比如安平一家人的情况，其父安玉顺是大英雄，其母绣娘，其兄安泰一家人，还有安平后来的情人李素贞，也是小说核心人物。随着对安雪儿、安平的生活叙事，一切都铺展得自然而然。而唐汉成一家,则由其妻陈美珍的兄弟开始,又触及镇、县、省的官场。唐汉成的女儿唐眉,也开辟了另外一张人物关系网,唐眉与陈媛、王团长的故事,亦是小说的重头戏。总之,关于龙盏镇的一切,由着这些或官场或凡俗的生活,因着人物,都一并呈现出来。

这些人物关系的呈现,同时也是伦理关系的呈现。在这些关系网中,我们希望看到的不是关系本身,而是在关系中活着的那些具体生命有着怎样的情感经历和人生遭遇,以及由此体现了怎样的性格特征和灵魂信仰。比如辛开溜,他小时候跟着母亲到处以替人哭丧活命,后来偷了人家上供的馒头和菜籽油做成的长明灯,受尽拷打。父母怕他被打死,把他卖给了来自东北的商人。此后他的命运九曲百折,当了日本劳工,做了抗日队员,不慎与队伍走散,后来成了船夫,娶了溃散遗留下来的日本女人,带大不明身份的儿子辛七杂。他老后的生活非常可悲,被所有人说成是游击队的逃兵,娶日本女人被人诟病。儿子不认他,邻里鄙视他。但他活在自己的世界里依然自在,发起龙盏镇的旧货节,孤老后还"打"了一场保卫战——在深山密林中保卫犯下了重罪的孙子。最后,他在保卫一直陪伴着他的狗时受了重伤,成了植物人后还把生命气息留到了八月一日零点后,成了青山县火葬场的第一个服务对象,死也风光,受人瞩目。这种生命,顽强而充满辛酸,令人慨叹。当然,作者最后让辛开溜得到了儿子的悔悟。辛七杂最终相信父亲并非逃兵,给了辛开溜在天之灵以最大的慰藉。

辛开溜与辛七杂的父子伦理关系之外,还有唐眉和陈媛之间的朋友关系。本是亲如姐妹的室友,却因为同时恋上一个男人,唐眉嫉妒,于是用药把陈媛害成了傻子。唐眉害了陈媛,却也并不因此和之前爱慕的人走上幸福之路。她悔罪了,她把陈媛从她家人的奴役中解救出来，当成自己的孩子一样打算照顾她一生。后来，她去做了结扎手术，不再思婚育，要赎一辈子的罪。还有单尔东，做了现代陈世美，最后历经人世沧桑，悟得单四嫂的良善，虽然最后也走了，却也不再是陈世美。林大花卖了初夜，在回家的途中为了先把钱抛出去，而断送了安大营的命。安大营送她回家，也是爱着她的正直军人。林大花之后也表达了自己的悔罪。她不再见光，只喜欢黑夜。还有李素贞，自始至终照顾着傻了的丈夫。在一个夜晚，她去会情人安平。本是精心为丈夫预备好供暖的煤炉和用心防护的门锁，最终让丈夫活活熏死、闷死在屋内。本是无意、过失，法院轻判，但李素贞却给自己定了罪，一世愧疚。除开辛欣来，临死时还幻梦着父亲给刑警送来刀下留人的"圣旨"，其余的人都不畏罪潜逃，都在为自己的过失，或者罪行，心甘情愿地忏悔、赎罪。

  风俗总是关乎着一个地域的道德伦理观念，人也总是在伦理关系中呈现出其人格的伟大或者卑微。透过这些人物我们看到，迟子建在《群山之巅》中涉及的人物非常多，却又个个都勾勒得性格清晰、灵魂独特。我想，这源于她把握了独特的地域风俗，把握了细微的伦理关系，把握了龙盏镇上上下下的人物性格，进而把人物形象描绘得淋漓尽致，在宏大的故事架构上也体现了其运筹帷幄。

三、小说与现实

  风俗也好，道德也罢，如果我们继续思考《群山之巅》中的"人"，会发现，迟子建其实在这些人物身上灌注了非常浓郁的现实关怀。比如安雪儿的命运，她从小仙到被奸害，及至小说最末再次被害。她的生命就是从仙端坠落为凡人、到可怜人的过程。这种从高空坠落至深渊的"巅峰体验",迟子建说这种安排完成了她的一个遗憾。在迟子建早期小说《热鸟》中,她刻画的女孩是纤尘不染的,天使般纯粹。然而,迟子建越来越不喜欢这种浪漫笔法,她接触的、认识到的现实愈来愈残忍,于是在小说中,她更宁愿让"生活"充注其间,让仙子变成凡人。于是《群山之巅》里,安雪儿"从云端精灵,回归滚滚红尘"。

还比如辛开溜,迟子建在后记里说明了这个人物的原型。那是她下乡到中俄边境处一个小村庄遇见的老人。据迟子建记述,那老人衣衫褴褛,家徒四壁。他是攻打四平的老战士,带着伤回到家乡,"文革"时被蔑称为逃兵,倍受折磨。如今政府给他的补助也很少,饭都吃不饱。这种记录,很容易让我们联想起近年来我们对国民党抗战老兵的态度变化。虚构与现实的联系,证明了作家时刻清醒的现实关怀。她要把感触至深的东西置入小说世界。她让现实中可能无法摆脱残酷命运的历史人物们,以辛开溜的身份在小说中再活一次,让他们活生生地呈现给世人。为世人提供一个警醒的机会,更为这些被历史残害和遗忘的人保留一份活着的历史!

此外,唐眉和陈媛的故事,也容易让我们联系起"复旦投毒案",而且都是医学院学生。这也许是巧合吧,或者说并不一定有联系。这些情节,也如卖肾,也如受贿,也如官场地震,也如单尔东做陈世美,也如林大花卖初夜,也如造就英雄的那些虚假事迹……总之,无数的情节,多如现实一般,样样俱全,即使在群山之巅,也不缺乏山底下的任何一种罪恶。

迟子建以这些强大的现实背景作为小说故事的影子,与其说是题材的平淡化,不如说是作家对现实的关注和省察。因为这种关注,在《群山之巅》中,时代现实的影子变得异常浓郁,也因为她明智的省察,这些现实影子之外,还有着大量的反思式书写,这些反思内容在故事中主要以人物内心的赎罪意识来呈现。比如唐眉、李素贞,以及辛七杂、安平等,因着这些人物懂得赎罪的灵魂,迟子建赋予了这些犯了人间之罪的人以最大的怜悯,也给予了作为读者的我们最实诚的心灵安慰。因此,残酷的现实在作者的叙述中,没有让恶扼杀善,也不让罪抹除人性之光。她书写出了发自人性深处的光芒,她让这些光穿透了文本中的黑暗,也穿透了读者沉郁的心灵。在这样的处理中,群山之巅的罪恶因而变得光彩夺目。最后,它闪烁的不再是辛欣来砍下养母头颅那刻的血光,回响的也不再是安雪儿呼救时的绝望呼喊,而是唐眉为赎罪自行结扎、孤身一生的决绝表情,是李素贞不服法院轻判坚持要求法官给自己判重罪、要求服刑时的那些悔恨之声!

小 结

由此,我们从《群山之巅》中再一次论证了迟子建小说艺术的魅力,透过她尤为特别的经验记忆,把一种北国风光、风俗呈现出来,同时也在这个风俗中塑造了许多活灵活现的人物。这些人物不仅仅是活在小说中的虚构性人物,更是活在一块有着清晰的自然风光、浓郁的人文风俗中的真实人物。在这些由自然与人心糅合而成的文学世界里,迟子建建构起了一种凝视现实罪恶、审视复杂人性的精神世界,体现了她与地域、与时代无时无刻的关注,更体现了她与良心责任、与精神灵魂从始至终的坚守。吉奥乔·阿甘本在《何为同时代?》一文中说:"……成为同时代人,首先以及最重要的,是勇气问题,因为它意味着不但有能力保持对时代黑暗的凝视,还要有能力在此黑暗中感知那种尽管朝向我们却又无限地与我们拉开距离的光。"① 迟子建《群山之巅》就呈现了这样一种作为具有足够勇气的"同时代人"精神。她始终保持着对时代黑暗、罪恶的凝视,却又能够用自己坚信的灵魂观念赋予笔下人物实诚的赎罪特征,实现了对现实的凝视,同时也守护了人的纯正灵魂!

---

① [意]吉奥乔·阿甘本著:《何为同时代?》,王立秋译,见 http://www.douban.com/group/topic/12506341/

比苦难更痛的是心死

——论东西《篡改的命》

东西最新的长篇《篡改的命》，比起十年前的《后悔录》来，其关注面从历史的荒谬，转向了城市化过程中的荒谬，这是进城的故事。时代、题材的变化，也改变了东西小说的语言，使用众多口语、网络词汇，呈现了更多的时代特征，比如小说中反讽性的语言少了，而有了许多更为直白的表达，简洁而有力地刺向当下。但很可贵的是，故事或者语言特征的变化，也并没有改变东西小说一贯的锐气，小说的精神状态依然疼痛、清醒，甚至更为沉重、尖锐，生存的痛感已经转向心死的绝望。在《后悔录》的最后，是曾广贤觉得父亲快要醒了，这里是"死人"要复活，儿辈的后悔走向的是生命的希望；而在《篡改的命》里，最后却是父辈人见不到子孙的孤苦。《篡改的命》里，孙辈把自己的照片全部揭走、扔弃，彻底抛开农村，进入不需后悔感的城市。因此，《后悔录》中后辈的期待到《篡改的命》时，变成了后人遗弃记忆、摒弃良心的回报，是一种内心的死亡。而这结尾的差异，其实也是小说整体上的精神面目。

一、集聚苦难，升华形象

苦难，近几个世纪以来，众多经典的文学作品，它们面对的、处理的往往都是人类的苦难，我们轻易就可以想及《战争与和平》《日瓦戈医生》以及《悲惨世界》《鼠疫》《黑暗的心》等等。面对苦难，文学最有挺入其中的必要，作家应该努力用笔尖进入人的苦难遭遇中，深入人在面对苦难时的精神世界，去揭示人在灾难、疼痛面前所能出现的人性可能与灵魂状态。东西的写作一直在面对人的苦难，《没有语言的生活》是个人、家庭面对疾病时的生活情状，他们面对苦难，在无声中呈现生命的哀与伤；而《后悔录》是东西从个人视角处理历史苦难的优异之作，用情和性的心理遭遇线索，牵出一道历史的痛与殇；如今的《篡改的命》，东西继续着这种面对现实苦难的写作精神，他把自己的目光专注在现实中不可见人的阴暗面，也就是一如既往地把文学眼光"贴在现实的屁股上"[1]，以书写我们民族进城梦中底层社会所遭遇的各种苦难，并从这些苦难中发现了一个时代的疼痛和哀感。

《篡改的命》写农村家庭想方设法让后代进城的故事，情节涉及高考失败、跳楼抗议、打工欠薪、流浪讨钱以及妻离子散等的生活苦难，这种故事当属底层故事，因此也可以划入"底层文学"。"底层文学"概念宽泛，按李云雷的解释，他认为"底层文学""描写的是底层生活"，"是作家的独特创造"，"不是要迎合而是要提升大众的审美趣味，并使之对真实的处

---

[1] 东西：《小说中的魔力》，见《南方文坛》，2001年第5期，第37页。

境有所认知与反思","对现实有一种反思、批判的态度,希望引起大众对不公平、不合理之处的关注,以激发改变的可能性"。① 这些义项,《篡改的命》都深有触及。而且,东西还使用一种戏剧式的技法,将当今时代的各种苦难都集聚在一个家庭上,收获了一种现代式的底层故事和人物形象,如此之下,繁多、深重的苦难变得异常醒目,造成的冲击力让我们读来更觉震撼。

小说男主人公汪长尺,他出生于最底层的农村家庭,父母希望他通过高考改变命运,然而他遭遇的却是一连串的打击。第一次高考,他分数够高,但录取通知书却被当地的官员截留,让一个分数不够的官二代冒名顶替汪长尺读了大学。这是被阴谋篡改,到小说的最后才透露,那时真正的汪长尺已经死去,而冒名上了大学的"汪长尺"(牙大山)却成了某单位副局长。这种被权力篡改的命,实是无权、无钱的底层百姓之遭遇,这里的不公与不合理,也是很多偏远地区的现实状况。这种书写,令我想起阎连科《情感狱》,那是"文革"年代的荒唐,主人公"连科"一直想成为有权有钱的人物,逃离那个无望的村落,可是每一次机会都被有权势者夺去,最后逃离出那个监狱般的村庄,也是靠自己自杀式的威胁,才真正入伍出逃。可是,《情感狱》中的连科,用自杀威胁可以成功,但到《篡改的命》所书写的时代,这已经没有效果了。《篡改的命》里,汪长尺分数够高未被录取,于是他父亲汪槐带着汪长尺去教育局门口静坐抗议,没有效果,后来又爬到楼顶去自杀抗议。面对自杀,教育局官员们的调解也只是官样。汪槐父子在

---

① 李云雷:《新世纪"底层文学"与中国故事》,广州:中山大学出版社,2014年,第1页。

绝望中晕跌，从四楼高处落下，自此汪槐成了残疾。汪长尺把父亲安置好后，想回去补习，可教育局官员们在汪槐要跳楼时答应的免费补习承诺，也不再有效。于是，汪长尺开始了边做苦活边自修的日子。自然，第二年的高考，汪长尺也只能是走个形式，他的命运被篡改已成了事实。

　　高考无望，也就只能进城打工。汪长尺开始做泥水工，但做了三个月后，工头不见人影，拿不到薪资。于是汪长尺找到专做追债的同学黄葵，接了一个单，做了一回"替死鬼"，代替官二代林家柏坐牢，半个月得一千多元补偿。但汪长尺后来发现，林家柏就是自己干活工地的真正老板。于是他去找林家柏要工资，这又遭来了暴打。最后工资没要到，警察也不愿追查凶手，只能自费疗伤。汪长尺把坐牢获得的钱全部垫上，也不够医疗费，为此又欠下一大笔债，汪长尺一家再次被打回贫困原形。病愈后，汪长尺只能回家，城市梦也就此搁置。但在农村也抵不住城市罪恶的侵袭，黄葵被杀后，警察也想着把凶手指归为汪长尺以简单了事。所幸的是，这种罪恶企图被全村人阻止。但阻止之后，整个村庄都生活在恐惧当中，从此没有人能睡个安稳觉，也就是说对权力的畏惧、关于暴力的阴影其实深藏在底层百姓的内心。底层的抵抗力，已被长久的苦难所消弭，他们已经从内心开始崩溃；农村对城市的恐惧与臣服，也在这一事件的描绘中变得清晰。

　　汪长尺未能进城，但他的进城梦并没有消失，汪长尺也希望把后代生在城市。于是再次开始了进城的行动，汪长尺带着妻子小文去了省城，比县城更为"现代"的城市，又能给汪家带去什么？汪长尺继续在工地做苦工，但靠这养不活一家人，无法让小文和孩子过上电视里的小资生活。于是，不识字的小文也开始工作，从洗脚妹卖淫，一步一步地抛弃了之前所坚守的底线。后来,汪槐夫妇也加入到攒钱的工程,汪槐用自己瘫痪的身体,在街头讨钱,而汪母刘双菊去捡垃圾。这种底层的家庭,他们能做梦吗?每一个美梦都会被突如其来的困难、灾难摧毁,汪长尺在工地会受伤,小文卖淫时也会被抓,这些都需要钱来治疗和挽救,因此,这样攒钱以在城市立足也只是个幻梦。他们要撑起一个城市家庭的梦,想给孩子攒下能读到大学的资本,在现实环境的摧残下,这些只能是虚拟的幻象。

这一家人,几乎集中了现代城市里所有最为典型的底层苦难。或许,这种情况会令人觉得生硬,认为这不真实,但这种集聚苦难于一身的方式,只是作家的写作策略。东西对此解释说:"大部分草根遇到的困难,我都集中在了汪长尺的身上,我需要这个典型人物,来完成我内心的表达。写作的时候,我曾经犹豫要不要在他的身上叠加那么多困难,想来想去,必须叠加,否则这个人物就不成立了。写作中,有一种方法叫'困境设计',就是要不断地给主人公设计困境,让其选择。他在选择中被作者慢慢塑造。"[1] 这种叙事方式,自然可以联想到余华的《活着》,历史灾难能够表现得那么厚实醒目,也是余华让福贵一家去集中遭遇一系列历史灾难的叙事效果,在这种大量苦难的集束式聚拢中,人物性格和精神等也就得到了最清晰的呈现。东西应该是从这些文学叙事经典中汲取了经验,也练就了他一贯的小说技巧。《后悔录》里的曾广贤,所遭遇的众多令他后悔的事,也是有《活着》的影子。《篡改的命》亦继续了这样的叙事方式,用戏剧化的方式,让一个人、

---

[1] 东西、谢有顺:《还能悲伤,世界就有希望——关于〈篡改的命〉的一次对话》,见《南方文坛》,2015年第6期。

一个家庭去经历大量的苦难,造成的效果,一是让苦难变得厚重、醒目;二是让人物形象变得清晰、锐利。

当然,把各种苦难都集聚在一个人、一个家庭身上,这并不是一个简单的堆积式苦难罗列可以完成的,它需要时代特征与人物性格的结合,需要作家成熟的叙事技巧,才不会显得笨拙、失真。在这方面,东西《篡改的命》处理得很好,一方面,各种外在的、来自社会的灾难不断降临到汪长尺一家,这些残酷的遭遇,我们通过媒体就已经非常熟悉了,因此它们并不是夸张;而另一方面,汪家人自身的现实状况和性格特征也决定了他们的命运。汪槐那种有历史创伤的个性,使得他不会像多数底层那样抱持差不多就算了的心态,而不至于屡屡去碰进城的无望之壁。汪槐偏执得很,一定要孩子进城;而汪长尺自己,也是一个偏执的人,不管是受了父亲的影响,还是小说一开始在填报志愿时就表现出来的决绝性格,都暗示着他性格中的那种由无所谓铺垫起来的偏执精神,这些都可以帮助我们理解他后来为何会以那么极端的方式去试图改变孩子的命运。此外,其他的人物,比如汪长尺妻子,从嫁到汪家时出场,到后来做妓女攒钱,都是一种为改变命运不顾一切的性格。这种偏执的人物性格,明显是源自卡夫卡、尤奈斯库等人的作品精神,这种极具现代感的底层人物,遇到中国当代城市化的进程,只会是遭遇更多的艰难。面对坚硬的社会现实,他们也只能是不断抗争、不断失败,这本质上是一种于绝望中抗争的命。最后,他们只能通过一些非常规手段,才有可能完成改变命运的家族愿望。

二、篡改命运，蜕变之痛

书写底层农民进城过程中的苦难，这也是 80 年代，尤其是 90 年代以来中国小说的一大题材，我们可以从路遥的《人生》中发现高家林那强烈的进城梦，这里面还有着进城失败后诗意还乡的可能性，但这种情况到 90 年代之后，尤其是在新世纪底层文学作品中，进城的人物已经无法还乡，诗意更是一种奢侈的存在。如此，这类小说中的温情叙述也就少了，更多的情况是不断努力进城、不断遭受磨难，最终或者失败，或者惨痛地有所成功。但是，虽然如此多的小说在书写底层社会，在叙述进城过程中的苦难遭遇，可大多数依然停留在一种社会问题的揭示方面，底层或者打工文学等等，指向的依然是社会问题，精神方面的痛成为了附属的存在。或者说，多数作品关注的依然是底层的经验问题，而对于经验之上的精神蜕变问题，则少有优异的探究，即使有所呈现，也容易书写成现实主义化的时代焦虑与困惑。

应该说，在书写乡下人进城过程中精神蜕变的痛苦和悲惨方面，东西《篡改的命》有了很好的探索与发现。徐德明曾强调说："乡下人进了城，个人的横向的空间经验转移与纵向的历史身份变化形成了巨大的心理压力，而农民式的坚忍与难以承受的境遇之间的张力成了小说叙事的一个巨大的情感、精神领域。"[①] 这是很多底层进城文学作品所展现的精神维度，《篡改的命》在这些精神层面有着更为清晰的呈现。汪长尺从

---

① 徐德明：《"乡下人进城"的文学叙述》，见《文学评论》，2005 年第 1 期，第 107、108 页。

农村进入城市，他所遭遇的都是在农村不可能遭遇的问题。比如跟着同学黄葵去追债，他要经历一番心理磨炼，也就是能够下狠心。黄葵让他拿菜刀闭着眼睛砍手的情节，最经典地呈现了这样一个心理挣扎面。这个案例不仅仅是汪长尺要经历的变化，其实暗示的是乡下人进入现代城市，所必须付出的代价，也就是从淳朴到残忍，从个人的辛劳到对他人的残恶，这些都需要在进城过程中得到"锻炼"。其实，汪长尺的每一次有所成功，都是抛弃乡村文明之后的所得，比如去替林家柏坐牢，这在汪长尺心里，也即是在乡下人的意识里，等于是处女变成非处女，是一种人的品格上的蜕变。而在城市文明中，只要能获得收入，就可以不计较这所谓的贞操、品格。另外，汪长尺每一次坚信的乡村意识，运用到城市的现实中时，得到的后果都是让他家再一次回归赤贫状态，比如汪长尺幻想林家柏可能会看在他代替坐牢的情分上把工资给他，这种期待遭到的却是暴力殴打。总之，汪长尺遭遇的各种艰难和荒谬，若从一种更广阔的指向中去理解，都是城市文明惩罚乡村文明的表现。或许，这所谓的和平时代的苦难，几乎等同于从乡村到城市所能遭遇的惩罚。

如果汪长尺个人的进城遭遇是横向的，那么，汪长尺一家三代人的进城心理，也就可视为纵向层面的精神蜕变了。老父汪槐，他当年本来可以作为工人进城的，但被当地权贵抢去名额，他因此一辈子在怀恨、遗憾，让后代进城成了他毕生的努力方向，他自己的各种行动，包括去教育局门口静坐、自杀，以及后来利用残疾身份乞讨，都是要帮着汪长尺在城市立足。而汪长尺进城的各种遭遇，其实已经让他无望了，可是面对着孩子的出世，他也要继续进城的奋斗。这两代人，身份有所差别，但都一门心思要进城，所遭遇的阻碍力量，也都是每个时代的权贵。权贵掌握了"进城"的各种资源,也掌握了城市文明的各种话语权,汪家想改变,只有依靠最后的,也是最惨烈的方式,把孩子送给权贵,来实现家庭命运的彻底篡改。这种篡改,在表面上是成功的,然而于本质上却是一种颓败。在小说最后,东西也写了第三代人的城市心理,大志(林方生)发现自己的出生地是农村后,把汪槐他们保存的照片全部揭走扔弃,也就是要把农村的根全然抛掉、挖净,这也是向城市的完全臣服。这三代人的城市心理,在东西"一意孤行"式的故事挺进下,全部都是向着城市义无反顾地前进。他们的进城心理,是决绝的姿态。而这种决绝的精神,及其所引起的一切,才是城市化过程中真正的疼痛所在,这种对乡村毫不怀恋的决绝心态,才是城市化过程中的最疼痛之处。

如果说大多数描写乡下人进城的小说在情感、精神场域是"农民式的坚忍与难以承受的境遇之间的张力"所造成的,那么,《篡改的命》里,除开这种努力进城而不能所造成的张力之外,更为惊人、憾人的地方,却是汪槐与汪长尺等人对城市的那种无以复加的迷恋,以及因这迷恋而忍受的一切荒谬。这是东西描写底层、描写苦难的特别之处,也就是说,他所描绘的故事,重心不只是要呈现社会现实中有多少苦难类型,更是要呈现出底层内心世界里彻底向城市投降的甘愿与无悔。对内心的关注,是东西小说一向的专长,很早的时候,他曾表述说:"小说是想象的产物,它是我们的幻想、梦境,是我们内心的折射,或者说是我们内心对现实的态度。"① 也就是说,比起社会外部的艰难挫折,东西更看重人内心世界所能发生的

---

① 东西、张燕玲:《小说还能做些什么?》,见《山花》,2001年第2期,第26页。

风暴。汪长尺一家人进城的遭遇是一面,但他们的内心世界更是小说的重头戏。正是因为他们对城市的无比迷恋,所以城市里无数的挫折都不是问题,他们可以用肉身去接待,可以放弃尊严、脸面,到最后甚至可以直接把孩子送给权贵阶层的家庭。这种内心,比起让汪槐、汪长尺们去经历更多更惨的苦难,还要令人震撼。因为这种情况,暗示的其实是人不再努力去生活、不再渴望去经历的精神死亡,是心的死亡。心死之后,汪长尺当然可以把自己的生命献出去。

三、小说绝望,世界有望

小说最后,汪长尺把儿子间接地送给了自己的仇人林家柏,他秘密地注视着孩子的成长,当林家柏和妻子方知之离婚时,他掺和进去,威胁林家柏回到儿子身边。林家柏知道汪长尺的身份后,用钱让汪长尺保证,自愿消失于世界。汪长尺死后,家里给他做法事,在全村人的呼喊下,他投胎到了城里。这里,让汪长尺投胎城里的荒诞情节,是小说最为经典的一幕。东西这种不顾一切的荒诞、夸张书写,成为这部小说最为精彩的地方。

东西曾对他以前小说《救命》中孙畅为了麦可可不停承诺、出卖家庭的写作方式做解释,认为这种"过"其实是一种痛,且是小说最为精彩的地方。[①] 我认同这种观念,不仅仅是《救命》中的这类笔法,还有《后悔录》以及更多小说中,东西都会表现出这样一种写作爱好,也就是把一种情况写到极

[①] 东西、符二:《不顾一切的写作,反而是最好的写作》,见《作家》,2013年第1期,第35页。

致,极致到荒诞的时候,也就是最为震撼人心的时刻。《篡改的命》写到汪长尺投胎的时候,也是整部小说最为骇人和感人的地方。在这里,全村人都在呼喊着要汪长尺的灵魂往城里去:

> "往城里。"门外忽然传来一片喊声。那是村民们的声音。全村人一起帮着喊:"往城里。"汪长尺的灵魂蠢蠢欲动。汪槐用力一敲桌子的钹,"当"的一声。汪长尺的灵魂忽地飞了起来,越过屋顶盘旋。汪槐又"当"的一敲,汪长尺的灵魂朝着大枫树飞去,停在大枫树的枝头恋恋不舍地回望。汪槐再"当"的一敲,就像当年催汪长尺去补习,就像当年催他去城里打工。钹的声音追到大枫树的枝头,汪长尺的灵魂再次起飞。它飞过森林、河流、公路、铁路、楼房……一直飞到省城,飞到人民路,飞进人民医院产房。

这种奇妙荒诞的写法,自然会让我们想起马尔克斯的《百年孤独》。而且,东西这里面的魔幻,更带着沉重的痛感。父亲和乡村世界的所有人,都要后代投胎到城市去,也就是到异乡去,他们为着后代的"幸福",甘愿成为农村世界里的断子绝孙一代。或者说,农村父辈的进城梦,在现实世界里难以完成,于是就选择了死后投胎式的城市化。这里面所包含的无奈和疼痛,可谓是更难更甚。乡村的人已经对自己祖祖辈辈生活的土地失去了感情和希望,最亲切的土地成为了束缚希望的存在,只有进入无根的城市,方是子孙后代的再生之地。

然而,城市是希望之都吗?对于城市,斯宾格勒说:"如果说文化的早期阶段的特点便是城市从乡村中诞生出来,晚期阶段的特点是城市与乡村之间的斗争,那么,文明时段的特点就是城市战胜乡村,由此而使自己摆脱土地的控制,但最后必要走向自身的毁灭。城市是无根的,对宇宙事物是无感觉的,它不可变更地把自己委身于石头和理智主义,由此产生了一种形式语言,以复制城市本质的一切特征——这不是一种生成和成长的语言,而是一种既成的和完成的语言,它当然能够改变,但不能进化。"① 在斯宾格勒看来,战胜了乡村文明的城市文明,实是文明的最晚期状态,它无根,只在乎利益,这种文明为了各种各样的"发展",可以无限度地以汲取创造者的血液和心灵,牺牲人类的朴质和善意,因此"命中注定地,它要走向最后的自我毁灭"。

在小说中,城市也被东西书写成罪恶的象征,是需要心狠手辣才能生存的地方。它是希望,更是令人绝望的地方。"汪长尺是被绝望劫持了,他选择把孩子送人,是他对生活所做出的奇异的'绝望的抗战',他残存的那一丝希望是在荒诞和绝望中孕育的,是经过无数苦难之后积攒下来的一些希望的碎片,它甚至像爱情一样,有可能一夜之间就消失,所以它一出现,他就想紧紧地抓住它。"② 汪长尺绝望,所以他决绝,希望都是通过决绝来换取的,包括把儿子送给富裕阶层这一家族命运的篡改,是用自己的生命去为孩子换取未来。但是,这种换取所形成的结果,却又是一种绝望。大志(林方生)发现

---

① [德]斯宾格勒著:《西方的没落》(第二卷),吴琼译,上海:上海三联书店,2006年,第95页。
② 东西、谢有顺:《还能悲伤,世界就有希望——关于〈篡改的命〉的一次对话》,见《南方文坛》,2015年第6期。

了自己的"根",但却不愿意认同,不觉得需要,因此忘本,把儿时照片从祖辈、从农村取走,然后连带着各种可能暗示他来自农村的资料,全然抛入江里,跟着其父汪长尺的肉身而去。这是有血缘关系的儿子,而对于投胎到城市的孩子,又能比大志更有希望吗?似乎也没有可能。小说最后,年老的汪槐看不到孙子的照片,也就撑不起对未来的期望,他用自己的影子和儿子汪长尺的模样来寄托、回忆,而这以失败者的影子所烘托起的想象,只能是虚假的景象。

为此,我们发现,《篡改的命》其实是一种绝望的书写,或者是内心已死的呈现。东西把一切都写绝了,汪家的人为了进城改变命运的一切行动,都是极端的选择,他们从不退缩,在偏执中呈现出希望中的绝望本质。这其实也是一种极致书写,极致的遭遇和极致的性格,逼出了人心中那些极为悲凉的希望,也逼出了现实中最真实的生存本质。或许,东西并不是那么决绝,但他潜意识中的伤痛感,使他难以在小说中赋予未来更多的美好想象。① 多年前,面对《后悔录》,张燕玲认为:"曾广贤在最后一章'如果'的哭诉,不仅使在饱经风霜后变成植物人的父亲醒了,也为我们呈现出一种迷失与破败之后的澄明之境,一种对生命的痛感、对生活的同情心,一种于绝望中的希望,这是一抹人间的暖意。"② 多年后,我们面对东西《篡改的命》时,似乎再难发现这种绝望中的希望了。在《篡改的命》里,对底层苦难的书写,只是一种策略,他真

---

① 洪治纲、东西:《伤痛的另一种书写》,《青年文学》,2000年第11期,第93页。
② 张燕玲:《东西长篇小说〈后悔录〉:人心的后悔录》,见《文艺报》,2005年12月13日,第3版。

正指向的其实是人心的死亡,而这正是小说令人最感疼痛之处。

人心,在进城的途中,在对城市生活的渴望中,全然颓丧了。东西面对进城这一时代性的、裹挟着几代人生存理想的风潮,不赋予它任何可取的光芒,他书写进城故事,让最底层的人历经苦难,不断地放弃生命中那些值得守护的东西,而最终"进入"的城市实质上又是个最后的、不道德的、即将自我毁灭的领地。这里的人心,面对城市梦,可以没有丝毫的后悔感,只有决绝的推进,即使有最后的寄养和投胎,在本质上,也成了希望中的绝望。

当然,正如谢有顺老师指出的:"作家的意义在于,他能通过苦难看到一种命运,一种存在的状态。许多时候,存在是一种宿命,一种无法修改的错误——活着就是悲剧,这是存在的本质意义的黑暗。看到了这个本质,绝望就应运而生了。"[1]正因为对人类苦难的注视,对当下人生存状态的深切焦虑,东西才可能书写这样一个绝望的故事。这种绝望并非简单地意味着东西自己对世界已经失去了希望。作家能够用心费力地去书写出这种厚重的绝望感,本身就意味着一种对抗黑暗、抵抗绝望的选择,意味着作家还在关注时代、关注人心,还在思考着人类的命运问题,还在为这个时代的现实和人心感到悲伤。"只要我们还能悲伤,世界就还有希望",因此,绝望的是小说,死去的也只是小说中的人物内心,而东西呈现这种绝望,正是以绝望来唤醒时代,以哀伤来激励人的抗争精神,以寻找对抗苦难、杜绝心死的可能之境。

---

[1] 东西、谢有顺:《还能悲伤,世界就有希望——关于〈篡改的命〉的一次对话》,见《南方文坛》,2015年第6期。

恶之花盛开,野蛮而鲜艳

——论盛可以《野蛮生长》及其他

一

卡夫卡 1917 年 11 月 21 日的笔记里有一段关于恶的话,他说:"恶认识善,可是善并不认识恶。只有恶才有自我认识。"① 这句话就如他的许多小说一般,尖锐锋利,透彻经典。卡夫卡的意思可能只是针对善与恶本身,这里我们可以拓展一下,比如,如果个人对自己的内心只有完全的自满和自信,认为自己具备着最为完美的善良品质,不能认识到自己内心亦潜藏着很多难以察觉的脆弱和粗暴,不愿或不能认识到很多自以为然的"善良",其实这正是罪恶之源。那么,个人又何来真正的自我认识和自知之明呢?在缺乏自我认识和自知之明的情况下,很多我们以为的善和美,其实正是恶与丑的起源。鲍桑

---

① 叶廷芳主编:《卡夫卡全集(第 4 卷)》,第二版,黎奇、赵登荣译,石家庄:河北教育出版社,2000 年,第 42 页。

葵等人曾表述说，善与恶是由同样的材料构成的。① 比如爱同恨的纠葛，善良的爱发展到溺爱甚至扩展为占有式的控制，这些都说明善恶同体。也如现代性的悖论一般，规划和理性，这些美好的乌托邦，却也往往导致了历史上的大屠杀。我们或许熟悉启蒙时代培根的《新大西岛》，这个所罗门宫是科学理性建构起来的乌托邦城，在这里没有人，只有规则。而对于世界文学中的"反乌托邦三部曲"，其中的所谓理想王国，无不是遍地飘满罪恶。为此，卡夫卡对于恶的认识，不管对于个人，还是针对社会、民族、国家，都有着特别沉重的认识价值。

认识恶本身，这有别样知识难以取代的价值。但是，对于"恶"，我们又知道多少呢？我们又如何了解到自我内心所潜藏的恶性可能？在我看来，文学阅读是帮助我们了解恶、规避恶最好的方式。小说是表现的艺术，它虽虚构，却表现了更为真实的社会现实、更为本质的人性真实。也许，新闻异常发达的今天，对于各种各样的罪恶，我们都可以轻易地闻及，有很多难以想象的罪恶行径，时常通过网络和传言变得更为惊悚。罪恶新闻的普及，也使很多人相信，现实世界的恶远比文学世界所能够呈现的恶更为残恶、更为骇人听闻。或许，这个时代，文学所提供的故事事件确实难以在新颖度上超越那些追逐奇葩现象的新闻媒体。但是，媒体报道事件，文学书写人心。在关于罪恶的书写中，小说呈现人心世界的丰富博大。而对于罪恶，小说在文本结构中呈现罪恶的脉络，也能够呈现犯恶之人或者承受罪恶的人物内心世界，作家把残酷的事件、身体的痛苦、心理的疼痛以及心灵的愧疚与忏悔等感受，都转变为细

---

① ［英］鲍桑葵著：《个体的价值与命运》，李超杰、朱锐译，北京：商务印书馆，2012年，第200页。

致的语言,全然端呈后,罪恶还原了它血淋淋的本相,它的惊悚和残忍才变得真实和迫近,桑塔格的"关于他人的痛苦"也终于有了切身体会的可能性。

鲁迅先生很早就指出:"中国人不敢正视各方面,用瞒和骗,造出奇妙的逃路来,而自以为正路。在这路上,就证明着国民性的怯弱、懒惰,而又巧滑。一天一天地满足着,即一天一天地堕落着,但却又觉得日见其光荣。"① 这种瞒与骗的文化习惯,最为清晰地表现于关于"恶"的文化认识方面。因为不敢或者不愿去正视"恶",因此我们的文化观念史总是对"恶"充满忌讳。表现在文学层面,很多读者依然处于"读恶色变"阶段,许多评论者对书写"恶"的文学作品总是持有偏见。这些因素,也都影响了作家的写作取向,导致多数作家不愿或者不敢于挖掘更多的可能性罪恶形式,也导致了作家在书写"恶"时难以做到最为自由和充分的可能性呈现。鲁迅也曾指出,突破这种"瞒和骗"的文学惯性,需要作家"取下假面具,真诚地、深入地、大胆地看取人生并且写出他的血和肉来"。应该说,这种呼唤至今仍有震撼人心的现实意义。

当然,鲁迅自身即是揭示和批判"瞒和骗"文化的文学和思想斗士,他的呼唤不是口头的,更是一种切实的文学行动。他所成就的文学资源,也成为了当代文学重要的精神传统。当前的文学界,作家们也用各自的文学兴趣和文体形式继承着这一批判传统。在这当中,盛可以是最为典型的作家之一,她用不欺瞒的刀笔,穿透底层,穿透两性关系,也穿透历史的雾霾,用毫不拘束的语言去揭示血淋淋的现世之

---

① 鲁迅:《坟·论睁了眼看》,见《鲁迅全集(第二卷)》,北京:中国文联出版社,2013年,第450页。

恶。她曾直言：在虚假和伪善的人间，自己不会去审那些粉饰畸形的美。

二

盛可以自写作开始就携着一股非同寻常的写作欲，很早的时候，她有一篇创作论，开篇即写："2002年年初，无数的语言像苍蝇一样，在我的脑海里乱舞，寻找得以释放的途径，它们默默地用触角抵碰，用身体有力地冲撞，它们散乱无章，甚至冲动盲目。它们需要奔跑。我走路的时候，脑海里的语言便抖落脚下，踩在堆积的语言上，我感觉它们的弹性，柔韧，有时像海草，有时像石头，有时像松软的泥土。它们给了我不同感觉的快慰。"① 这种状态的描述本身就彰显了一种独特的语言气质，而其中阐述的状态，其实就是内心有丰富的材质亟待寻找一种形式来表达的迫切情景。这种如苍蝇般乱舞的语言，表现在她最早的短篇小说《快感》里，瞬间就成就了她极为明显的凌厉和野蛮。小说中遍满着"刀"的气息，通常不过的情侣打架，盛可以就让女方娜娜砍断了男方"我"的手指，最后还安排娜娜把"我"的阳具割下来扔进马桶，和大便一起，成为污秽之物。这种充满血性的情节，不一定是作家的独特嗜好，但肯定是用以支撑作家独特写作气质的有效材质。这个短篇竖起了盛可以独特的写作气，所谓写作气，盛可以自己曾表述："小说里的'气'，应是一种硬朗的、明朗的、准确的、精力充沛的气质，只有不漏'气'，这只语言的轮胎才会

---

① 盛可以：《让语言站起来》，见《南方文坛》，2003年第5期，第32页。

圆润、丰盈,并且弹性十足,因而更富有质感、动感与力量。气,是语言不疲软的主要因素。我认为他说的'气',就是让语言站起来。"① 这种"气"灌满了《快感》,也流注至今。在她最新的长篇《野蛮生长》里,更为成熟的语言修养,变得既圆润又硬朗,既准确又丰盈,在质感十足的冷静讲述中,在凌厉干脆的语言运用中,罪性呈现得压抑而又充满诱惑。

《野蛮生长》以李辛亥开始,也以李辛亥结束。一百年,一个轮回下来,李辛亥死了,虽然瞑目,却一个曾孙辈都见不着。李辛亥孙辈们的惨状命运,他可能没有去目睹,却把他的死烘托得悲壮。我们不知道李辛亥儿女中邓淑芬那一脉的命运如何,只清楚李辛亥儿子李甲戌一脉的遭遇。对于生长于这块土地的李甲戌,他有儿有女,可每一个的结局都是惨淡凄零,注定了他也要孤苦茕孑。李甲戌女儿李春天,生下来就被父亲倒拎着要送河里淹死,被接生婆拦住没成。她被当做畜生一样养大,丝毫感受不到家庭的温暖。匆匆嫁出去后,本渴望逃离艰辛,步入的却是新的苦难深渊。丈夫刘芝麻,也不把她当人看,不仅仅当她是泄欲、生孩子的工具,更当她是承担家庭责任、领受生存苦计的奴隶。怀孕八个月,她就被计生工作者暴力打胎、强制结扎。后来去城里做事,遇上孙湘西,似乎有了一段开心的日子,可终究也是被骗。再后来,和刘芝麻一起卖烤牛肉串。一次,刚知晓女儿刘一草的死,城管恰巧来掀摊,于是他们对打,刘芝麻不小心用竹篾捅死了一个城管,被判了死刑。李春天捧着刘芝麻骨灰,交给公婆,连这时候,最哀苦的她,也还要挨打。李春天最后变得神经兮兮,虽有孙湘西还

---

① 盛可以:《让语言站起来》,见《南方文坛》,2003 年第 5 期,第 32 页。

帮她垫房租，可这点温度，显然是杯水车薪。

　　李春天的悲剧并不孤单，李顺秋和李夏至，是她真正的"难兄难弟"，连"我"李小寒也是。李夏至考上大学，为了政治理想，却迅速被屠杀，那是时代之恶，更是个人之殇、家庭之痛。李顺秋，虽然从历史灾难中存活过来，却也受尽了人间的罪，从监狱的苦役中残留下的那副病秧身体，还要再归到日常中来体验精神的苦熬。娶了肖水芹，生下女儿李线线，似乎可以开启新生活。可肖水芹对线线的期望，逼迫着她自己，连带李顺秋的病躯，再次投入赚钱的生活之战里，丝毫得不到喘息。后来，李顺秋得了吸血虫病，但也如常地干活受累，肖水芹患上绒毛癌，为了赚钱她去做特殊"流莺"。最后，肖水芹离家死亡，李线线失踪，李顺秋复归孤身。而最小的妹妹"我"，虽然逃离了那个充满暴虐气的家庭，但走向社会、奔往理想的途中，感受到的依然是恶的肆虐。盛可以安排"我"的角色，不仅仅是叙述者，更是去感受更广阔的恶。"我"的遭遇，让小说中的黑暗来得更为凶猛，它不是一个偏远地带的穷苦惨状，更不是哪个特殊时代、熬熬就可挺过去的灾难，而是无边无极、无穷无尽。你逃离一个苦难，随即奔往的也是苦难，绝望丛生。

　　这种无边的黑暗，不仅笼罩着"我们"兄弟姐妹们，还继续延伸至后代。李春天生下的两个女儿，也是小说核心人物，她们也是见证悲惨世界的饱满人物。刘一花初中毕业去打工，努力想赚钱供妹妹刘一草读书，先在当地市里渔网厂做工，与小流氓六子混熟，后来一起去广州，刘一花在夜总会做事，出卖色相，六子做保安。六子不小心被抓去收容所，被活活打死。刘一花去解救六子时，求救于胡礼来。胡礼来后来喜欢上刘一花，刘一花不答应，后来被胡礼来掐死、分尸。刘一草,虽然成绩优异,却早早就有男朋友,高中毕业时,被同学们轮奸,跳楼自杀。而李顺秋的儿女李线线,小说给予她的笔墨不多,但隐隐地可猜出,她更务实、认真,她能傲然地领受着家庭强行施予的沉重负担。但她的冷漠,对于父母也是一种无形的杀伤力。她最后的失踪,也算逃离。可又能逃离到哪里去呢?顶多又是一个"我",甚至只会是再一个刘一花。

盛可以这部着力于书写人间罪恶的《野蛮生长》,可以说这里面的人物,每一个都是删节版的中国约伯。他们从出生到死亡,所有的遭遇都似乎是源于撒旦的纠缠,没完没了。可惜,他们都生活在上帝的领地之外。也许,没有上帝,撒旦就肆无忌惮了。于是,《野蛮生长》里的人物们,比约伯的经历更为凄惨,他们全都没有《圣经》里的约伯那么幸运,坚持信仰就能够换来更多的果实。盛可以拒绝了上帝的光芒,这不是因为她不信上帝,或者特意要否定上帝,而是小说的故事发生地,本就见不着上帝所绽放的笑容,在那块土地上,只有撒旦的魔杖会随时光顾。

盛可以不在文本中呈现怜悯,也不予他们现世的希望。盛可以不提供这些,她的写作哲学,不是提供救赎,而是阐述罪恶;她不提供温暖,她只照亮黑暗,在她的小说里,罪恶触目惊心,黑暗赤裸坚硬。或许这种写作哲学,在很多人看来是不可取的,因为在这样的作品里,我们很难发现,甚至根本就别想着发现所谓的希望之光。在这样一片充满罪恶的大地上,白茫茫一片的不是"真干净",而是"真残恶"。如此之下,作者又怎忍心故意地把"希望之光""生存之望"掺杂进去呢?

很多评论家强调,文学可以书写"恶",但书写"恶"的目的是去穿透"恶",让人能够发现善的可贵和希望的存在,而不是在恶中陷入悲观失望。不特意掺入希望之光的原生态式的恶性叙事,是盛可以作品的普遍特征。对于这种叙事风格,谭五昌认为这是"审美的偏移",是一种需要矫正的写作方式。他说:"笔者认为任何作品写人性的丑,绝不是仅仅为了表现这种丑,而最终目的是为了唤起和引导人们去追寻人性的美。但是,盛可以的作品在表现人性丑的同时,却没有达到最终的目的,反而加重了人们对现实人性的一种失望。因为,爱情在她的作品中看不到出路,人性在她的作品中看不到亮点。"① 这种观念非常普遍,可以从众多伟大作家的经典作品中提炼出来,比如陀思妥耶夫斯基的《罪与罚》等,最后都让人看到了救赎和善良之愿。但是,如若这种或许很值得推崇的小说叙事观念放置于没有宗教救赎形式的国度,救赎又从何来?特意掺入的救赎方式难道真的就符合小说创作本身的道德吗?

劳伦斯曾直接为一种不特意偏重于道德说教的写作辩护,他认为:"一部长篇小说如果揭示了真正的鲜明生动的关系,它就是一部有道德的小说,不管它里面包含一些什么。如果小说家尊重这种本身存在的关系,它就会成为一部伟大的小说。"② 这里劳伦斯的意思是说作家需要呈现真实的关系世界,要呈现一种人物与其周围世界之间的生机勃勃的纯真关系。对于道德,它本身即存在于人与人之间的纯真关系中,即在于小说呈现的人物关系中,它不是独立于小说的东西,"道德则是

---

① 谭五昌:《审美的偏移——盛可以小说之我见》,见《当代文坛》,2007年第2期,第38页。
② [英] D. H. 劳伦斯著:《道德与长篇小说》,见 [英] 戴维·洛奇编:《二十世纪文学评论(上)》,赵少伟译,上海:上海译文出版社,1987年,第239页。

在我和周围世界之间永远颤动着变化着的灵敏的天平，它引导着也伴随着一种真正的相互联系"①。道德作为引导真正的相互联系的天平，是平衡小说中人物关系的叙事因素，而不是作家刻意在写作中标榜给某一方的东西。作家如果不遵守这种写作规则，不管给予何方，这种行为本身才是真正的不道德。这里劳伦斯其实是强调小说家要按照小说逻辑去创作，而非用先在的道德观念去指挥小说叙事的发展。

  盛可以有过近似含义的表达："我是作为一个女性生活在这个世界上，那当然我是深入其中的。但当我叙事的时候，我肯定是作为一个旁观者去叙事，这样才能达到一种冷静、客观的描述，同时在我的写作当中，我不想有任何道德的立场。"②因此，参照劳伦斯的小说写作道德观，盛可以这种小说伦理观与其悲剧式的世界观决定着她的小说难以有光明的结局，甚至可以说，如果特意让她的小说结尾夹着希望之光，那就是一种不道德的写作方式。当然，如果读者愿意，也可以发现小说叙事中隐藏至深的些微光亮，比如《野蛮生长》中李辛亥的死，他是唯一一个死能瞑目的人物。死，在盛可以的笔下，是最好的解脱方式。况且，李辛亥的儿子，最终还能够妥协下来认错，且承认那个身份神秘、无人知晓的邓淑芬的身份。这种死能瞑目的安慰，不仅仅是李辛亥的最好收场，更是盛可以给予读者们的最难得的心灵慰藉。当然，这种极其微弱的慰藉必然

---

  ① ［英］D. H. 劳伦斯著：《道德与长篇小说》，见［英］戴维·洛奇编：《二十世纪文学评论（上）》，赵少伟译，上海：上海译文出版社，1987年，第236页。
  ② 盛可以等：《盛可以小说创作对谈录》，见《河池学院学报》，2005年12月，第75页。

无法消弭小说整体性的恶性书写和悲剧性色调,那么,我们还是需要思考,盛可以这种只阐述灰暗之恶不提供希望之光的写作,到底意义何在,这些意义又该如何讲述?

三

关于书写恶,盛可以曾有过相关论述:"我们常说的善,是单一的,最终归类到好人,而恶则千奇百怪,千变万化,具有无限可能性,复杂多变。善的东西,是浮在上面的,而恶是沉下去的,因而也更值得探索。因此我想到一个词——'冒犯',当小说以某种非理性的形态、非温和的方式展现人性的本来面目,自然为我们日常生活中的道德因素和社会规范所不能容忍。但是,这些东西深深扎根于人类原始生命的本能之中。小说家对恶的探索与思考,是内心能量的巨大喷发,是对于艺术的神圣冒犯。"① 对"恶"的探究是否比对"善"的探究更为"值得",我们可以搁置判断,但却可以认同探究"恶"也是一种不可或缺的写作方向。对"恶"的挖掘,必然产生"冒犯"的效果,冒犯读者的接受惯性,也冒犯艺术的传统和惯例。

艺术观念的变化需要"冒犯"的力量,施勒格尔在《论诗》中就谈及,当年西班牙和阿拉伯世界中的那些怪异的艺术形象对欧洲艺术产生了推进式的影响,它们那些典型的自由不拘的奇怪癖好,摧毁了人们习以为常的艺术秩序,甚至是世

---

① 盛可以:《文学需要冒犯的力量》,见《缺乏经验的世界(后记)》,深圳:海天出版社,2012年,第211页。

界秩序。① 而在艺术史上，卡拉瓦乔、德拉克洛瓦、波德莱尔等类型的艺术和诗歌作品，无疑对其时代的艺术观念产生着非同一般的震撼，他们的作品，以提供震惊效果取得雷霆般的力度，而之所以能够取得震惊效果，当然是艺术家超脱世俗的冒犯性创作。当卡拉瓦乔把自己的血淋漓的头颅放进艺术作品中时，把自己描绘成恶魔，它可能是一种赎罪的暗示，但更是在冒犯一种传统观念，他以自己的"血"和"恶"冲击了人们习以为常的、平和清正的艺术创作和欣赏观念。而波德莱尔的《恶之花》，更是代表性的诗学精神的转折，它的美学原则，直接启动了一种现代的美学品质。

借此观察盛可以的小说创作，可以发现，其"冒犯"精神，也是以书写"恶"来体现的，以盛开"恶之花"来展现其风格、呈现其迥异的写作哲学和语言气质。当然，盛可以笔下的"恶"也有其特别的关注点，比如底层，比如历史，比如爱情的内在之恶。仅就长篇来看，在其处女作《北妹》里，以底层女性去感受纯粹的社会之恶、人心之恶；而《水乳》《道德颂》是书写爱情世界里的"恶"，那种咬噬人心的爱情思考，既甜蜜又罪恶，读来令人惶惶不安，却又不得不深佩其对爱情心理的透彻挖掘；而在《火灾》《野蛮生长》里，有历史之恶，也有社会之恶，在城市化的历史过程中，城镇与乡下人之间的那些隔膜，造成了无限多的残酷。当然，仅就这些关注点来看，盛可以并不是唯一的，大量作家都在书写这些题材故事中的罪恶。因此，盛可以之所以突出或杰出，不是因为书写了罪恶，而是因为她书写罪恶的方式，她对罪恶的处理有着

---

① ［德］施勒格尔著：《浪漫派风格——施勒格尔批评文集》，李伯杰译，北京：华夏出版社，2005年，第180－183页。

别样的艺术形式和精神品质。也就是说,其笔下的"恶之花",不仅因为盛开而夺目,更是因为它们盛开得既野蛮又鲜艳,因而灼人。

所谓野蛮,其实就是语言风格上的凌厉和精神品格上的刚性,它们使作品呈现出一种凶猛的气质。与盛可以有类似写作风格的作家陈希我曾经有评论说:"有的作家装模作样,竭力把自己打扮成美女;有的端着架子,喜欢当人类灵魂工程师。他们不是盛可以。盛可以就是盛可以,原生态,凶猛。"① 所谓"原生态",就是说盛可以笔下的人物遭遇,有着异常清晰的残酷现实,作家不特意掺入同情和怜悯,更没有批判和反省。比如《北妹》中钱小红的遭遇,她很早就拥有了丰满的乳房,这个现实给她带来的全是邻里们的污言秽语和男人们的胡猜乱想,乡村里那些质朴又野蛮的风俗,逼迫着钱小红往城市走,做发廊妹,当玩具厂工人,成为酒店招待和医院职工,最后因为没有同意新院长的性侵犯要求,失去了工作,同时又遭遇乳房病变,困境增大到无力支撑,一直努力"活下去"的拼命辛劳,最终连"活下去"都不存希望了。这种绝望感继续呈现在《野蛮生长》中,小说书写了几代人的命运,却都是灰暗和辛劳,亲临他们生活的恶源源不断,不管是坚守家园,还是逃离到所谓的外在世界,都有着各自的罪恶遭遇。这种悲剧式的故事结构和叙事色调,让人看不到活下去的希望,更无所谓前途光明、世代荣昌。盛可以小说中的光,都是来自太平间的光,也就是死亡。这种异常寒冽的写作姿态,保持的是对荒诞现实的冷静观照,把原生态的生命遭遇之可能性挖掘

---

① 陈希我:《盛可以凶猛》,见《中国图书商报》,2004年5月21日,第A05版。

得通透彻底,里面的人物,没有作者的感情灌注,只有残酷的世界,他们生活在文本的人物关系中,生活在文本的历史现实中,具体而原生态。也许,这种冷静抵达了零度的情感观照,但这种零度更是野蛮而凶猛的,因为作者残忍地让笔下人物纷纷都活得异常艰难,或者死得极其凄惨。"活下去",在很多作品中,呈现的多为一种追求希望的、顽强的生命力,但在盛可以笔下,它只是一种呈现残酷世界和残恶人性的、细微的生命个体。这种写作,不得不给人寒颤之感,但更让我们关注的是,女性作家书写这样残恶的作品,必然也是对自己内心的一种残忍剖白和极端性的煎熬。盛可以常常说自己在小说中更多的是以男性的口吻在叙述,这不是说小说叙述者为男性,而是隐藏在叙述者背后的那个作家,盛可以觉得是男性的精神和内心,为此才能令人信任她的笔能如刀子、墨能像黑幕。但是,这也说明,盛可以的内心是分裂的,既作为男性,更作为女性,她以这双重的"精神身份"去叙述恶、阐述罪,也许,这就是她的小说能够既野蛮又鲜艳的原因吧。

既野蛮又鲜艳,这在很多书写残恶故事的男作家那里,是难以察觉的。比如阎连科、陈希我和冯唐,阎连科作品中的荒诞,把世界的灰暗和残酷书写得无法无天,在放大化的残酷现实中彰显社会、人性恶魔般的力量,因此,这里面有的是野蛮和放诞,与"鲜艳"无关。另外,陈希我笔下的残恶,很多情况下,读来是压抑而阴冷,是真正纯粹的残恶,粗野的语言把恶书写得无懈可击、密不透风,比如《抓痒》和《大势》。尤其是后者,作者使劲挖掘隐藏在婚姻和父爱内核中的恶性和残酷,扎实而严密,这里面的恶是野蛮的,但也同"鲜艳"无关,它饱满、粗暴,是男性所特有的语言质感。但盛可以不同,她书写恶,多有着"鲜艳"的面目,这也许与她酷爱比喻有关。她曾在多个场合和创作谈中提到自己喜欢比喻,"没有比喻,也就没有了语言方向,如果小说仅仅是客观描述,语言便会变得无趣与枯燥,运用精确形象的比喻,也能使语言站起来。"①"用形象的隐喻使人想象陌生事物或某种感情,甚至味觉、嗅觉、触觉等真实的基本感觉来唤起对事物的另一种想象,既有强烈的智力快感,也有独特新奇的审美愉悦。"② 这种对比喻、隐喻的语言偏爱,给了她的小说以"鲜艳"的色彩。

当然,盛可以"鲜艳"的比喻,是同她韧性和倔性的精神气质以及冒犯式的写作哲学联系在一起的,同其用故事挖掘残恶的本质密切相关,比如在《德懋堂》里,她对爱情与爱情诗及它们之间的关系进行了解构:"我的爱情诗相当蹩脚,据朋友们说,我唯一到达的巅峰才情,是于马墙出事前写的《那一晚》,我在诗中回光返照。你要相信,我写诗并不是为了唤醒马墙,只是为了抚摸爱情的狗,在它成为祭坛贡品前表达我难舍的温情。要知道,在男女关系中,与你相依为命的,不是别的,就是这条狗。"③ 还有:"马墙知道我不会用胎芽儿威胁他,我也没有当单身妈妈的想法……男人通常在这种情况下就是一只大灰狼,能把送人下地狱的话也说得温情动人。"④ 这些语句中的比喻,喻体等可以不独特,却被作者灌满智慧,

---

① 盛可以等:《盛可以小说创作对谈录》,见《河池学院学报》,2005年12月,第72页。
② 盛可以:《让语言站起来》,见《南方文坛》,2003年第5期,第32页。
③ 盛可以:《德懋堂》,见《名作欣赏》,2012年第10期,第55、58页。
④ 同上。

来得自然，却狠劲十足，把爱情解构，也把爱情诗解构。这种比喻在盛可以各类小说中都非常普遍，比如《野蛮生长》中，"喻书中的气息像百爪鱼，无数细软的手探向我，缠住我"，"一个少女的死亡，像诱饵吸引鱼群，它们围着它，打量、触碰、议论，吐出气泡；猜疑、琢磨、打探，暗自兴奋。我们家那几天像展馆，观赏者拖家带口，进进出出。看完免费展览，在我和刘一花身边磨蹭……"，"针尖慢慢刺进身体，她感到疼。这疼在胸口扩散，漫向下腹，最终聚集在子宫，无数针尖汇并成一把钢刀，子宫是广袤的农田，刀子如犁，深耕无止境。她双手紧握栏杆，弯下腰，仿佛在地上寻找什么"……这些比喻，有语言的美感，更有形容的智趣，但它们往往又是邪恶无比。这样的语言，有独特新奇的审美愉快，它恶而美，狠而靓，审美快感之外，更是一种审智的快感，淋漓快慰。

四

盛可以这种以对"恶"的揭示来进行的"冒犯"式写作，用其野蛮而鲜艳的精神气质和语言风格，建构起了盛氏自己独特的创作理念和文学观念。在普遍书写缠绵情事和平庸性事的市场化时代，这样的创作风向是难得的，当然，它更是艰难的，它与市场化时代的要求相背而行，她故意冒犯读者的接受心理，竭力要给这个只盛行正能量的时代扔去人们畏惧于注视的残恶真相。这种文学精神，需要特别的写作才气，更需要持续的写作勇气。

阿多诺曾经说："在这个充满莫名其妙的恐怖与苦难的时

辑二　透视黑暗

代,认为艺术可能是唯一存留下来的真理媒介的思想颇为可取。"[1] 也就是说,在充满着苦难,却又遍行着欺瞒的现代世界,唯有艺术可以抵达真理世界,可以把黑格尔所说的"真理是具体的"演绎出来。阿多诺眼中的艺术当然是具备批判力度的艺术,是"没有变成对世界完全淡漠或麻木不仁的东西"。因此,我们也可以说,"冒犯"的品质是现代艺术可以继续存在,而且依旧崇高尊贵的重要缘由。"冒犯"性特征,让当代文学艺术和时代,和人性保持着紧张感,因为这种紧张感,严肃的纯文学艺术作品才能够真正超越其消遣性功能,真正收获到艺术批判力度。盛可以的作品,有很强烈的批判性。社会批判层面,《野蛮生长》非常清晰,这里面的残恶基本是来自外部社会,它们是每种历史时代下的罪恶罗列,形式多样,后果相同,摧残着底层人的人生性命。当然,书写底层遭遇的《北妹》也是典型的社会批判性作品,盛可以曾解释:"我写的《北妹》,女性本身就是弱势群体,再加上她们在社会底层生活,更显示出她们的弱势地位。我写这部小说,一部分是想表现她们的生活,另外也是希望引起社会的关注。"[2] 所谓引起社会的关注,其实就是小说社会批判的现实目的。

另外,在人性批判层面,《野蛮生长》有触及,比如父亲李甲戌与女儿李春天之间的父女关系,见不着丝毫的父爱情义。这也可以联系到《火宅》里的球球和其养母之间的关系,虽然没有直接的残酷后果,但都属于亲情的变形,亦是一种

---

[1] [德]阿多诺著:《美学理论》,王柯平译,成都:四川人民出版社,1998年,第33页。
[2] 盛可以等:《盛可以小说创作对谈录》,见《河池学院学报》,2005年12月,第75页。

"恶"。当然，人性之恶上，盛可以挖掘得最为深刻处，长篇里面，《水乳》和《道德颂》呈现得最为明显，《水乳》通过女人左依娜去揭示三种男人的无耻，同时也挖掘人性中爱情的脆弱和荒谬内质。《道德颂》最为凶狠地呈现了婚外恋男人的虚伪与凶恶。对人性的挖掘层面，盛可以的中短篇小说更为经典。比如《惟愿中年丧妻》，揭示男人内心中那种中年换妻又想省麻烦的罪恶心思；《手术》呈现肉体血淋淋的疼痛之外，更把男人那种逃避责任、畏惧残缺的"问题"狠狠地抖搂出来。类似的作品还有很多，盛可以对两性之间，尤其是对揭示男性内心世界的恶与丑情有独钟，而且，这种揭示是凶狠而不留情面，残酷而不加掩饰。

当然，如果说盛可以这种恶性叙事具备清晰的社会和人性批判价值，那么，在这种外在价值之外，我们还需要探讨这种恶性叙事的内在意义。比如在如何书写"恶"这一问题上，盛可以坚持了不特意给小说掺入希望之光的凶狠特征。书写罪恶时，不因为读者的接受能力和阅读趣味，也不因为评论家的审美嗜好，而改变自己那自开始就树立起来的语言气质和叙事精神。也就是说，她热情不减，先锋依旧，而且还成就了自己独特的恶性叙事！《野蛮生长》继续了一种"密不透光"的罪恶叙事。这种叙事方式的魅力，不在于它在文本中是否呈现出了具备赎罪性质的灵魂个体，也不在于文本中潜藏了多少让读者倍感欣慰的精神之光，而是说，在盛可以书写罪恶时，她让罪恶成为推动故事发展的力量。而随着故事的渐入尾声，恶也逐渐消逝，恶是和故事同步进行的，也是同人物的命运变迁同步演变的。为此，在这里，作者通过小说叙事，给读者演绎的是，恶对人而言最终意味着什么。盛可以给出的答案是："丧事之后,我爷爷牌位高悬,两眼睥睨一切。"① 也就是说,对于曾经生活过的人而言,当其死之时,恶又算得了什么呢?"恶"把人世生命摧残之后,其实也把自己消耗殆尽了!而且,即使无法认同这种"消耗殆尽",还可以回到卡夫卡的恶之箴言"恶即引开者":"恶"的叙事,其目的本身就是希望引开恶、趋向善。这引开应该是读者的接受目标,又何必要再让作家在文本中去特意强调呢?

---

① 盛可以:《野蛮生长》,北京:北京十月文艺出版社,2015年,第288页。

侦破幽暗,策反道德
——田耳小说论

一、引言

田耳被众多论者解读为书写底层与苦难的作家,认为他是要写出从乡村到城市过渡时的人性变化。据田耳目前的小说来看,确实有很多篇幅呈现了这样的叙事特征和精神面貌。可是,我们也注意到,田耳在一些访谈中曾经明确地告诉我们,他的创作在题材上有很多类型,但有着相对一致的风格。① 那么,这就意味着从底层、苦难,或者从乡村、城市这些题材性视角去分析,也只能是抓其一面、窥其一斑,不能抓住田耳自谓的"相对一致的风格"。那么,这种作为田耳独特专利的风格会是什么呢?在我看来,那是一种咀嚼罪性,或者说咀嚼人性幽暗意识的趣味。咀嚼罪之疼或许是很多作家的爱好,但田耳却咀嚼得滋滋有味,连同把这种味道传达给读者,让读者不自觉地沉浸到这种滋味当中,在浑然不觉中让读者陷入了罪境

---

① 胡顺淑:《田耳访谈录》,见《时代文学》,2013 年 11 月上半月刊,第 214 页。

——无法判断孰对孰错,甚至于让读者之前单向度的道德、正义观念突然间崩解,再不敢轻易地站在某种自以为然的道德高地去指责他人。也许,这就是田耳的相对一致处。当然,呈现这种艺术趣味,必然有着田耳独特的叙事技巧和思想探求。

二、短篇小说,生活的情报

田耳曾经表述过,如果可能,他更愿意一直写短篇。他说:"如果可以对人生重新加以规划,我愿意当一位只写短篇小说的作家——也不一定是作家,我会用一个毫不暴露自己的笔名写下去,发表下去,过一种略有些困顿的生活。"① 我们不管这种说法实诚与否,但却可以猜测,相较于写长篇小说,田耳的短篇小说创作过程更为畅快。当然,这种畅快如果仅仅是与叙事长度、密度相关的辛劳程度相关的话,那也就没多少谈论价值。但我相信,田耳的这种畅快感不是辛劳程度上的更为轻松,而是其所书写的故事,更像是一种轻型的炸药,可以炸着玩,炸完即跑。在短篇小说里,他的叙述像是在享受一种儿童的捣乱癖,他用故事在人们习以为常的那些生活感受中挖一个洞,然后用一种顽劣的方式,把思想变成炸药,填进这洞里,谁要是阅读它,谁就像是中了彩,要被轰得心扉绽开,出离小说之后,再去体味生活时,将带着一种渴望弥补这洞的心灵之光。

田耳曾说:"短篇小说作家不同,他们应是潜伏在自己生活中的特务,一个个简约的短篇就是他们递交的关于人类生活

---

① 田耳:《短篇小说家的面容》,见《文艺报》,2013年4月22日,第2版。

隐秘状况的情报。它必须短小精悍,因为真正有用的见地,说穿了往往就几句话,必须像情报一样精准。那些收悉情报的人,仿佛被针扎中了某处,恍然间对自己生活的一切得来全新认识。"① 这所谓的全新认识,其实就是他的故事让我们看到了隐蔽在日常生活中的那些残酷问题,这残酷不一定是罪,不一定是恶,但有着颠覆日常理念的沉重感。比如短篇《衣钵》,这篇被普遍解读为乡土文学代表作,可在我看来,与其说是乡土,还不如说是呈现一种令人绝望的生活之痛。生活总是那么残忍,如何折腾也摆脱不了命运的安排。大学毕业后回家继承父业,我们虽然不能判断这种选择有何不妥,但却可以颠覆一个时代的信仰。知识改变命运的神话已经破灭,知识改变不了生命。知识的价值,除开让他更为自信地为父亲做法术之外,还有什么值得他去憧憬吗?小说最后,李可自己的心里话即是:"不去想以后的事情了,他又一次地跟自己说。"这种书写,我们不做对错判断,回归乡土不是问题,但这种故事却明显地呈现了一种现代价值观的沦陷。再看《氮肥厂》,这里面的老苏,瘸腿,被人安排到氮肥厂去当厄运星。在许多人看来,这是很悲哀的事,觉得老苏该觉得伤感,但却没想到,老苏成了整个厂里最快活的人,还和厂里的胖女洪照玉搞上了,整天喜滋滋的。田耳安排小丁作为叙述者,引领读者去为一种难以想象的生活状态所吸引。在小丁的一步一步侦查下,我们也跟着他领悟到了最边缘人物的快乐可能。瘸腿者也不是人们想象的那样,就要整天感到自卑难过。老苏和洪照玉的偷情方式更不是人们从日常的经验就可以想象到的。总之,这种

---

① 田耳:《短篇小说家的面容》,见《文艺报》,2013年4月22日,第2版。

奇特的状态被田耳借着小丁的眼睛展示给了我们,也是一种既好玩又要让人感受到某种辛酸的生活"情报"。短篇《去寻一个牛人》中,锅村人家每逢大事,宴请宾客要请"牛人"来撑场面,相互攀比的心理下,每家每户都想争"脸面"。锅村从请官人开始,一级一级往上攀请,无法请县级以上的了,就转方向请明星式的"牛人",然后让牛人跪着唱歌,甚至跪着走,跟着主人跪唱到每一桌前面……让农村盛行的那些恶趣味去碰撞当下文化的那些失格现状,两方面的可笑相撞后,我们尝及了情节的滑稽,更领会了作者笑里藏刀式的多维批判。

此外,《到峡谷去》嘲讽了现代人赶时髦的黄金周旅游热,点出了当下遍行各地的虚假景点。同时,小说中插入了母亲晕车一节,母亲在现代气息(包括汽车气、金钱气)的包裹下,被逼着对一切保持沉默。《围猎》里,好奇心驱使着"我"去凑热闹,去围猎一个逃跑的裸人,结果被裸人利用,自己成了被追捕的对象,荒诞可笑。《老大你好》中,游戏中的老大,走到现实中来充当老大时,尽显出其恶心和无耻,也嘲讽了参与游戏世界的那一群丑角,最后老大乖乖地顺从廖琼的洗屋要求,令人忍俊不禁。《事情很多的夜晚》中,一个大雪天夜晚,收费站不值班,三个乡下小青年趁空冒充工作人员收过路费,见钱眼开,在滚滚而来的钱面前脑筋都变得笨拙了,被路过的民警识破。这个故事也很滑稽,却更是嘲讽了那些被钱熏晕了的乡村青年。从田耳这些短篇中,我们可以发现他的小说话题并不奇特,基本是日常生活中的现象,但他能够从不同的视角,或者说不同的故事组织方式,让一些日常的东西呈现出奇特荒诞的一面,让隐藏在日常中的那些不被怀疑、不被关注的东西呈现出故事性、思想性特征。

刘恪曾总结过田耳小说的几个艺术特征,其中之一是:

"田耳在处理小说人物事件时表层上不动声色,有些冷漠,并不透露出观念意图,只是让事件与人物自然行走,但内心里憋着一点坏。一方面他保持冷漠客观的叙述笔调,另一方面他对日常意识形态含有隐晦的嘲讽,这种讽刺来源于他在人物、事件、细节的比较之中。"① 这个概括很准确。田耳的叙述笔调很冷漠客观,比如《在场》,那种冷静是很残忍的,要让读者因为文中的气氛而紧张,但田耳却一个劲地让叙述者"我"使坏,但"我"的这种坏和电视台记者们的坏比较起来,又似乎是应该的、有必要的,因此,在人物、事件、细节的比较之中,有田耳故意使坏的叙述行为,也有着文本更为清醒的嘲讽和批评目的,也因此,与其说田耳短篇呈现的是冷漠客观的叙事,还不如说这是因为田耳看到了生活中潜藏着的可怖事物,他要让小说去呈现那些难以捉摸的坏成分、恶因子。这些短篇,让我们看到了,每一种庸常生活中都可能潜伏着许多不可理喻的东西。这些庸常生活的当事者们可以是底层的打工者们,也可以是游荡在乡村世界的青年们,甚至可以是城市社会中的中产阶级们。但是,不管田耳的题材来自哪里,主题倾向有多么不同,却都可以发现,他要寻觅的是生活的秘密,他用短小精悍的故事去捣散这些秘密,侦破它们,呈现它们的潜在危险,而这似乎也是他小说的秘密。

三、长幅画卷,生命的深渊

如果短篇是情报,是精悍的炸药,它们攻击的是潜伏在庸

---

① 刘恪:《冷漠的微笑——论田耳的小说》,见《理论与创作》,2006年第3期,第39页。

常生活中的恶鬼，那么田耳的长篇小说却是一种情报的汇总，但这种汇总并非数量上的，而是性质上的，它们都具备"策反"的性质，它们要策反一种俗常理解中的价值观、道德观，甚至人性观。这些长篇展示人完整的生命历程，从微观去看，策反的效果不明显，但积少成多、完成生命画卷之后，却可以成功"策反"，让一种被人们熟识的人生状态和价值理解变得陌生，或者让一种新型的生命形态变得清晰。田耳的长篇可以让人们陌生和清晰的东西碰撞，最终实现调换，进而让读者看到生活中那些故事化、戏剧性的成分，让之前被我们熟视无睹的东西清晰起来、深邃起来。这种效果当然有其缘由，那即是田耳对细节问题的长期关注，他在一个访谈中说："我父亲经常回忆说，我从小就喜欢观察，提各种让他为难的问题。另外就是一直对自身生活状况不太在乎，所以有闲心观察各种无关紧要的事情，喜欢把一些别人看来毫无作用的问题弄得彻透。"[1] 自小开始对细微生活的观察积累，成就了田耳小说具备密实的生活经验，而这是长篇小说中尤为难得的东西，只有生活细节的丰沛，才能支撑起一部长篇小说的厚度与深度。

田耳最新的长篇《天体悬浮》即呈现了这种深度与厚度。他继续用侦探故事的叙事结构，用"我——丁一腾"做叙述者，另设符启明作为小说主要人物。小说把符启明的人生描绘得很有探讨价值，他的故事极具戏剧性，从开始被领导招入派出所里，到最后被捕进监狱，有着清晰的人生轨迹，也有着浓郁的思想内涵。符启明的做事风格有着他性格特征的陪衬，他虽然在社交上意气风发，"事业"上步步为营，成为了一个地

---

[1] 叙灵、田耳：《文学是一种仪式——田耳访谈》，见《文学界》，2007年5月，第41页。

区的风云人物。但他也有着不为人知的一面,他要和性格、才能都很平庸的丁一腾保持关系,像是需要一个参照物,避免自己有朝一日过于得意忘形,被社交场上各色人物的虚假言语迷惑,找不到生命的基准点。丁一腾老实巴交,过着平淡的日子。但符启明就看重丁一腾这点脾性,这点正直感能够时刻让符启明明白,他所有的追求在丁一腾这类人的衡量下,都一文不值。丁一腾的存在不是要符启明明白过去生活的淳朴,而是要他时刻知晓还有一种不买他的账、不围绕他转的个性存在。符启明最后的落网,与其说是刑侦的成功,不如说是他感受到自己失去丁一腾友谊之后的自行选择。当然,这个故事的看点并不在于符启明和丁一腾的关系上,而是交缠在符启明、丁一腾、沈颂芬、小末、春姐、安志勇等人物身上的琐碎之事,这些或情、或性、或妓、或爱、或友的关系,被田耳的侦探式故事缠绕在一起,也被他设置的天文望远镜聚合在一起。侦探的故事带领我们明白了关系的世界,而透过望远镜看到的浩森宇宙,也让我们领会了故事的秘密所在——这不仅是符启明用来掩饰其操控卖淫事业的工具,更是掩饰这些人野心和欲望的工具。小说中,"我"丁一腾一直从望远镜中看不出什么,后来所领悟的东西也与符启明他们所说的不同。这里,望远镜代表的其实是精神问题,在这个精神领域,田耳费尽心思地嘲讽那些打着精神旗号行现世欺骗的虚伪之士。这种效果,不禁让我们再思起康德的名言,在仰望星空的时候,我们会不会也去思考内心的道德律呢?这不是所有人都能做到的,仰望星空与道德律在田耳的小说人物中,有出离者,也有暗合者。

《天体悬浮》的厚实故事,延续了他的侦探式叙述,为此,田耳能够叙述得从容不迫,没有多少叙事技巧。为此,徐勇判断说:"田耳的小说在形式上向来没有太多的特异或怪异处，他的小说仍旧可以被置于传统现实主义/写实主义的脉络，并能得到有效阐释。他的小说，仍旧在现实主义表象现实的深度和广度上下工夫。"① 仅从故事架构而言，这种判断有其道理。但是，田耳的写作又不全是现实主义的，还带着现代主义的精神气质，这点需要从他整体的叙事精神上去探讨。

所谓现代主义的精神气质，其实就是隐藏在田耳长篇小说整体结构内部的叙事精神。这种精神是说，他所精心布置的故事，其实是在挖掘人的内在罪性，是揭开心理学上的人性之恶，呈现生命中的深渊内容。田耳在很多场合说过自己对心理学的爱好，尤其是对潜意识问题的热衷。他对《释梦》一书尤其热爱，"我专门花一年时间读《释梦》，这本书对我影响很大"②。这种爱好能够从一个侧面暗示出田耳对人性深渊问题的情有独钟。在《天体悬浮》中，符启明一直不愿意割断与丁一腾的关系，这是不是有着某种心理的阴影呢？他也始终保持着对小末的感情，这种感情到后来已经完全失去了可以理解的现实基础，但却一直让他沉醉着。另外，田耳设置的望远镜，虽然望向星空，其实也是指向内心，只是看到何种内心，却是因人而异的事情。符启明最后的不再挣扎，看似是悔悟，其实是折服于一种内心的失落，失落于丁一腾对他的不再信任，这种不信任相当于否定了他的人格，取消了他的意义。那么，这里符启明为什么要那么在乎丁一腾的看法呢？抵达了混世魔王的地位，却一直对平凡的丁一腾保持尊重，这种设置确

---

① 徐勇:《"风蚀地带"的文学写作——田耳新作〈天体悬浮〉及其他》，见《创作与评论》，2014年第8期，第54页。
② 胡顺淑:《田耳访谈录》，见《时代文学》，2013年11月上半月刊，第214页。

实是田耳《天体悬浮》中的一大"黑洞"。我们只能理解为田耳的故事特质，他这种安排要传达的是小说的价值观，也就是田耳想要表现的思想内涵。这就是叙事精神层面的现代主义内容，他需要安排这种特殊的人物关系，就像卡夫卡安排他笔下的人物具有从始至终的特殊性格一般，他要从这种恒定的性格和人物关系中讲述出特别的寓意。

类似的叙事设置在田耳前面的两部长篇中更为明显，《风蚀地带》中，魏成功总是不自觉地进入他枪杀余天的那个幽暗之地，最后他也是因此被警方轻松捕获。这种被潜意识控制的生命，似乎是一种被内心之罪牵引着的生命历程，这种潜意识当然是一块神秘的人性深渊。这种特征在《夏天糖》中表现得更为明显，江标一生都被内心里面那个散发着薄荷味的小女孩束缚着，最后把铃兰碾死，也是把内心那份不死的记忆毁掉。江标无法逃离内心深处的那块记忆黑洞，这无疑被田耳书写成了潜意识的力量。我们不能说那种记忆有何罪恶成分，但它的牢固性本身就足以令人恐惧，最后需要的是流血灾难的偿还。这种挖掘人性深处的罪症式写作，当然是典型的现代主义笔法，从中也可以看到弗洛伊德思想以及克洛德·西蒙文学对田耳创作的影响。

当然，对于现实主义和现代主义特征问题，有无这些概念层面的问题并不重要，重要的是田耳的小说中把这些因素糅合得难以区隔。虽然他的人物有着作者赋予的潜意识黑洞，他们的人生轨迹基本被这种黑洞意识困扰甚至决定，但牵引着故事发展的并非只有潜意识，还有着更为清晰的别样线索，那就是田耳的侦探式叙事。符启明、魏成功、江标等人的性格特征和精神状况，都是在破案式叙述的过程中呈现出来的，因此这些小说的叙事结构有其多维度特征。这样的叙述当然就避免了现代主义式的极端化追求,也回避了经典现实主义小说的平淡"真实"。田耳在访谈中回答关于小说中侦探式故事的时候这样解释说:"首先我一直喜欢看破案故事,我觉得破案这层壳可以涵盖太多的社会内容,而且警察的身份也可以相对合理地进入各种私密的空间。再者,醉翁之意不在酒,或者顾左右而言他,在我看来就是小说本质的东西,它必须有突破故事的成分。而破案模式恰恰有利于这种伎俩的实施。"① 另外一篇创作论里,他同样谈道:"小说和故事不同的,应在于多了一种类似于挂羊头卖狗肉的机巧,叙述故事时要尽可能地闪转腾挪留足空隙,然后在空隙中塞入彰显艺术特质的弦外之音和个人印记。既然这样,势必得让人把小说读完了,小说中一切附带的成分才可能有效地传递。"② 李敬泽在一文开头也讲:"田耳是讲故事的人,田耳戴着面具。"③ 从这些表述里,我们可以很明白地了解,田耳所使用的叙事方式有着"醉翁之意不在酒""挂羊头卖狗肉"的特征,这当然也是一种小说修辞术。他要透过一个极具阅读吸引力的侦探故事,来实践一种纯文学的写作精神,同时也是一种讲通俗故事发精英之思的思想历险。也许,正是因为这种融合,田耳的小说才能揭开生活中的许多面具,让那些看似熟识的生活变得神秘、深邃,也让那些看似风光无比的生活形态变得一文不值。这就是田耳小说的

---

① 张昭兵、田耳:《田耳:语言是人最难以掩饰的个性》,见《青春》,2009年7月,第21页。

② 田耳:《小说偶感:创作谈》,见《朔方》,2009年8月,第19、20页。

③ 李敬泽:《灵验的讲述:世界重获魅力——田耳论》,见《小说评论》,2008年第3期,第74页。

"策反"效果,他用侦探的形式挖掘了现世中隐藏着的罪行,同时也对人的潜意识黑洞进行了文学的探幽。

四、向死之欲,甜蜜之恶

行文至此,我们已经探讨了田耳小说的叙事技巧和思想洞见问题,短篇也好,长篇也罢,它们都体现了田耳挖掘生活秘密的癖好。这种癖好的深处就是它们能够如精准的情报般炸毁一种平庸的生活,也能用细致完整的案件故事来策反一些备受瞩目的价值观。那么,具备这种叙事目的的叙事方式到底是一种什么性质的小说叙事呢?如果说很多作家都能够用密实的小说细节呈现令人耳目一新的生活状态和思想价值,那么田耳的不同之处就是他有着一种向死的欲望,这是一种咀嚼死亡本性的写作,他用故事来延宕一种灭亡之本性,通过讲述来体味这种延宕,并连带着让读者来一起欣赏这一消亡过程。

田耳曾经这么表述:"我喜欢的文字,总是蕴含着一种大真诚,这种真诚时常表现出一种自虐的倾向,作者时时都有剥开自己皮肉,把自己由皮到骨看个透彻的冲动。其叙述总被不虚伪、不隐恶的道德力量浸润着,时不时表现出坏孩子般的口无遮拦。"[①] 这在其小说中也表现得非常突出,比如《坐摇椅的男人》一篇,在田耳的叙述里,小丁完全是一个奔向死亡的人,他具备一种弗洛姆心理学上恶的本性。当然,他的恶不是显性的搞破坏,而是隐形的奔往,好像他的生活目的就是等着这样一个死亡方式。这个故事读得令人窒息。有着岳父的那

---

① 田耳:《小说偶感:创作谈》,见《朔方》,2009年8月,第20页。

个阴影作为心理铺垫,小丁为何还要这样做呢?没有理由,只能是那种心理黑洞的作用。还有《围猎》,这里的小丁为何那么热衷于围猎一个与他毫无关系的裸人呢?仅仅解释为喜欢凑热闹是不够的,还必须回归到人的那种向死之欲和狂欢心理。《在场》一篇中,作者和0号哥(叙述人"我")其实是在一起欣赏这种危险场面,最后的"破坏"行为也不仅仅是浇灭电视台直播的希望,它是用一种决绝方式来浇灭一种人性残酷,取消人们观看犯罪现场的机会,但作者自身却借着0号哥的视角观看了一场更为残酷的犯罪现场。而在长篇《风蚀地带》和《夏天糖》里,如前面曾经述及的那种潜意识问题,魏成功、江标的故事完全是一种自虐特征。《天体悬浮》中的符启明、小末和沈颂芬,都带着这样的心理。这些人物放在田耳的笔下,通通成了被把玩的对象。田耳好像看清了人类内心的那些诡秘所在,他不相信含情脉脉的东西,他欣赏一种深层次的"揭阴私"式快感。这些性质的内容在传统观念看来,当然属于不道德的东西。《坐摇椅的男人》里,小说语言虽然安静平稳,叙述结构也毫无破绽,但由这些语言建构起一个奔往毁灭的故事,就显得阴冷了,甚至有一种比书写开膛破肚还要沉重的压抑感。在《围猎》里,田耳尽情地表现了自己做坏孩子的欲望,那种狂欢和滑稽,用戏剧化情节玩弄人物小丁,颇有喜感,却又要使读者莫名其妙地难受,像是不知何故地被作者打了一巴掌。《夏天糖》里,"我"——夏谦,和铃兰的那种关系,田耳也借鉴了现代小说的非人格化叙事,"我"不再是柳下惠式的正人君子。未婚妻出差后,"我"坚守了一段时间,最终还是放弃了"虚伪"的意志,和铃兰温存了许多时日。这种叙事不能说明合乎人性真实与否,但却显示了作者不被道德阈限的写法,释放了人物的原始欲望。

田耳曾经说:"我自小大舌头,一讲话别人就要笑,所以尽量待在家里,于是就爱上看书。正因为口齿不清,我羡慕那些能言善辩的人,但做不到。后面写起小说,意识到这不就是滔滔不绝地说话嘛,这不就是自己理想的生活嘛。口吃是一种障碍,而我的写作正是对障碍的排除,正因为这样,我写作中得来别人不曾体会到的乐趣。我乐此不疲。"① "写作让我获得废物利用的快感。我写小说经常获得巨大的快感,快感总是让人欲罢不能。"② 这些说法的另外一种解释似乎可以是:写作给了田耳说话空间的完全解放,他在表述中获得了巨大的快感。这种快感当然不只是表现欲的敞开问题,还有着一种很可能是口吃者才具备的邪恶之趣,他看到不口吃者看不到的东西,体会过口齿流利者从未体会也无从体会的东西。在我看来,这种东西就是他窥视生活秘密和人性秘密的兴趣,而通过写作,他把这种秘密分享给了读者,于是,读者也跟随其一同享受这种邪恶的趣味。

当然,如果田耳仅仅有这种趣味,那也不过就是个下三滥的通俗作家,不会抵达纯文学的高度。为此,我们需要给予田耳小说全面观照。有论者从复仇角度去分析田耳小说:"田耳在给读者讲述仇恨故事时,却不按传统的复仇套路给我们展示一个个复仇的'快意恩仇记',甚至很多时候他完全消解了小说一向注重的道德评判和教化功能,消解了传统的是非善恶观念,而直抵人的灵魂深处,对'人性和存在进行着不停的追

---

① 胡顺淑:《田耳访谈录》,见《时代文学》,2013年11月上半月刊,第217页。

② 张昭兵、田耳:《田耳:语言是人最难以掩饰的个性》,见《青春》,2009年7月,第21页。

问，时时安然体味，时而诙谐起舞'。"① 认为田耳小说有着复仇主题，这点可以商量，但其上述判断却是切中要害的。《夏天糖》里，江标碾死铃兰并不会引起我们的憎恨，《风蚀地带》中对魏成功被捕的感受也不会是简单的畅快，《天体悬浮》中符启明虽然是混世魔王，干尽了许多污浊之事，但他也有着其非常令人敬佩的品格坚守。田耳这种取消道德判断的叙事，呈现的当然是更为全面的人性观察。

D. H. 劳伦斯在其《道德与长篇小说》一文中说："一部长篇小说如果揭示了真正的鲜明生动的关系，它就是一部有道德的小说，不管它里面包含一些什么。如果小说家尊重这种本身存在的关系，它就会成为一部伟大的小说。"② 这里劳伦斯的意思是说作家需要呈现真实的关系世界，要呈现一种人物与其周围世界之间的生气勃勃的纯真关系。对于道德，它本身即存在于人与人之间的纯真关系中，即在于小说呈现的人物关系中，它不是独立于小说的东西。"道德则是在我和周围世界之间永远颤动着变化着的灵敏的天平，它引导着也伴随着一种真正的相互联系。"③ 道德作为引导真正的相互联系的天平，是平衡小说中人物关系的叙事因素，而不是作家刻意在写作标榜给某一方的东西。作家如果不遵守这种写作规则，不管给予何方，这种行为本身才是真正的不道德。借此看来，田耳那种

---

① 姚艳玉：《田耳小说的"复仇"叙述》，见《社会科学论坛》，2007年第7期，第62页。

② ［英］D. H. 劳伦斯著：《道德与长篇小说》，见［英］戴维·洛奇编：《二十世纪文学评论（上）》，赵少伟译，上海：上海译文出版社，1987年，第239页。

③ 同上，第236页。

咀嚼罪恶的写作也是合乎道德的,他既书写人性的向死之欲,也书写人性的正义追求,靠着扎实的故事,他完成了一种人性复杂性的揭示。

五、总结

文学是语言的艺术,好的文学是充注了不朽意义的语言。一切思想或者叙事技巧,始终都要落实在语言上。对于语言的修炼,田耳特别重视,他把小说的语言写成了一种蛊惑人心的东西,并用他情有独钟的心理学知识,结合着他对我们这块土地上独特的人性发现,书写了许多被潜意识控制的生命体。潜意识是幽暗的、神秘的,田耳的人物奔往这种幽暗的潜意识世界,是一种宿命感的呈现,也是呈现人性和人心的写作。田耳借用侦探的故事框架,让这种揭示幽暗力量的过程变得惊心动魄,他把呈现罪性的故事讲述得极其细致,他在享受小说中的宿命感,[①] 他在讲述中享受着发现和发泄的趣味,而读者也被其抽丝剥茧式的叙述引领着去感受、享受了一种窥私与察恶的愉悦。

伊格尔顿谈悲剧小说时,认为"在乔治·艾略特手中,小说可以避免悲剧,因为其任务是追溯自动编织到现在的复杂的因果关系链条,从而让解释取代谴责"[②]。这是对现实主义悲剧小说的判断,我们可以拿此来为田耳小说的特征作一个总

[①] 叙灵、田耳:《文学是一种仪式——田耳访谈》,《文学界》,2007 年 5 月,第 42 页。

[②] [英]特里·伊格尔顿著:《甜蜜的暴力——悲剧的观念》,方杰、方宸译,南京:南京大学出版社,2007 年,第 196 页。

结。田耳把现代主义式的叙事精神融入到现实主义的故事中，因而他对人性和生活悲剧的书写都没有走向极端，而是在故事的讲述中解释了罪性，在人心的探究中阐释了灵魂的丰富和宽宏，这些性质引导着读者享受了一种窥察幽暗的叙事，同时也为读者敞开了一种关怀不道德人物的可能性。华语文学传媒大奖给予田耳的授奖词中说："他的伦理观，有齐物之想，无善恶之差别，以平等心、同情心、好玩之心，批判一切，也饶恕一切。"这似乎也是田耳小说特征的总体概括！

辑 三

世纪之光

成为同时代人，首先以及最重要的，是勇气问题，因为它意味着不但有能力保持对时代黑暗的凝视，还要有能力在此黑暗中感知那种尽管朝向我们却又无限地与我们拉开距离的光。

——［意大利］吉奥乔·阿甘本

在揭真相与泯仇恨之间

——论张悦然《茧》

一、共同的心理经验

阅读张悦然《茧》，是我不断检视自己心理经验的过程。小说中主要人物程恭，尤其令我不安。程恭的爷爷在"文革"中被批斗、被迫害为植物人，这引起了我对于我爷爷的情感记忆。我爷爷亦是"文革"年代的教师，被学生批斗，迫害至瘫痪。在我的记忆里，他一直躺着。我不到五岁时，他就去世了。我已记不起他更多的表情，更想象不了他的声音。我亦没能从我爷爷那里得知任何历史细节，只有他躺着的病躯，以及我父亲零零散散的受害史讲述，这些塑造了我对那段历史的愤慨认知。

对"文革"这种祖辈、父辈们所经历的历史，以受害者的后代身份来看，必然会有愤怒、怨恨的阶段，但这种情感态度有无问题？很早开始，我通过阅读各种描写"文革"的作品，想寻找到最恰适的路径，来理解那段历史、体谅那些罪人。但是，众多小说提供的故事，要么是在揭示罪恶中发泄着讲述者内心的愤怒，要么是走向了超脱，不问罪，于是不纠结。我不满于这两类作品。增强我们的仇恨感，这不可取，宽恕才是最好的归宿；可是，轻易地放弃问罪问题，又是纵容罪恶、逃避责任。在宽恕与问罪之间，作为后代的我们，该如何选择？它们之间有无兼顾的可能？很巧，80后作家张悦然也在思考这个问题，《茧》表明作者亦有我这样的精神难点。

实言，我个人一直想书写自己的家族故事，以"发泄"或"缓解"自小就压抑在内心里的愤懑情感，但我困惑于寻找不到理想的处理方式，也未能抽出时间去挖掘更多的历史细节，一直耽搁着。为此，阅读《茧》，我既欣喜又担忧，欣喜于终于有80后青年作家开始严肃、集中地书写"文革"，开始正视祖辈们遗留在我们内心的阴影。但同时，我也担忧于青年作家的历史反思也落入俗套，在简单的控诉或超越中草草结束。

张悦然的《茧》，面对的正是我们这一代该如何面对罪恶历史和家族阴影这一"怎么办"的复杂问题。《茧》所建构的人物图谱和故事性质，是为了揭示历史阴影并未因时间过去而烟消云散，它们其实还继续作用于后辈的精神与生活，也是为了探讨后辈们该以何种心态面对不堪历史遗留下来的伤痕。

在《茧》里，我特别留意到一些探问句："我们怎么可以这么快乐和安逸？""你怎么就能活得那么舒坦？""可是怎么能如此地轻易呢？"类似问句还有很多，它们经常跳出来，刺着埋藏于我内心多年的不满与困惑。在我们这一代，言说"文革"其实没多少空间。除开一种公开表达上的忌讳，更严重的还是同龄人之间的知识和心理隔膜。非文史专业的同龄人，普遍不知道"文革"意味着什么。即使知晓历史者，也都持着过去了就不要再提、不必纠缠的态度。还有大量类似于小说中唐晖形象的有知识者，持着看似公允理性的观念，实是纵容着人们继续参与到漠视和遮蔽历史真相的行动中。纠缠于过去有何用？即使探求了真相，当年参与迫害运动的作恶者忏悔了，又能如何？这些实用主义的思维，控制着这个时代的人心。面对这种语境，感慨或审问人们怎么能够这么快乐和安逸，怎么就如此轻易地忘却了过去，都注定了是自作多情。

二、历史远去，伤痕依旧

今年是"文革"爆发五十周年、"文革"结束四十周年。1976年被普遍视作新时期的开端年份。[①] 1976年之后，书写"文革"历史罪恶的作家逐渐出现阶段化、代际化现象。开始时的伤痕、反思文学，以及后来一些知青题材作品，普遍属于揭示和控诉，反思亦是有限的反思。如刘再复当年所言："无论在政治性反思还是文化反思中，我们的作家主要的身份还是受害者、受屈者和审判者。因此，主要态度还是谴责和揭露。"[②] 另外，这些作品，基本都有着光明和谐的收尾。比如张贤亮的作品，典型的历史唯物主义思想写作。这些作品所传递的观念相对简单，认为历史灾难已经过去，"恶"就已被克服，过去的"恶"就能转化为当前发展的动力。这种思维，在今天看来，已显幼稚。"恶"并没能随着"四人帮"等恶势力的消失而消失，尤其是"文革"历史之恶遗留在人内心深处的伤痕、阴影，它们其实一直影响着后世人们的精神和生活。

---

① 旷新年：《1976："伤痕文学"的发生》，见《文艺争鸣》，2016年3月号，第6页。
② 刘再复：《论新时期文学的主潮》，见《论中国文学》，北京：作家出版社，1988年，第270页。

"文革"影响深远,那些经历过、对"文革"历史有着切身感受的 50 后、60 后作家们,不管是写作本身,还是生活方式上,都有着"文革"的痕迹。莫言、阎连科等人狂欢式的文学语言,以及他们小说中的人物命运,都有着"文革"的浓烈影响。小说上,阎连科"受活庄"的民众,"文革"结束也并不意味着他们即开始了宁静生活;贾平凹"古炉镇"的日常生活,"文革"造成的破坏是致命的,死去的生命不可挽回,创伤永远驻在幸存者内心。在余华、苏童、毕飞宇等人的作品中,"文革"历史遗留下来的,尽是被破坏的大地和被损害的人心。在残酷的历史环境里成长出来的一代人,由小说作品来看,人心普遍变得坚硬,潜意识都被黑暗笼罩。

70 后、80 后作家作品中,"文革"开始转变成父辈经验的呈现。他们书写的"文革",普遍会从家庭、从父辈出发。李浩一直在书写父辈的身体和心灵遭遇。《镜子里的父亲》用魔幻的方式集中展现"文革"给父辈以及整个家庭带来的阴影。徐则臣的《耶路撒冷》,父辈之间的恩怨,家乡的那些黑暗历史,给小说中的人物带去了不可抹除的心理创伤。后人的生存和价值取向,直接跟父辈的历史遭遇相关。乔叶《认罪书》中的个人,一直萦绕着父辈"文革"时期的罪恶,而后辈的行径,也有意无意地"重蹈覆辙"。

80 后书写"文革"历史的作品不多。少数的篇章,比如陈崇正《碧河往事》、王威廉《绊脚石》等,也表现"文革"历史灾难对当代人造成的伤痕。历史其实并未真正远去,它对当下的影响依然深重。老一辈经历者生活在内心罪感和恐惧感中,而年轻一代又该如何看待历史罪恶?如何兼顾记住历史与消弭仇恨?这些都是历史遗留物,永远是我们生活中的"绊脚石"。

每一代作家作品，都表达了"文革"历史并未远去的现象和观念。《认罪书》还书写出新时代的"文革"性质罪恶，它们变了面貌还在继续上演。这些表明，伤痕、反思文学所相信的光明前途并没能实现。而通过张悦然的《茧》，我们又深一步理解到，"文革"造成的伤害其实还在继续，祖辈、父辈们的罪与恨，还潜伏在作为孙辈的 80 后青年们的内心。

《茧》里的几个主要人物都是 80 后，都代表着一种典型的身份。程恭的爷爷是受害者，李佳栖、沛萱的爷爷是"文革"批斗运动中的施害者。程恭作为历史受害者的孙子，是受难家庭的孩子，他的成长历程就是逐渐了解历史真相、延续家族仇恨的过程。被仇恨填充，内心被扭曲，于是他对他所生活的世界充满愤怒，对自己身边的人不再善意。他导致了沛萱脸伤，强暴、欺辱陈莎莎，欺骗好友大斌……程恭的形象表明，延续家族仇恨，只会造成更多的罪恶。而作为施害者孙辈的李佳栖和沛萱，虽是堂姐妹，却意味着不同的历史形象。祖父李冀生的罪，使得李佳栖的父亲李牧原一直生活在负罪感中。罪感心理使得李牧原无法过正常人的生活，对家人表现出自私的一面，厌恶自己父亲，也没能给李佳栖父爱。李牧原跟从内心的罪感，同李佳栖母亲离婚后，与当年参与迫害后负罪自杀的汪良成女儿汪露寒结婚以赎罪。这种结合导致了更为痛苦的生活，负罪与失意、酗酒、车祸身亡，这些都给李佳栖造成极深的心理阴影。而沛萱，一直不愿意相信祖父曾经的罪恶，并希望用记录片为李冀生正名。但她其实也是历史受害者，脸部的伤残是程恭导致的，她的个人生活也完全被祖父的形象束缚，是一个被虚假形象迷惑而失去了自我的形象。

历史远去，伤痕依旧。伤痕通过家庭、家族情感，在人的心理层面一代一代地传递，成为每一代人的心理阴影。伤痕也塑造了后代人的性格，以至于影响到他们的行为方式。直面这些伤痕，就要追溯历史，而追溯又涉及到揭示真相与消泯仇恨的问题。

三、80后与"文革"写作

当80后作家开始直面自己来自哪里这些问题时，必然会遭遇家庭出身，会涉及父辈经验的书写。由此，"文革"亦成为一道不可轻易跨越的坎。而我们这一代，对"文革"的认知，必然完全来自历史材料和家族记忆。没有历史现场经验的历史书写，同见证者们的写作相比，必定是另一种面貌。

对于青年作家的"文革"书写，陈思和曾指出："随着作家的年龄层次的下降，他们面对'文革'的个人经验越来越稀薄，记忆也成了越来越空洞的形式。"[1] 个人经验的稀薄，记忆的空洞化，这对于直接书写"文革"历史的小说而言，是致命的缺陷。而如何克服这种天然的缺陷？我以为，只通过历史资料考证是无法弥补的，青年作家需要寻找到历史与当下的切合点。进入历史的同时，有作家对当下问题的切身感受，作品才有温度，故事才更具感染力。这在乔叶《认罪书》里有过尝试。乔叶书中的父辈，当年为了解脱，为了重新生活，看着因受迫害而发疯了的妻子奔向河里被淹死。儿子辈的梁知，为了官场前途，无耻地牺牲了和自己相爱的梅梅。更晚一辈的"我"自己，被梁知狠心抛弃后，阴谋报复，欺骗无辜的梁新……这里，每一代人的罪恶，都很近似。历史的罪恶并

---

[1] 陈思和：《中国当代文学与"文革"记忆》，见《中国现代文学论丛》，2008年第2期，第85页。

没有结束，只是换了表现方式继续着……《认罪书》将以前的历史罪恶跟当下的罪恶链接起来，兼顾着过去与现在，历史的"意义"在小说中也得到直接体现。

那么在《茧》里面呢？我们可以先看看其他80后作家的"文革"书写。陈再见的《迎春》讲述的是"文革"故事，但很明显，陈再见并不是特意要讲述"文革"历史的荒诞或者罪恶，而是在书写父辈时不得已的需要。"文革"在这里不是叙事的理由，银春，或者说小说中"我"的父母辈的成长经历才是叙事理由和目的。另外，小说反映的"文革"，迫害形式等也不存在什么特殊性。甚至于，红卫兵所带来的灾难，在作者笔下，和"文革"时陈铁柱兄嫂们造成的灾难都很类似。"文革"对于湖村，它只是灾难的一种，是小说中人物、家庭遭际的一类事故而已。叶临之的《我们的牛荒岁月》，也是讲述"文革"故事，但小说要讲述的，也并非指向"文革"历史本身，而是讲述权力欲望如何把人异化。显然，这种叙事指向，可以和"文革"有关，也可以同"文革"无关，"文革"只是个故事背景，是作家呈现思想的历史框架。另外，王威廉的《获救者》，他所虚构的城市地下王国，是现代世界的黑暗面。这黑暗面的地下故事与"文革"时期的历史面貌极为相似，尤其在统治逻辑和人心狡诈方面，能看出作者有意的隐喻。这个故事源自"文革"，但也远离"文革"，是在更广义层面对极权政治和权欲人心进行了反思和批判。

这些80后作家作品，都没有直面"文革"，"文革"作为小说的背景，与他们所要表达的东西，属于一种若即若离的关系。而在张悦然《茧》里，则是直面我们这一代人内心的"文革"痕迹。小说名为"茧"，而故事也就是在剥"茧"。但张悦然的独到之处在于，她的故事并非简单地探求真相式剥茧，而是在探寻真相的同时也剥开我们因为知晓了真相而生成的仇怨之茧。小说中程恭有一段内心独白：

> 很多年以后，每当回忆起那个冬天，眼前立即会出现我们并排走在大雾里的画面。沉厚的、灰丧的雾，没有尽头。或许那就是最真实的童年写照。我们走在秘密织成的大雾里，驱着步伐茫然前行，完全看不清前面的路，也不知道要去哪里。多年以后我们长大了，好像终于走出了那场大雾，看清了眼前的世界。其实没有。我们不过是把雾穿在了身上，结成了一个个茧。

一方面，是剥萦绕在他们家族伤痕中的历史之"茧"；另一方面，也剥开他们内心的爱恨之茧。这种兼顾，使故事从正反两个方向实现了"对剥"，但出发点都是80后这一代人，或者说作家自身所意味的那一代人。相向而行，于是小说所观照的问题更为丰富。

剥开历史真相，这种剥，在很多人看来，其实是在揭伤疤，揭开自己家族史上的是与非，也揭开埋藏在他人心中的罪与痛。程恭极力希望获取的灵魂对讲机，是要掌握那枚刺入他爷爷头脑里的钉子因何而来、由谁而钉。灵魂对讲机是不可能存在的，程恭可以从其他地方获得作为历史事实的罪恶真相，但他并不能同作为植物人的爷爷进行灵魂对话。获知历史真相，生成新的仇与罪，而没能获得父辈们的灵魂内容，程恭也就无法从一开始就领悟到处理历史仇恨的正确方式。因此，对于程恭，他剥家族苦难的茧，得到历史真相的同时，他的内心又蒙上了一层新的仇恨之茧。他打开历史的方式是对的，但合上历史的方式却出现了错误。要理解和更正这种错误，就成为了另一种剥茧。

同样，小说中李佳栖也是剥茧时生成新的茧。剥开父亲的真实面目，了解到父亲赎罪生活的痛苦，亦了解到自己爷爷的罪孽，但同时也生成了对自己爷爷的愤恨感。但李佳栖剥历史真相之茧的同时，更是在剥自己内心之茧。她的恋父情结，以及自小于生活中表现得极端自私等性格问题，与她缺失父爱有关。她解开父亲的谜之后，也解开了这些情结。追随父亲的旅程结束时，她同唐晖的爱情也结束了。和唐晖分手时，李佳栖内心说："唐晖是唯一一个愿意教我去爱的人，但他放弃了，把一直抓着我的那只手撤走了。我感觉到身体在失去重量。在下坠，不断下坠，坠入深渊。我跪坐在地板上，把手放在心口。也许那是我一生之中最接近懂得爱是什么的时刻。"她同父亲当年的朋友约会、上床等不顾唐晖感受的行动，是自私任性的，必然伤害唐晖。她所谓接近懂得爱是什么，也即明白自己过往的行为之自私，明白了所谓爱也并不是没有条件的。她懂得了历史，也懂得了爱。她能够回去和爷爷见面作为终点，即是剥开各种茧的表现。

可见，张悦然同众多青年作家近似，并不直接讲述"文革"历史，而是从后代人内心阴影这类角度进入其中。但《茧》也可算做正面直视"文革"的写作。故事虽然是当前人的故事，却处处指向"文革"历史之罪。所有的茧，都因"文革"年代的残酷和荒诞而来，所有剥茧的疼痛，都因为那段历史罪恶而变得不可理喻。

四、真相之上的和解

小说最后，小时候即开始相互恋慕的李佳栖和程恭，用多年的时间各自剥茧结束之后，重新在一起，实现了受害者与施害者孙辈的和解。或许，我们依然会纳闷，这种和解真的能够实现吗？这里面还有一个最大的思想问题没有解决，这也是萦绕在小说内部的精神困局，即知晓真相与消弭恩仇之间的关系该如何处理。颇有点遗憾的是，小说《茧》对于这个问题的思考，其实着力不够。

李佳栖和程恭知晓了真相，但这种知晓也仅仅是停留于自己内心的知晓，真相并没有走向更广阔的公众视野，就连沛萱也依旧不相信真相，沉浸于对祖父的崇拜。李佳栖只追问，却放弃讲述，这会加深误解，唐晖这类形象人物依然会坚持自己不问历史罪过的"理性"观念。而陈莎莎呢？这一不明真相却不断受害的人物又意味着什么？她好像仅仅是配合程恭形象而来的"木偶"。这里并不是说张悦然的书写中，必须让李佳栖、程恭主动向世人宣告罪恶真相，而是说小说或许可以有更全面复杂的考虑。在我看来，理想的、更宽阔的结局，可以是既考虑李佳栖和程恭两者之间和解的结局，也思及一种处理历史遗留问题的公众效应。当然，这种公众效应可直接来自现实生活中的读者心理，我们从小说中李佳栖和程恭的故事就能知晓消泯仇恨的重要。

或许，我所不满意的地方只是，真相并未真正揭示，除开程恭和李佳栖，其余人物，不知者依然不知，不信者依旧不信，不愿正视历史者照样不愿意正视。这就是当前社会对待"文革"等罪恶历史的最大问题。年轻一代，对于"文革"，要么是纯粹不知,要么是完全不感兴趣,要么是知而不谈、不究。

对于知晓真相与消弭仇恨,在理论上其实有着相关观念。以色列学者玛格利特谈论宽恕与记忆时说:"如果只是依靠简单的忘记,就不是真实意义上的宽恕。宽恕是一种有意识的决定行为,因此可以改变人的态度,真正克服愤怒和仇恨。忘记或许是克服愤怒和仇恨的最有效的办法,但因为它是一种遗漏而不是一种决定,因此它不是宽恕行为。不过,像在回忆的情形下,作为决定的宽恕是一种间接的方法,它能够同时产生忘记的效果,从而完成宽恕的过程。宽恕的决定可以使人停止对历史的斤斤计较,停止向其他人倾诉,其结果是忘掉或忘却一度对你来说很重要的往事。这样一种类型的忘却关乎大道德和伦理等方方面面。"①(按:记忆囚禁的隐喻,是源自弗洛伊德心理学,被压抑的记忆,释放是宣泄,有治疗效果,但它也可以是破坏、是更多的伤害。)玛格利特在这里谈宽恕与忘记的关系,忘记并非宽恕,探寻和记住罪恶事实之后的宽恕才是真正的宽恕,否则就是无视罪恶。善良不是漠视罪恶。在知晓和牢记罪恶的层面上,宽恕意味着我们对罪恶有了更深刻的理解。

德里达说:"唤起记忆即唤起责任。"② 反之,放弃对历史真相的探寻,抹除历史记忆就是放弃、漠视责任。玛格利特还强调说:"抹去罪恶等同于删除,遮盖罪恶类似于划掉。与抹

---

① [以色列] 阿维夏伊·玛格利特著:《记忆的伦理》,贺海仁译,北京:清华大学出版社,2015年,第183页。
② [法] 雅克·德里达著:《多义的记忆——为保罗·德曼而作》,北京:中央编译出版社,1999年,第1页。

去罪恶相比,遮盖的隐喻是概念上的、精神上的,在道德上更为可取,划掉比抹去更具有意义。总之,我主张宽恕的基础是看淡罪而不是忘记罪。"① 看淡是一种选择,这种选择是有所取舍的伦理决定,而纯粹的不谈、不究或者删除则是不负责任。

为此,回过头来审视:和解真的能够实现吗?李佳栖和程恭能够实现完美的结合吗?会不会又是新一代汪露寒与李牧原式的结合?他们若有孩子,会不会延续他们各自的内心阴影?这些问题不可预测。但这正是小说《茧》要我们这代人正视的问题。不管是历史受害者的后代,还是历史作恶者、负罪者的后人,知晓历史真相是一种责任,但知晓并非延续仇恨和加深伤痕,而是在共同直面和牢记历史真相的基础上,用心于防范新的罪恶,避免我们的家庭和社会重蹈历史覆辙。

---

① [以色列] 阿维夏伊·玛格利特著:《记忆的伦理》,贺海仁译,北京:清华大学出版社,2015年,第186、187页。

灵魂世界的善恶博弈

——论王威廉的小说修辞学

引 言

迄今为止,王威廉小说最受关注的部分还是他的思想性,以及与此相关的叙事技巧。确实,王威廉的文章,无论是小说还是散文,都有着蓬勃旺盛的思想气质,也有着清晰的技巧试验,且这两个层面都呈现了先锋的锐利。不管是最早的"法"三部曲,还是长篇《获救者》、中篇《内脸》等,在他那或显或隐的叙事技巧里,思想内涵是堵不住地倾泻而出。这一特征也许是让他在众多青年作家中拔然而起的重要原因。当下的文化语境,已经让众多作家因为日趋相近的生活经验而书写着日益贫乏的故事和日渐平庸的感受,无法再让自己的写作呈现平常人察觉不到的事物之内在性,更没能再让其所虚构的故事呈现不平常的想象性特征和非同一般的思想特质。这种时代语境考验着作家们的创造力,而王威廉的作品成为许多重要文学选本的热门对象,收获了许多重要的评论和研究,这都说明他从目前那种庸常的创作现状中超脱出来了。

思想的清醒和叙事特征的异质是成就王威廉重要性的一个

层面。然而，能够出类拔萃的原因中，还有一点尤为重要的因素被多数研究者忽略了。即他是如何在写作中赓续文学传统的？他的写作哲学抓住了小说创作学里的哪种核心精神？他的文学思想从何种意义上把握住了小说写作的根本之弦？这些都是值得思考的地方。这让我们不但能够看到王威廉小说的叙事特征，还可以发现现阶段的文学创作如何才能够接上文学内部那根不变的灵魂之柱，以实现精神上的提升。谢有顺在一套丛书的序言中点及了这个问题："在很多作家持续地迎合市场和读者，为时代的风潮所裹挟的时候，这三位青年作家（按：指王威廉、李德南、郑小驴）却有志于赓续'伟大的传统'，并用自身的艺术实践来丰富这个传统。"他在论及王威廉的段落中，具体指出："王威廉在《获救者》中思考了人类的苦难是如何造就的，又是如何不可或缺的，显示出了他善于在思想上用力的独特气象。他的这种叙事实践，赓续了由陀思妥耶夫斯基、卡夫卡等作家所开创的现代主义传统。"[①] 这个判断点出的依然是王威廉于思想层面赓续现代主义传统的特征，却能够引导我们去思考更为核心的如何"赓续"以及赓续了何种"伟大的传统"等问题。

一、小说叙事与伦理立场

伊恩·瓦特很早就指出，小说本质上是一种含混的艺术形式，因为小说所追求的表现的现实主义是对日趋含混的"真

[①] 谢有顺：《让更多的青年作家发声——"80后新活力文丛"总序》，见王威廉：《获救者·总序》，郑州：河南文艺出版社，2013年，第5页。

实"进行挖掘,它要在一种变动的、相对的世界中呈现真实本身,所以现代小说必须牺牲别类现实主义体裁那种清晰的评价性、判断性特征。① 但这并不意味着小说就失去了自己的判断力,韦恩·布斯就强调了看似含混的小说其实也有着一定的道德尺度,他通过"不可靠的叙述者论"这一概念论证了那些用"客观叙述"方式讲故事的伦理内涵,并最终认为:"当给予人类活动以形式来创造一部艺术作品时,创造的形式绝不可能与人类意义相分离,包括道德判断,只要有人活动,它就隐含在其中。"② 瓦特的观念也许对近代以来所有类型的现实主义小说都有概括力,但韦恩·布斯《小说修辞学》的阐释对象更多属于现代主义范畴,这从其以纳博科夫和塞利纳等人的小说作为案例也能见出。

  应该说,伊恩·瓦特的《小说的兴起》以及韦恩·布斯的《小说修辞学》论及了小说创作中两个核心的问题。其一就是小说在根本上是一种表现的现实主义,它呈现现实的复杂性真实,而不会直接作出评价和判断;其二就是小说虽然不直接表态,却又能够在根本上呈现出一种高贵的伦理意义。一个是形式层面,一个是思想(伦理)维度,可以说是小说的两个最根本的特征,甚至也可以说是好小说的两个基本要素。我们可以举出正反两个方面的案例。比如《红楼梦》,这部经典小说虽然在瓦特、布斯之前就存在了,相比于直接的道德提示,它的最伟大之处是用悲剧故事去抵达崇高的伦理意义。而

---

  ① [美]伊恩·瓦特著:《小说的兴起》,高原、董红钧译,北京:生活·读书·新知三联书店,1992年,第208页。
  ② [美]韦恩·布斯著:《小说修辞学》,华明等译,北京:北京大学出版社,1987年,第441页。

在近代以来的小说中，许多明确标示劝善惩恶的小说最终也无法成为重要的文学传统。现代小说中，鲁迅小说虽然有浓郁的思想启蒙特征，却也是让读者在读故事中体会到深切的伦理内涵。而到意识形态控制下的文学阶段，直露的价值判断虽然也发挥了小说的某些价值，却也因为它们直接的评价扼杀了文学的生命，伦理意义也只能局限为宣传某种符合政策的规范性伦理意义。到 80 年代之后，初期的伤痕、反思类小说也有着过于明晰的道德判断，意义也就会有所局限，张力不够。寻根文学、先锋文学开始后，才真正地重新接续上小说创作的基本精神，韩少功《爸爸爸》、王安忆《小鲍庄》等作品中，以故事呈现原始的生命，作者也取消了那种明确的价值判断式语言，伦理意义也都是通过读者对作品故事的了解和对人物生命的理解前提下自动生发。在先锋小说中，小说的叙事技巧实验更加地让作者的伦理立场更为模糊，余华呈现残酷场景的《现实一种》以及残雪把人物内心惊悚化的《山上的小屋》等，把形式的伦理效果发挥到极致。80 年代末 90 年代初，新写实主义以及王朔等人的小说创作，前者希望用零度情感来刻画小人物的生活，更为激进地想要把道德考量等思想性因素驱逐出他们的小说故事，但其实那也是一种非常隐晦的思想表达，其看似客观的叙述态度，其实正是布斯分析过的不可靠的叙述者背后必定涵括了作者的道德尺度，而用心的读者也能够从这些故事中看到庸常生命的灵魂问题。王朔的小说中，那种表面的"反伦理叙事"也是对过去宏大叙事和那些压抑个性观念的反驳，对此龚刚甚至分析说他是孔子的"异代知己"。[①]

---

① 龚刚：《现代性伦理叙事研究》，杭州：浙江大学出版社，2013 年，第 95 页。

90年代之后，城市经验滋养了一大批新生代作家，他们开始书写新型的城市文明带给现代人的特殊感受，对消费时代的欲望问题进行了非常全面的挖掘，物欲和性欲都出现大幅度的书写。这种类似于西方现代主义语境的文学书写，逐渐孕育出了中国的卡夫卡们，但对于刚进入市场时代的90年代作家而言，他们在面对新事物的时候，过于快捷的反应式书写容易造成两种极端化的现象：一是如《废都》为代表的，用声色世界来书写城市的堕落，这是一种完全否定，对城市文明中的伦理问题持着清晰的批判和否定立场；二是如卫慧、棉棉等一批新作家，自愿自觉地将自己的写作纳入消费文化，他们对城市文明带来的那种新型伦理思想是一种拥抱式的态度，起码从作品的人物形象来看，作者没有赋予他们特别矛盾的心理，主要是接受和享用新伦理。这两种极端之间，当然还有像朱文、张欣、魏微等人的城市写作，他们的作品呈现了反讽、矛盾和反思，对于书写城市新人物以及城市化过程中的伦理问题给予了比较复杂的伦理思考或者说情感态度。当然，这三个层面的小说叙事都有着他们特别别致的故事，也有着各自的伦理立场，《废都》所描写的故事和棉棉等人铺张的欲望故事在叙述方式的本质上甚至可以说是一致的，透过他们所塑造的"不可靠叙述者"，我们也能看到背后隐藏的作者那种或反对或拥抱或犹豫的伦理立场和道德尺度。不过，虽然他们的小说叙事和伦理思考都可能是"异曲同工"，都能够从小说本身、从文学视角去表达伦理意旨。但它们的伦理意旨却有差异，小说叙事的造诣也有高低。也即是说，进入90年代之后，经历了先锋、新写实等流派的形式试验之后，问题的重要性已经不在于回归小说叙事本身、通过讲故事的形式呈现"真实"本身进而表现作家的伦理思考，而在于如何呈现以及呈现何种伦理思想。由此,"小说的艺术"就不仅仅是叙事技巧的问题了,更涵括了故事背后作家的思想水准和伦理考量问题,这也就是布斯《小说修辞学》特别关注的面向,即作家既要保证自己的小说创作不属于偏见的热情,同时又能用其非人格化的客观叙述呈现出一种崇高的道德尺度和伟大的伦理诉求。

  布斯这种小说修辞学观念其实是一种古老的诗学思想,亚里士多德就开始有这种观念,其净化理论所陈述的就是这样一个道德效用。因此,与其说布斯修辞学观念阐述的是现代小说的一个基础形态,还不如说这本来就是文学的伟大传统。正是在这个意义上,王威廉的小说就秉持了这一伟大传统,他的小说不单单是用故事来传达某种思想观念,更重要的是,在他有意识地用特别的叙事技巧去讲述的那个故事背后,在那种非人格化的叙述内部,其所表达的道德尺度和伦理诉求的不入流俗。这在王威廉自己的一些创作谈中也能够清晰看到:"……随着写作的深入,我逐渐意识到,恶是需要作家用精神力量去穿透的东西,而不是深陷其中,甚至迷恋其中的东西。写恶比写善更有深度,其实是一个误区。因为对善的抵达是需要恶的难度的,没有这种难度的善是单薄的、廉价的,所以那种深度并非来自恶本身的价值,而依然在于善的发现。一个作家写作的时候,心中要永远怀着悲悯之情。这是写作的基本道德和根本立场。"[①] 在另外一篇中,他谈道:"即使是写创作谈,我也不喜欢纯粹谈论技术。心灵的丰沛才是成就文学的关键。"[②]

  [①] 王威廉:《在困境中获得自由》,见《文学界》(专辑版),2013年第12期,第44页。
  [②] 王威廉:《让那丰盈抚慰贫瘠》,见《山东文学》,2014年第1期,第15页。

由此，我们可以确认，就作家的初衷而言，他特意的叙述技巧所想要传达的并不只是某个非常态的故事本身，更重要的是故事本身所能够涵括的那种伦理意义。这伦理意义不同于道德说教，而是用故事呈现某种原生态的真实生命，以期在触摸生命灵魂的基础上实现"作者—文本—读者"之间的精神交流。

仅仅从作家的创作初衷去认识其叙述造诣和思想水准是没有说服力的，最终还需从文本层面来检视。李德南是对王威廉小说用心用力最多的评论者之一，他在一篇文章中说："他（王威廉）的小说，大多有共同的主题：关照现代人深渊一般的境遇，展现他们在绝境中的困惑与抗争，并在书写的过程中对他们予以富有人文精神的理解与同情。""他的小说兼具现实主义和现代主义者两副笔墨，但更多时候，他着力于在现代性的层面上进行深入的思想探索和有意味的形式实验，称得上是新世纪的'先锋派'。"[①] 可见出李德南也看到了王威廉现代主义小说艺术中对现代人精神问题的深切关照。张艳梅也说："反抗心灵绝望，抵抗精神危机，返身回望尘世，坚守热诚的现实关怀和神圣的精神之地，应该是王威廉写作的基本立场。"[②] 这也突出了王威廉小说中诚恳的精神立场，揭示了王威廉小说与文学作为人学的独特性之间的关系。类似的观念中，更早的发现者其实还有陈劲松的评论："王威廉的小说始终将笔触伸向人性深处，对人之生死与悲喜充满了形而上的思

---

① 李德南：《王威廉：现代性的省思者》，见《山花》，2013 年第 1 期。

② 张艳梅：《向内寻求自我明证的力量和光——王威廉小说论》，见《文学界》（专辑版），2013 年第 12 期，第 39 页。

索,字里行间渗透着浓厚的哲学意味。"① 陈劲松重点论述了王威廉小说热衷生存困境的形而下描绘却又赋予困境中生命精神上的希望之光这一形而上特征,认为王威廉小说书写生存困境却能实现精神突围,这一评价其实也是多数王威廉小说评论的核心所在。

应该说,这些评论都抓住了王威廉小说的主要特质,由这些评论也能够认识到,王威廉小说在其叙述的故事中赋予了非常清晰的精神力量。但在我看来,这种精神力量的凸显并不是轻易实现的,他让故事讲述成为一种修辞术,在这种修辞中,他的伦理立场和道德尺度把握得很好,既不让读者感觉到他在小说中站出来直接说了什么话,也不让读者对他的伦理立场和道德判断产生任何非期望的怀疑。在这两者之间荡漾,把握一个最恰当的度是需要水平的。到目前为止,王威廉能让自己的叙事瞄准这个方向,毫厘不差地讲述着他的故事和传达着其思想意旨。那么,他是如何把握这个度的?追根究底,这必须还原到他所信任的生命哲学,即他坚信的灵魂性质在根本上是善的,而人性恶只是外界环境逼迫出来的。这也许不是王威廉自身明确的人性论观念,但却是他书写故事时自觉或不自觉地呈现出的生命哲学。他的小说中,几乎所有的"恶"都有着外界的因素,而所有的光芒都来自于内在的精神力量,甚至只是灵魂深处一丝丝的灵光闪现。王威廉让这些因素交织起来,造成了一种恶世界与善灵魂的博弈,这种博弈成就了其笔下人物的内心独白,也成就了其小说的艺术特征,更成就了其小说所能够抵达的精神高度。

---

① 陈劲松:《从生存困境中寻求精神突围——王威廉小说论》,见《创作与评论》,2013年第3期,第63页。

二、善灵魂与恶世界的博弈

在王威廉最早的"法"三部曲里,让他一举成名的《非法入住》就是恶世界与善灵魂相博弈的典型。但这篇把善恶因子都隐藏得比较深。"你"最后学鹅男人家人那样强行入住到新搬来的女主屋内,这种"恶"也并非内在于"你"的,而是环境使然。包括鹅男人家人对"你"的侵犯,也有他们的苦难作为背景。当然,在作者描绘"你"和鹅男人家人的吐痰仗中,以及"你"和鹅女人光明正大的偷情书写中,我们看到了人内在的某种恶性因子,它一旦被激发将不可收拾,所有的礼义廉耻都会被搁到九霄云外。这个中篇可以说是完全的非人格化叙事,用"你"作为叙述视角,进入人的内心,在这里"你"并不是一个道德高尚的人物,"你"最终也参与了无耻之辈的行列,"你"最初的那种爱讲究的生活作风最后都不见了,而且加入了"非法入住"的强盗链锁中。这本来是不存在任何可嘉可佩之处,但在作者揭示内心的非人格化叙事形式下,我们最终好像也并不会对故事主角"你"作非常恶劣的评价。因为在作者的叙述下,我们难免会投入一些同情成分进去,进而把"你"沦为恶徒的原因归为外在世界的迫使,把"你"最终加入非法入住之罪的原因全部置于鹅男人家人甚至外在的不公世界。这也就是刘勇为什么会指出作者引导读者步入异境而浑然不知的原因。① 这里作者让渡了自己的判断,呈现出一个生活中不太可能出现却又是无比真实的当下

---

① 刘勇:《看〈大家〉》,见《大家》,2007年第1期。

人的一种生存现状，从而让读者自己去做出道德衡量和生存思考。那么，这里面善的灵魂又何在？这就是隐藏作者的思想成分。仅仅从故事细节来看，也许看不到任何作者善的字眼，但从总体上去把握的话，诚恳的读者会相信，王威廉呈现这样一些卑微的生命并不是要去诅咒他们的"非法"行径，也不完全是要去表现自己对人性恶层面问题的发现，更核心的是他要在书写这些底层生命的同时提供一个关于生存的提问：在恶的世界中，用恶对抗恶是一种什么样的不可理喻？在这种荒诞本真的呈现中，我们感到的不是恶的力量多么强大或者有多少现实可行性，而是它所能够造成的恶心感，它让人警醒着恶的莅临。众多人评论《非法入住》，都相信这是一篇典型的现代主义小说，先锋性突出，在我看来，这种典型并不在于呈现荒诞或者表现人性恶本身，而是在一种不可靠叙述者的客观讲述中，作者不动声色地融入了自己的伦理诉求。

《非法入住》有恶的世界也有恶的人性，"法"三部曲另外两篇《无法无天》与《合法生活》也继承了这样一种叙事，可以把这两篇看做是对《非法入住》的进一步发挥，而且分别是这两个主题的放大。《无法无天》完全是书写人的恶，《合法生活》是世界的恶。当然，这两种恶在某种意义上都是"恶世界"，因为外在自然世界不可能有善恶之分，只有在人的作用下，世界才有善恶。但之所以说《无法无天》是写人性的恶，是因为其"恶"可以追溯到作品中一些具体的人，而《合法生活》则只能把恶归结于背后那个巨大的社会现实。这两篇小说，都是通过作者塑造的非人格化叙述者在说"法"，而伦理思考也都是潜藏在不可靠叙述者讲述的那个故事背后。在《无法无天》中，"我"参与了恶的制造，把矮乐鸡引向疯人院的真正凶手是"我"和小宋。"我们"的恶趣味把一个尚有纯真天性的病人"引导"成了歇斯底里的精神病人，相对于矮乐鸡而言，"我们"就是他的地狱，是他生活于其中的恶世界。在《合法生活》中，最后"小孙"魂魄和肉体分离后，魂魄游离在人间，这非常类似于后来余华《第七天》的叙事方式，用死后的魂灵去观看世态的丑陋。王威廉用这种方式把恶世界呈现出来，进而与"小孙"生前所希望的那种富有哲学意味的生活现状和理想进行对比，由此"小孙"的自杀也就有了凶手。当然，这两篇故事背后的伦理立场问题也并没有那么简单。《无法无天》中，作者书写这样一个故事，目的也不在于讲一个恶趣味祸害人的故事，而是有其特定的道德考量，而这就要依靠叙事技巧来起作用了。在故事开始，作者一上来就直接用先锋的笔法发誓："没有人能理解我这不吐不快的焦虑，因此，我忍不住一上来就要发誓了：我将要讲述的有关这个人的故事是无比真实的。"到最后，作者又借小宋的口说道："上帝，我直到今天才发现，你名字的缩写居然也是 LG，那么你所说的这一切我还能否相信呢？"① 真实与不真实，作者用"我"的名字和"我"所讲述的那个故事主角矮乐鸡（LG）名字的重合，来暗示虚构之外，更暗示了"我"是一个不可靠的叙述者。作者用它来思考了一个深刻的道德问题，即生活于庸常现实中的人，如果缺失了灵魂，只满足于在庸常中取乐，那么他们既是施害者，也是受害者。这是一个超越简单道德判断的伦理思考，作者对疯子问题的特别笔墨，也是对庸常人生与病态人格关系的思考。而在《合法生活》中，"小孙"更不是一个值得信赖的叙述者，魂魄分

---

① 王威廉：《无法无天》，见《大家》，2009 年第 5 期，第 15-29 页。

离后的讲述就直接地说明了作者在背后用力。这篇更为明显地表现了作者所相信的那种善灵魂之无处安放，小宋的死也就是表明了善意生活的不可能，步入社会则必须抛弃各种操守，如史博一样把灵魂忘记，彻底进入只为利益奔波的蝇营狗苟的世界。当然，这两篇透露善之光芒的最显眼处，还是作者赋予了叙述者的内心独白，从他们的内心独白中，我们能够发现即使像《无法无天》中的"我"也还有一丝为恶的不忍和自省，而《合法生活》中的小孙更是在内心世界中流浪，让人看到一种善欲灵魂的煎熬。但这些因素在我看来还是表面的、细微的，更核心的善之灵魂还是隐藏在故事背后的那些伦理立场，那才是作家用心良苦的原因。

这种修辞术在王威廉后来的众多小说中出现，著名中篇《内脸》即是其中的代表。《内脸》也以第二人称"你"作为叙述视角，这种视角有直逼人心的效果，好似作者在对着读者说话，而书写心理世界时，更似在逼视读者内心的隐秘。《内脸》中的"你"也不是一个善良之辈，起码不是理想中的良善公民。"你"一面和患面瘫病的虞琴谈恋爱，劝慰她走出面瘫的心理障碍，另一面却和女领导玩着肉体游戏。这里面的欺骗和背叛非常明显。另外一个方面是，"你"的内心世界被呈现出来的时候，读者感觉到"你"的那种内疚感，"你"对于自己和女领导的那种关系非常厌恶，这些心理描写也是欺骗读者情感倾向的重要细节，它们导致读者不轻易地对"你"作道德判断，好似有了内心的检视之后，行动上的伪善就可以得到忽略了。而且，"你"还直接表露过自己对自己的判断：

"不过,你是个非常善良的、有始有终的人……"① 所有这些建构起来的"不可靠叙述者",类似于布斯曾经论述过的纳博科夫《洛丽塔》中亨伯特这个叙述者形象,他那内心独白类似于一种对罪责的自我辩解,导致读者不经意地把部分同情心分配给他。而布斯指出纳博科夫这样的叙述方式其实是让亨伯特自己成为一种病例被读者检视。因此,布斯判断纳博科夫肯定相信他的读者不会把作为作者的自己和他作品中的亨伯特等同起来。同理,在《内脸》中,"你"也是一个类似亨伯特的病例,你的各种内心流露虽然能够获得些许的同情,但并不能让人遗忘"你"的罪过,"你"那种内心与行动相出入的表现与其说是提供一种陀思妥耶夫斯基式的内心对话描写,还不如说是作者为了表现"你"的病症时所必须的叙事技巧,而这"你"当然也是一个漂浮的能指概念,它的所指却又是无数的实实在在的现代人。所以说,理解这个小说也需要借助叙事背后的灵魂问题,而不能就作品中的形象去直接地推测灵魂的善恶是非。我们需要看到的是,作家之所以呈现这样一个一面在内心里不断寻求良善和正义,一面又在现实中行着苟且之事的"你"之形象,并不是希望读者看到"你"在这样的生活当中也能"如鱼得水"而认可它,甚至为它欢欣,而是想让读者看到一个整全的伦理世界,从中领悟到"你"参与其中的那个生活世界之荒谬所在。小说最后,"你"选择了变脸手术,希望通过它来遗忘虞琴和摆脱女领导,果然,这个只认脸的世界就给你提供了这种机会。随后再次见到女领导时,你用假脸遮住了内心与过去,当然也遮住了灵魂——"而你的灵魂正

---

① 王威廉:《内脸》,西安:太白文艺出版社,2014年,第69页。

在变得僵冷"。这些段落更加清晰地印证了我前面的判断,即隐藏于叙述人背后的作家在努力呈现一个活生生的人,他写透了这个生命体灵魂的变化状况。

类似这种叙述方式的还有《暗中发光的身体》《魂器》《佩索阿的爱情》等,这些小说的叙述者都属于非人格化的性质,理解这些小说我们需要放开视野,站在一个比叙述者更高更阔的位置去审视,它们要求的读者是具备一定思想高度的读者,否则就难以接受作者这样的叙述姿态,更无法体会到作者的创作初衷。比如《暗中发光的身体》,叙述者"他"当然不存在任何道德威信,而且是一个犯乱伦之恶的人。但是,"他"那为逝去的哥哥哀愁,为守寡后哀伤不止的嫂嫂解忧的行为,以及"他"想兼顾各方关系的那些本是良善的心理思索,让读者理解并予以怜悯,本是令人憎恶的形象最终变得模糊不清,道德评判也变得复杂难解。《魂器》中的那个"我",也不能只是理解为荒诞故事中的不重要角色,反而是要这个不可信的叙述人来见证灵魂的永生之可能。《佩索阿的爱情》中,"他"和阿丽的爱情不是为了呈现"他"的灵魂有多少可嘉可赏之处,甚至是可圈可点之处,但这种故事明显是为了呈现阿丽这样的底层生命。这一类小说,都需要我们对叙事艺术,对小说修辞学问题有所了解,方才能够真正领会到作家的道德尺度。

当然,在这种通过非人格化叙事者来呈现作家坚信的善灵魂之外,王威廉还有众多小说是通过另外一些方式来表达他对灵魂之善的坚信和发现。比如《梦中的央金》,叙述者参与进这个故事里,主要是为了通过他来发现一个梦境般的纯粹世界,虽然那个世界也在为金钱奔波,但尚存的人性之光对于现代城市人而言依然是一个可望而不可即的世外桃源。《铁皮小屋》中的"我",主要还是一个旁观者身份,通过"我"来见证一个执着于灵魂问题的学者生活,呈现一个容不下灵魂的现实世界。《辞职》用一个先锋的叙事方式把现代人的"围城"心理演绎得活灵活现,挖掘了生活现实与精神渴望之间的悖论问题。《来我童年旅行的舅舅》,以孩童的视角来书写一个青年的生活世界,看到了残酷,也见识了人的脆弱。在《我的世界连通器》中,透过"我"的那段荒谬日子,看尽了都市人孤独的灵魂,文中"洞"的隐喻色彩甚浓,是性也是光,人需要这么一种"洞"去与世界甚至与灵魂建立联系。《信男》中,用"我"和领导以及领导女儿之间的关系来思索灵魂该往何处安身这一严肃问题。《老虎,老虎》中,用一个旁观者的"我",带领读者去认识一个屡屡自杀、最后消失在"我们"眼前的友人,小说并没有写出自杀的具体原因,却用这种荒诞感去填充了日常生活那种不要灵魂后的平庸绝望。《听盐生长的声音》,借环境与生命的关系,探讨了赎罪式灵魂的希望。《秀琴》里面,"我"这个故事见证者,写一个替丈夫灵魂活着的乡村女人,也是对灵魂的执着思考。《安静的天使》中,"我"虽然是情感主角,小静却是整个故事的核心,也透过"我"的情感变化,把一个女性复杂的生命形态和灵魂状态表现出来,安静的天使是个妓女,这也是大胆的伦理书写。《有形的生活》中,"他"习惯了在外面的生活,回到家反而不习惯,这种被工作被外在的有形世界塑形后的生命,可悲到在家也需要用绳子捆绑起来才能束缚,否则就会烦躁不安,这个故事更加清晰地在描绘一个被异化的生命。这些篇目中,叙述者虽然不像前述篇目那样有着"不可靠叙述者"的明显痕迹,但他们也是充当一个既是故事参与者也是某一生命形态见证者的角色,透过这个叙述者,我们能够发现作者希望呈现出怎样的灵魂面貌。

虽然有叙事技巧的差别，但在所有这些小说中，我们都能够体会到一些共同的特征，那就是王威廉所虚构的生命故事中，有着清晰的灵魂拷问。在《铁皮小屋》《听盐生长的声音》《信男》《魂器》《老虎，老虎》《秀琴》《有形的生活》等文章中，我们能够看到许多直白的"灵魂"字眼，里面的人物都在为守护"灵魂"而艰难地活着或者坚决地奔向死亡。而在其他篇幅中，虽然灵魂字眼少见，但整个故事却也是在为生命而来，为灵魂而去。当然，最重要的是，在所有这种灵魂叙事中，拷问式的写作让其故事在形而下与形而上之间建立了联系。比如《无法无天》中，形而下的恶趣味与形而上的自我反思，以及用疯子问题来作叙事上的结构安排，给一个践行恶趣味的现实生命提供哲学上的、伦理上的灵魂拷问，这就不至于把故事陷入某种直白的、简单的恶俗事件的描绘。还比如在《看着我》中，形而下的同事猜疑，与形而上的眼神意义，最终在荒诞的眼神对抗中抵达高潮。"我"发出的尖锐评论与领导那中年男人历经风霜的眼睛形成对比，发现了自己的悲哀和可憎，最终又在"你应该早点看着我的"中形成新的思考。人的交流缺少眼神之后，也就是交流仅仅沦为形而下而缺乏形而上意义的理解的话，就会出现可怕的误解。

在王威廉的小说中，不管故事是反常的还是正常的，不管故事的结局是荒诞的还是令人悲伤的，都不会将读者的情绪抛入绝望的世界，反而是宁静的思索状态。当然，之所以会有这种良性的阅读效果，还是因为作者在根本上对灵魂之善的坚信。前述所有的小说中，恶的源头都可以在外在世界找到因子，比如"法"三部曲书写人性中恶的力量，但如果追溯这些恶的源头，还是会归结为生活环境的作用。《非法入住》有着很明显的悲惨环境,《无法无天》也可以视作是外在的那些不公以及人物生存状态的无望让他们沉浸于恶趣味世界,《合法生活》更为清晰地描绘了现实社会对崇高灵魂的扼杀。之后的小说,很多是对现代化各个层面问题的揭示,其恶世界的语境愈来愈突出,《有形的生活》完全是在思考异化问题。在善灵魂方面,除开作品中异常明显的拷问式内心流露,最重要的还是作者在叙述者背后所赋予的道德尺度和伦理立场。不管是让叙述者内心纠结,还是让读者领会一个完整生命背后的精神探讨问题,用故事去观照一种真实的生命存在,进而在生命伦理上让读者悟得一种超越道德判断的灵魂理解,这些都可以看到"善"是作家坚信的文学力量。

三、意义及其局限

"每一新的美学真实,使人的伦理真实更精确。"布罗茨基解释美学乃伦理学之母的时候如此说道,他的这一观念是所有伟大小说的共性。我们可以在西方世界中发现这样的状况,《堂吉诃德》呈现的那些故事,其实也是塞万提斯发现历史变化的时候,那些过去所推崇的价值在新的现实面前是怎样的荒谬可笑,塞万提斯让他的美学思想去呈现时代变化中的那些伦理真实。雨果《悲惨世界》塑造的生命在各种环境下依然坚守一种有灵魂的生活,把雨果所坚信的那些伦理价值在真实的生命故事中变得栩栩如生。陀思妥耶夫斯基笔下的生命,也是不断地思考信仰变动时代中人的灵魂投靠问题,通过拉斯科尔尼科夫等异常真实的生命体为读者呈现了一种宗教伦理精神的可贵。卡夫卡亦是发现了现代世界把人异化的本质真实,《变形记》里格里高尔的遭遇未尝不是一个多世纪以来城市劳动者的伦理现实。这些伟大小说都抓住了时代变化与伦理信仰问题的关系，他们笔下的生命把作家所看见的现实与坚信的伦理融会起来，触摸变化时代的生命气息，既触及了一个时代最核心的问题，也为一个时代树立了永不过时的崇高灵魂。他们所信任的美学真实，呈现了每个转型时代最精确的伦理真实。

王威廉的小说在这个意义上下了很多功夫，他所建构的那些故事，都在努力还原一个"真实"的生命形态。这种真实可能是现实主义的真实，也可能是现代主义甚至后现代主义式的真实。但它们都是为了呈现一种生命体，通过这个生命来表现当下社会内里的那种伦理真实。当下社会也是一个思想巨变时代，许多伦理问题在这一快速的城市化、现代化过程中变得异常醒目，如何把握时代变化的同时在自我的内心中坚守住崇高的灵魂信仰，在文学世界里树立起复杂的却本质上属于尊贵的精神价值，这是对作家们的切实考验。王威廉在这个层面下功夫也是努力去接近那些伟大作家的精神。他希望赓续的是那些作家对现实的敏感和对灵魂价值的坚守。这种敏感不是问题小说式的揭露或者希望提供什么具体的解决方案，他更多的是呈现这样一种伦理悖论，即现实的要求与灵魂的要求之间的悖论。王威廉自己的创作论里曾说道："文学的思想是对各种事物想法的诗意延伸，它依靠悖论而生，构成了一套奇妙的话语谱系。"他发现的也是类似于卡夫卡、陀思妥耶夫斯基甚至堂吉诃德式的伦理真实，这种真实不是简单的认同什么或者批判别的什么，不一定有着清晰的二元对立世界，而是在矛盾中发现荒诞，在悖论中寻找超越。就像《合法生活》里的小孙，他所渴望的那种哲学式的生活代表的是一种有灵魂有价值观的生活，但现实生活却是完全不同的，这种悖论的揭示不是表明作家就只是在批判现实的可憎，我相信他更多的意旨还是要呈现这样一种难以做简单的道德评价的伦理困境。在《父亲的报复》里，父亲年轻时因为北方人的身份受过歧视，为此一直耿耿于怀，之后不断地通过各种事件来证明自己的广州本地人身份，最后终于在抗议强拆事件中因为表现得比土生土长的广州人更爱护家园而得到完全的慰藉。这里的悖论在浅层次上是北方人与广州人这种身份认同上的复杂性，深层次上更书写了一种伦理关系上矛盾式的真实感和精确性。甚至在长篇小说《获救者》的隐喻世界里，"革命"也是一种荒诞的事情，这里不是简单的批判，更多的是用文学的方式对权力本身进行哲学的思考。

　　美国评论家莱昂内尔·特里林对小说的现实感与道德感问题特别重视，他对小说的意义问题做出过如下评论："无论是在美学方面，还是在道德方面，小说从来就不是一种完美的形式，它的缺点和失败也比比皆是。但是它的伟大之处和实际效用在于其孜孜不倦的努力，将读者本人引入道德生活中去，邀请他审视自己的动机，并暗示现实并不是传统教育引导他所理解的一切。"① 王威廉的小说具有强烈的现实感，但又不是简单的现实问题揭示，而是在形而下的现实与形而上的精神之间接上了文学美学这一"适配器"，引导读者在文学体验中体验某种伦理真实，进而审视自我世界中的精神性内容。桑塔格对小说的道德考量文章中曾经说："他们刺激我们的想象力。他们讲的故事扩大并复杂化——因此也改善——我们的同情。他

---

　　① ［美］莱昂内尔·特里林著：《知性乃道德职责》，严志军、张沫译，南京：译林出版社，2011年，第119页。

们培养我们的道德判断力。"① 这就是王威廉小说的优异和严肃之处。他的写作是清醒的写作，是一个思想者在独语式的写作，他用他所理解的小说修辞术去讲述生命体的故事，并投射进他的灵魂信仰。这种写作是知性的，也是智性的，是负责任的，却又是合乎艺术法则的。知性、负责任是说他的小说中的思想特别突出，而且这种思想又非玩世不恭的，而是面对他者、指向社会的，在道德尺度和伦理立场上有着清晰的价值选择；智性的、合乎艺术法则的是说他的小说叙述具备智性，能用智慧的、合乎艺术原则的，而非道德说教式的美学方式去书写他所发现的伦理真实。

当然，王威廉的小说也有其局限，那就是他所书写的故事里我们看不到其所坚持的善灵魂到底有哪些具体的内涵，或者说没有一贯性。我们可以看到其故事人物对文学对哲学的爱好，在这种爱好与现实的背离中发现了精神世界的重要性。因此还是属于知识者（多为知识青年）面对不堪现实的精神困惑，呈现出的思想意义主要还是在于对社会现实的批判和反思，和对知识本身以及知识者价值和灵魂的思考。如此，其笔下人物的灵魂内容还是无法与陀思妥耶夫斯基、雨果等这些伟大作家笔下生命所具有的那些清晰的有信仰的灵魂相比较。这也可以从人物的内心对话性质看出。王威廉笔下的人物内心独白也主要呈现为面对外在社会与内在自我的冲突所造成的对话，而不是陀思妥耶夫斯基笔下人物那种具备多重内心世界的对话，所以到目前为止，还看不到王威廉小说人物内心对话中超越具体问题的复杂性。我们可以在《听盐生长的声音》《铁

---

① ［美］桑塔格著：《同时：随笔与演说》，黄灿然译，上海：上海译文出版社，2009年，第218、219页。

皮小屋》等篇幅中看到一些痕迹，但大多数作品中并不明显。当然，这个比较是不合理的，因为我们的语境缺乏宗教信仰维度，因此人物的赎罪等心理也多属于良心不安下的自我救赎，而不会有某种上帝般的内在对话者。这方面没有办法比较的话，那么与此相关的另一个问题就是：其所虚构的故事中，"恶"在根本上还是外在世界之恶，而非人性深处的本源之恶。莱布尼茨曾经说恶也是上帝创作活动的一部分，而在荀子等人的观念中，"恶"也是一种不可忽视的人性存在。当然，这里不是辨别性善还是性恶的问题，而是说，在一定意义上，如果要挖掘灵魂深处的具体内容，那些我们不忍面对的恶之灵魂也是难以回避的东西。如果刻意要让小说呈现灵魂之善和希望之光，很容易陷入一种有所顾忌的书写方式。这种顾忌会把作家的想象力局限住，进而作品的文学性和思想性都容易流入平常。在这方面，我们可以以莫言为例，在他的《檀香刑》中，刽子手行刑的那种艺术感不仅仅来自外在势力的要求，而是内在于赵甲甚至内在于所有人灵魂中那块不可见人的隐秘之恶。在这样的书写中，莫言的想象力就得到了完全的解放，而其对罪对恶的呈现也臻于淋漓尽致的境地。但是，我这样比较，也并不是说一定要写及灵魂之恶才能有深度的问题，而是如何书写恶的问题。

王威廉对这个问题其实有过自己的论述，本文前面也曾引述过他一段创作谈，可以再次引来深入探讨："随着写作的深入，我逐渐意识到，恶是需要作家用精神力量去穿透的东西，而不是深陷其中，甚至迷恋其中的东西。写恶比写善更有深度，其实是一个误区。因为对善的抵达是需要恶的难度的，没有这种难度的善是单薄的、廉价的，所以那种深度并非来自恶本身的价值，而依然在于善的发现。一个作家写作的时候，心中要永远怀着悲悯之情。这是写作的基本道德和根本立场。"① 这一见解是没有问题的，但我还是想点出这个论述中其实涉及两个问题：一是恶本身，即文本中的恶；二是作家写作的伦理视野、作家心中对恶的态度。写恶的时候，在文本中作家应该放弃先在的道德判断，把一种原生态的、人性真实的恶之可能也呈现出来。但这种书写又不是宣扬恶的价值，而是在一种小说修辞术中把恶置于被批判或被反思的位置，就像莫言书写行刑的艺术却又能让读者在最终的伦理选择上对赵甲那种审美式的行刑艺术嗤之以鼻。理性的读者最终是不会对作者莫言做道德批判的。黑格尔曾经说恶的美学本身是存在矛盾的，在我看来，这矛盾其实就是恶本身与写恶之间的矛盾，这需要作家去把握好。处理好这个矛盾就是如王威廉所说的"穿透"，作家不但要用精神还需要用技巧去穿透恶本身，精神上也就是作家所坚信的文学价值问题、灵魂问题，而技巧上就是如何把关于恶的真实写成具有美学意义又有伦理意义的真实。在这方面，王威廉的小说修辞学其实已经接近了，在前文重点分析的那些小说文本中能够看到这些影子，但还需要他在更丰富的意义上去穿透恶，在更为宽阔的视野中树立起善灵魂的价值。

结　论

我注意到最近王威廉一份发言稿中提到了阿甘本《何为同时代？》一文中的话："……成为同时代人，首先以及最重

---

① 王威廉：《在困境中获得自由》，见《文学界》（专辑版），2013年第12期，第44页。

要的，是勇气问题，因为它意味着不但有能力保持对时代黑暗的凝视，还要有能力在此黑暗中感知那种尽管朝向我们却又无限地与我们拉开距离的光。"① 由此也可以见出王威廉对思想的强烈兴趣，更暗示了他在用思想的锐利去丰富文学的特性。他可以通过作品去感知而且直面时代的黑暗因素，却又能够有意识地去挖掘黑暗中那种我们无法用肉眼看见的光，呈现黑暗却又能从根本上提供照亮黑暗的精神之光。也许，到目前为止，这就是王威廉小说修辞学的秘密所在：呈现我们难以察觉的时代之恶，同时又以他对灵魂所抱持的绝对信念，赋予文学存在的价值，也赋予自身、他者存在的勇气。

---

① ［意］吉奥乔·阿甘本著：《何为同时代？》，王立秋译，见 http://www.douban.com/group/topic/12506341/

极致叙事与怜悯之心

——孙频小说论

一

在我阅读孙频小说集《盐》的那天，美国赌城拉斯维加斯曼德勒海湾赌场附近发生了枪击案。小说很极端，处处有惊骇情节；惨案极为恐怖，一名白人男子在高处用机枪向正在观看音乐会的民众扫射，导致几十人死亡、几百人受伤。我一边读着小说，被孙频小说中的极端故事震撼，感动于作家对这些悲惨人物内心世界的关照；同时，另一边，我拿手机关注着这个惨案，看着视频中那些在枪声下叫喊着逃奔的人，看到一些被击中倒地的血腥图片，心痛无比。我愤怒于那些恐怖分子，同情于那些无辜的受害人，尽管他们跟我一点关系也没有。残忍事件总会让我的心为之震动、沉痛。那一刻，我在想，极端的小说叙事与极端的恐怖行为之间，在这个时代，到底是种怎样的关系？

还值得一起分析的是，在我开始写这篇文章的时候，一向安检很随意的广州地铁，宣布开始全面严格化，宣称以后乘客乘坐地铁，必须做到"人过安检门，物过安检机"。面对这种全面的安检升级，公民意识向来比较强烈的广州市民就这样自然而然地接受了，没有人提出不同意见。面对全世界范围内不断增多的极端化恐怖活动，人们对于有着提供更多安全保障理由的各种措施，不再持怀疑态度，只将默默接受。

这两个现象，看似跟文学无关，跟我们要探讨的孙频小说更没有什么直接关系。但我要追问的是面对这些事件、面对这类故事时，我们内心深处因着什么而被触碰、被感动？孙频小说中，那些极端凄苦、极端残酷的现实人生、人性，为什么能够如此打动我们？这种感动在这个恐怖事件频发的世界又有何意义？我们总是说这是个平庸的时代，但我们所看到所见识到的，却是无数的极端化、极致化的痛苦与灾难。难道是这些极端事件、极致故事已经锻炼了我们的内心？导致我们无能于鉴别那些细微的温暖和宁静的生活世界？极致、极端，总是牵动着我们内心的软肋。可是，当我们经常性地被极致、极端触碰的时候，我们的软肋会更为柔软还是逐渐坚硬？我很怀疑，软肋变得不软时，人会变成什么？正如如今我们对身边的、生活世界里愈来愈多的拘束都不再有感觉，不再能提出异议了，这时候我们变成了什么？

每当我在阅读极致叙事和听闻到各种极端恐怖事件时，我都在担忧这样一种可怕的趋势：我们适应着极端、适应着恐怖，同时，我们本来柔软的内心变得愈来愈坚硬；我们的内心在极致化的故事熏染下变得越来越波澜不惊，我们的性格也在无数恐怖新闻的摧击下变得越来越怯弱温顺。马克思主义文学理论家和文化批评家伊格尔顿，面对2001年发生的"9·11"事件曾发出过这样的感慨："这个刚刚开始的喧嚣世纪，已经被无止境的鲜血所玷污，已经被数以万计不必要的牺牲所标记。我们已经习惯将政治生活视为暴力、腐败与压迫。对这些阴魂不散的现象，我们甚至早就司空见惯了。难道我们就不希望在人类历史的编年册中，能有更多一些甜蜜和光亮么？"①我们当然希望，可是我们该怎样做才能有更多的甜蜜和光亮？

必然，要寻甜蜜和光亮，并不是去忽视黑暗，更不是屏蔽掉那些极端的恐怖消息。查尔斯·泰勒帮我们指出过：

> 消极的、自卫的反应是将它的大部分阻挡在外面；甚至不去瞄一眼晚间新闻，而是专注于其他东西。更具腐蚀性的是，贯穿整个历史，我们总是善于告诉自己这些人实际上和我们并不相像，以此来消除那种恐惧；也许他们不像我们这样在意贫困和肮脏；也许他们是坏的，是邪恶的，他们应受这种苦难；也许他们由于自身的懒惰和软弱才遭受苦难。或者我们可以画一幅关于事物的更亮丽的图画，在其中苦难被隐藏了；例如，通过对那些生活在意义厚重的文化中的土著人采取一种外在的审美想象力，我们使自己与他们远离。②

回避、远离是一种消极的反应，泰勒接着分析了一些"修复世界"式的积极反应。所谓修复，也就是做出积极行动。可是怎样的修复行动才能对付这个世界的苦难？我们个体听闻这些恐怖的灾难，同情和愤怒是允许的，但我们肯定不会

---

① ［英］特里·伊格尔顿著：《论邪恶（译者序）》，林雅华译，长沙：湖南人民出版社，2014 年，第 1、2 页。

② ［加］查尔斯·泰勒著：《世俗时代》，张容南等译，上海：上海三联出版社，2017 年，第 779 页。

允许自己也成为受害者,不会允许邪恶靠近我们。这是一种现代的漠然立场,给予同情,看见问题,但肯定不允许这些问题与自己有关。内在于这种立场的,是一种恐惧心理。出于这种恐惧,我们会乐于采取防范和改善措施,以消灭、抹除灾难的可能性。或许,这就是拉斯维加斯恐怖事件和广州地铁安检升级的关系,两个国家,地球的两面,就这样被人心勾连起来,这也是全球化、媒介化时代的一种历史实践。

出于恐惧的防范实践,我们当然愿意看到这类善意的修复和保卫世界行动。但同时,我们其实也恐惧于防范行动升级为强大的控制力量,以至于行动之外的一切都纳入了需要牺牲的代价。为了避免苦难与邪恶事件的发生,我们付出行动强大自己,同时也顺理成章、轻而易举地要斩断与灾难受害者、犯恶者之间的关系,甚至为了防患于未然,对于风吹草动也大动干戈。最终,我们原本柔软的同情转换为了坚固的堡垒,堡垒之外的一切都可以毫无例外地消灭。无疑,这也是我们不敢想象、不愿抵达的另一个极端的邪恶状态。

面对这两个极端的可能性,我们需要防范的,除开可见的邪恶势力,还有我们自己内心深处不可见的恐惧所能反弹出来的对抗力量。修复世界的行动,不应该从一个极端走向另一个极端。在这两个极端之间,隔着的其实就是人心,是人对他人的同情和怜悯能力。失去了这份柔软的内心,两个极端就变得通畅无阻。我们需要珍视这份柔软之心,重视这一动不动就让我们泪水盈眶的软肋,它会是挽救人类的最后一份力量,当然也是我们最可信赖的希望之光。

正是在这一历史背景和文化语境上,我感受到孙频小说的特殊价值。孙频擅长极致叙事,她的极致叙事与其他作家的极致叙事有何不同?孙频这种极致化的苦难和人性描绘,对于这个极端事件频发的当代世界而言，它们可以有何种意义关联？这是一个需要思考的问题。我以为，孙频叙述出极致状况下的人性状态，让我们看到卑微处境下的人如何生活如何思考，苦难中的个人如何卑琐又怎样值得同情，甚至于挖掘出变态中的可悲悯所在。孙频这种写作，是对受难者和作恶者内心世界体贴入微的观照，根本而言又是对我们同情心的珍视，她帮助我们发现自己原来还有一颗可以去同情和怜悯那些卑微的、变态人物的柔软内心。

二

所谓极致化叙事，就是将平常的事物极端化处理，一般是说作家将一种性格、一种情感、一种精神书写到绝对状态，这是孙频小说最为明显的叙事特征。对于极致叙事，洪治纲曾在论述 80 年代先锋叙事时有过很好的论述：

> 这就是带着超验特征的极致性审美法则，也是先锋文学中最为活跃和最具表现力的一种表达手段。一方面，它注重话语表达过程的极致性审美目标，无论是人物性格还是情节结构，都不断地走向某种极端，完全摆脱了客观现实的庸常状态，使文本在许多臆想不到的情境中显示出自身独特的艺术魅力。另一方面，它又极力强调话语表达的超验性品质，在艺术传达过程中鄙弃一切通常的经验逻辑，抛却那些具有集体倾向和公众意趣的审美感受，使人们的一切理性预设手段都失去作用，话语呈现出大量非理性、颠覆性、独创性的成分。总而言之，它是一种超验性和极

致性的高度融合，是先锋作家对自身超验性审美感受的极端表达，其最终目的是为了在反抗既定的文学观念和话语秩序的同时，确保文本全面地展示作家自我艺术理想的完整性和深刻性。①

这虽是针对先锋叙事，但洪治纲讲到的两个方面，都很适合用来评说孙频小说。人物性格和情节结构，都走向极端，而且它们的极致化是相辅相成的。长篇小说《绣楼里的女人》，将每个人的性格都极致化处理，但每个人之所以会形成这种极端化的性格，都与他们各自的生活遭遇相关。贺红雨的决绝、冷酷性格，她自作主张嫁给穷人，后来对女儿孙女的残忍态度等，都与她自己小时候受到的歧视、漠视相关，与她的生活中总是遭遇各种悲剧灾难相关。这种性格、情绪的极致书写，可以生成一种富有冲击力的审美感受。《东山宴》里的采采也是极致化的性格形象。采采性子烈，母亲改嫁后，父亲新娶，父母都觉得她是累赘，将她赶来赶去，后来她通过到处诉苦大声喊可怜来获得同情，她将诉苦喊疼变成了让自己活下去的方式。《无相》里的于国琴，家庭极端贫困，靠母亲的拉偏套（地方上的变相卖淫）维持生计。于国琴考入大学后，生活费得到一位老教授的慈善资助。于国琴内心特别脆弱、敏感，她每动用一下饭卡里老教授资助的钱都觉得有人看着自己，每周去帮老教授打扫卫生做家务时也都满怀自卑与恐惧。老教授给她钱，她更觉得受辱。于国琴一直恐惧着这种被资助终究会被要求偿还。果然，后来老教授想看于国琴的裸体，这种观看让

---

① 洪治纲：《守望先锋》，桂林：广西师范大学出版社，2005年，第112、113页。

于国琴彻底撕下之前的自卑和愧疚之心,她变得决绝,将老教授的要求看做偿还他对她的资助,她将脱衣服变成了偿还和报复的方式。脱下了衣服,也就是脱下了羞耻之心。《因父之名》中的田小会,父亲离家出走之后,被所有人嘲笑无父,十来岁即受到六位男老师的强暴。一次被班主任强暴时,被学校门房李段撞见。此后,李段因为帮助田小会堕胎、不告诉别人等缘由,做了田小会的干爸,其实是捆绑了她作为泄欲对象。十年后,田小会的生父回到家里,但经历过那么多磨难的田小会,内心已死,不再回到他身边。这里面的极致,是田小会的不认生父,她以认一个老流氓为"父"来抵抗家庭的孱弱和世人的邪恶。还有《无极之痛》,写一青年教师的妻子如何自知低贱,死皮赖脸地求校长潜规则自己以获得分房机会,小说对这种贱卖自己求帮助而不能的心理叙述得特别精细,可以说是把当前青年的求助心理极致化了。还比如《隐形的女人》里的郑小茉,为了一个男人甘愿沦为妓女。这些小说的人物性格,极端到了非理性程度,正常逻辑下无法理解,也很少会出现在现实生活中。但这种极致处理即是最能体现艺术特征所在,它放大一种情绪、性格,使得这些看似平常的性格变得锐利可怖,如此也就展示了内在于这些性格特征的恐怖潜能,同时也能感受到作家深刻的现实批判旨意。

  尽管洪治纲所论述的先锋小说极致叙事特征对于理解孙频很适用,但孙频的极致叙事与先锋小说的极致叙事又有着极大的不同。先锋小说的极致叙事是叙事艺术上的探索,孙频的极致叙事是人物情感方面的深刻挖掘。孙频的极致不是为极致而极致的艺术考究,而是因为她感受到了当下现实的残酷所在,为此她需要使用极致笔法才能更真实也更刺目地表达出自己的精神判断。就像《东山宴》《无相》《无极之痛》等现实感极强的小说，比起极致化的人物性格来，更为醒目的其实是血淋淋的残恶现实，极致性格也都是现实生活的绝望而逼至的。同时，人物性格走向极端、变得恐怖，也因为有着令人绝望的现实处境而变得可以怜悯、值得同情。人物的极端不是一种无厘头的恐怖表演，而是为追求一种有尊严的生活而必然导致的极端走向；人物最后的毁灭式付出，是性格原因，更是现实逼迫。就如《无极之痛》的储南红，她这样低贱地想把自己卖出去，让校长潜规则自己然后获得分房可能，但现实是早在她知道有房可分之前房子就已经分完了。在如此绝望的现实处境下，像储南红这样的年轻人越是自我贱化，就越是让人感到悲痛，越能激起我们的怜悯之情。

三

对现实苦难的深切体悟，或许又能使我们将孙频的小说界定为底层叙事。孙频小说叙述的的确是底层卑微人物，但她与王十月、曹征路、陈应松等人代表的底层叙事有很大不同，甚至于不能化为同类。这里面的缘由，即在于极致叙事艺术的突出，它让孙频的小说不现实，但很现代。这种现代感，是为孙频不热衷于书写残酷现实本身，而是叙述出被残酷现实摧残为鬼、逼迫成狗之后的人物心理，为此也能理解她笔下的性格、心理为何都是夸张的、扭曲的、荒诞的。当人被苦难摧残成非人之后，非理性的行为和极端化的情绪就会主导他们的生活，人物可以迅速从脆弱变为决绝，从卑贱跨越到恐怖。这种非理性、极端化的决绝和恐怖，在前已述及的《无极之痛》《无相》《绣楼里的女人》等小说人物中已有表现，我们继续探讨另外一种极致状态，即《乩身》所代表的那种人被苦难摧残为"鬼"之后如何进入了"享虐"的可怖状态。

《乩身》是孙频近些年声誉很好的一个中篇,这篇小说最为典型地展示了孙频极致叙事所具备的多维度魅力。小说讲述一个小县城女瞎子常勇的生平故事。常勇一岁半之前叫常英,高烧导致眼瞎了,遭到父母的丢弃,被五金厂老工人收养。老工人知道他们生活的小县城有着无数老光棍恶棍,他们专肆摧残女性弱者,他深知将一个女盲人抚养长大后,她的未来会有多么悲惨。为了让常英长大后不被恶棍们盯上,老人把常英改名成了常勇,强迫性地完全以男性标准培育她长大成人。老人去世后,常勇开始独立生活。因为年轻没经验,无法靠老人教给她的算命方式赚钱,她不得不去垃圾堆里靠摸捡事物活着。一次捡垃圾回来途中,被同为底层、最受人歧视、被吓得阳痿的流浪汉杨德清发现。杨德清为弄清楚常勇到底是男还是女,跟随并偷窥了常勇,发现了常勇的女身。杨德清欲强暴但无能为力,躺在常勇窗外一整夜。杨德清对常勇的身世遭遇产生了同病相怜之情,逐渐将常勇视做自己的同类人,给予帮助,一起生活,并带着常勇去参加一场需要用铁棍穿透脸颊的自残祭祀表演。常勇在自残后变成了乩身,开始表演神灵附体。杨德清继续从事着自残的工作,后来脓肿而死。常勇则被奉为神人,最后自焚以帮助村人抵挡拆迁。

《乩身》这种故事,如果仅仅是惨烈,必然不会出奇,重要的是孙频叙述出惨烈背后人心的决绝,并将决绝化作了柔情和希望。常勇虽是瞎子,被要求以男人自立,但原本就是女人的她,女性意识越被压抑,也就反抗得越激烈。她知道有男人跟踪她窥视她,她虽害怕得发抖,但又故意露出了自己的女性特征,有意让人发现自己的女身,甚至有着一种渴望被强暴的欲望。生活的虐、肉身的虐,各种强势的力量压迫在常勇和杨德清身上，这些力量虐打他们，以至于他们必须要在这些虐中寻找生活的快乐、活下去的勇气。常勇渴望成为荡妇，如此才证明自己是个人、是个女人；杨德清迷恋上钢筋刺脸的自残表演，只有在舞台上他才被尊敬、被当做人。常勇迷恋上的通灵表演以及最后的自焚，都是在享受一种受崇拜、被观看的快感。他们被生活所虐，于是倒置过来成了享虐。所谓享虐，即是将痛感转化为快感，将卑贱上升为神圣。小说明确叙述出了常勇和杨德清的享虐心理：

> 众人的围观给了常勇一种剧烈而新鲜的刺激，就像在她身体里种了一只鱼钩一样，人们期望着能从她身体里钓出更血腥、更刺激、更神秘的东西来。她也不负众望，必须把戏演到底，演到骨头里，演出自己所有的可怕潜质，才能在这巨大的无边无际的黑暗中站住脚，活下去。她成了人、神临界处的一个优伶，在灯火辉煌处供众生赏玩。

> 不错，他们都是怪物，可是他明白，更需要这样一个怪物的其实不是县城里的人们，而是他自己。从前的种种羞辱与种种罪恶感在他身上留下了巨大的缺口，不如此自虐，他便不足以填补自己身上的那些缺口。他正在把一种暴力正当化，而把暴力正当化的过程就是他正面接受自己耻辱的过程，接受了这耻辱，他才觉得自己强大了。

这两段很明白地写出了常勇和杨德清由受虐到享虐的心理。陈曦（陈希我）曾经专研过文学中的享虐现象，他的结论中，认为享虐现象并非恶魔并非怪物身上才会出现，它反映着一种文化现实,有着我们独特的文化土壤。① 孙频《乩身》里的常勇和杨德清现象,它有着我们特殊的现实土壤。这两个最底层最低贱的人物,他们的享虐心理,不同于宗教上的赎罪式自我鞭笞,也不同于弗洛伊德等人心理学上的性受虐心理,甚至不同于福柯思想中的权力机制缘由,他们是生活现实的苦难、残酷导致的,是周身世界的残恶人性逼致的。

或许,在很多人眼中,常勇和杨德清都成了恶魔、成了怪物。但其实,他们都是最普通的人,只不过孙频用了极致化的叙事方式,将一种非常普遍的生活状态和精神状态极端化了。她把人心真实和社会现实结合得惊悚化,以实现震惊的审美效果。孙频的叙述展示了众多的震惊场面,包括自虐表演,也包括常勇和杨德清的一场"性爱",都到了令人恐怖的巅峰状态。人物投入一种惊悚化的销魂状态里,以痛为乐,实质上是以此来超越现实的痛苦、残酷与不堪,完成的是享虐式精神升华。这种精神升华作为审美图景,我们感受到震惊、感受到骇人的崇高。此崇高不是说小说人物多么伟大,而是文本本身拥有了崇高的美学特征。康德在论述崇高美时,特意强调了一种令人畏惧、使人惊愕的崇高美。② 伯克也曾指出:"凡是能以某种方式适宜于能引起苦痛或危险观念的事物,即凡是能以某种方式令人恐怖的,涉及可恐怖对象的,或是类似恐怖那样发

---

① 陈曦:《文学中享虐现象之考察》,博士学位论文,福建师范大学,2007年,第135页。
② [德]康德著:《论优美感和崇高感》,何兆武译,北京:商务印书馆,2012年,第3页。

挥作用的事物，就是崇高的一个来源。"① 恐怖、惊愕之所以具备崇高美，在于它超越了经验的有限性，抵达了一种完全属于精神世界的无限性。常勇和杨德清享受的不是肉体的痛，而是因这种痛而具备的精神光环，他们享受的是超脱丑陋肉身之外的幻觉世界的快乐，我们阅读观看到的也是超离了常规经验的纯粹精神性的图景。从感官到心灵，我们都受到震惊，受到感动。震惊于他们如此凄惨、卑微、可怜，震惊于他们所生活的世界如此残酷、凶恶；同时，我们又感动于生活在此等恶劣环境下的如此卑微人物，还能够结成同伴相互抚慰，还能够在痛苦凄惨中维护起自己作为人、作为女人的生活勇气和人格尊严。有这两方面的感受作为心理基础，无论小说人物多么不道德、非理性，都能够激起我们的同情和怜悯。

对于同情、怜悯，孙频在小说后记中直接言明："我写的每一个人物，不管他丑陋还是让人怜惜，我都对他付出了绝对的深情还有真正的同情。人对人最高的同情是什么？就是怜悯。"② 创作论上的这种认知，与她小说所呈现出来的精神特征有着一致性，这更加说明，孙频的极致写作从叙事意旨到叙事效果，都不是为极致而极致，而是为表达出真正的同情，为激起我们最深刻的怜悯。这种极致叙事，伴随作家的叙述过程，我们能够进入到受难者的内心世界，能感知到这样一种极致化的精神性格是如何生成，如何演绎，又为何是无法避免的，如此也就对受难者，对那些被苦难折磨成非人的人物性格和内心状况有了理解和体悟。有了理解，也就有了同情和怜

---

① 朱光潜：《西方美学史》（下卷），上海：上海文艺出版社，1964年，第374页。

② 孙频：《盐》，北京：北京联合出版公司，2017年，第367页。

悯。

四

谢有顺论述阎连科的极致叙事特征时指出：

> 极致叙事创造了这种震惊性的经验，而正是这些震惊性的经验，促使阅读者真实地面对生命的困境、死亡的强大以及人身上那坚不可摧的生存信念。在这个层面上，阎连科为自己的写作建立起了一种有效的叙事说服力。他写的往往不是生命的常态景象，而是把生命放在非常态的世界里观察、逼视、追问，最后使之显露出极端的面貌。阎连科是想在世界的另一端、在生命的绝境里，测量人承受压力的限度，以及书写出人在生活面前的可能有的勇气。①

从这一论述可以察觉，孙频的极致叙事与阎连科的极致叙事有着共同的美学逻辑。但是在伦理反应机制层面，他们又有很大的不同。孙频的极致叙事是为引起我们对其笔下人物的同情与怜悯，在此基础上再去规避和抵抗残酷现实对人性的异化；而阎连科的极致叙事，尤其后期的一些小说，其伦理意义不是通过激发怜悯之情，而是通过压迫性的黑暗来实现。阎连科曾借用盲人用电筒的故事来解释这种伦理反应机制。

盲人打电筒，目的不是自己看，而是给别人看，是盲人自

---

① 谢有顺：《极致叙事的当下意义》，见《从密室到旷野——中国当代文学的精神转型》，福州：海峡文艺出版社，2010年，第86页。

身感受到黑暗,于是努力为别人提供光明。"从这位盲人的身上,我感悟到了一种写作——它愈是黑暗,也愈为光明;愈是寒凉,也愈为温暖。它存在的全部意义,就是为了让人们躲避它的存在。而我和我的写作,就是那个在黑暗中打开手电筒的盲人,行走在黑暗之中,用那有限的光亮,照着黑暗,尽量让人们看见黑暗而有目标和目的地闪开和躲避。"① 阎连科这里的意思是,作家书写恶和黑暗,其伦理意义就在于让我们清晰地感受到内心阴暗面的卑琐以及人性之恶的恐怖,也警觉到"恶"所能造成的毁灭性,进而避开它、防止它。但我们可以进一步分析这个故事,比如这里所谓的照亮黑暗,其光来自瞎子的电筒还是瞎子的内心?在我接触孙频小说之前,我更相信是阎连科所言的电筒,而在我思考孙频的极致叙事时,我开始觉得,瞎子的内心和电筒,都是光芒所在。理解到瞎子还要打电筒的内心,就如体悟孙频笔下那些被非人化的人物还要努力让自己活得像个人一样。瞎子打电筒未必是有心去照亮别人的路,更可能是强调自己是瞎子也是人的那种尊严感,他要表现出自己同正常人一样能感受到黑暗与光明。同时,也正因为他照亮了自身,所以他才照亮了别人。

瞎子手里的电筒,瞎子打电筒的内心,这里其实涉及两种关于黑暗写作、极致叙事的理解方式。对于阎连科极致化的小说,我们更可能是感受到无限量的黑暗、罪恶,那是一种荒诞的、超现实或者说神实化的恐怖,自然有它的伦理价值。而对于孙频的小说,尽管叙事出很多内心狠辣的人物,但在那种极端艰难的环境下,给予我们更深感受的,不是个体的邪恶,也

---

① 阎连科:《上天和生活选定那个感受黑暗的人》,见《语文教学与研究》,2015年第1期,第75页。

不止于整体的黑暗，而是在黑暗、困苦环境底下还能活着，还会柔软的人心。孙频用来照亮整个故事和点燃我们内心希望之灯的，不止于她写出了什么罪恶或何种黑暗，更重要的理由是写出了黑暗环境下的，内在于阴狠、猥琐、残暴等极致化性格背后的艰难生活和柔弱人心。因为有着艰苦的环境作为叙事背景，小说中的人物，为了最起码的生活，一切所谓的阴狠也就变得不再可怕。他们为生存希望而做出的行为选择，尽管都是非道德的，也总能携带些引人怜悯的因素，即便是走向了罪恶行径，依旧有值得悲悯的空间。

或许因为孙频是女性作家，她的叙事就更能拨动我们内心的软肋。她的极致叙事，并不是为叙事艺术而来，而是为人物的内心情感而来，是为实现人与人之间更深层次的相互理解而来。"文学、小说给了我们理解冉·阿让和拉斯柯尔尼科夫的机会，因为小说全面地描述了他们的生存状况、主体性及其情感。"① 这是埃德加·莫兰对文学、小说功能的看法。实现人与人之间最内在的相互理解，文学、小说具有其他沟通方式难以比拟的效果。

莫兰说"我们仍处于互不理解普遍化的时代"，世界布满了互不理解的黑洞，"不理解"生长出冷漠、愤恨、厌恶、仇恨和蔑视；"不理解"往往携带着心灵谋杀，容易对他人进行恶意的贬低、丑化。孙频小说中的人物，如果作家没能叙述出他们内心世界的艰辛与绝望，如若读者看不到内在于他们极端性格的软弱和温暖一面，他们很容易就会被贴上变态、疯狂、恐怖等恶魔化标签，如此对他们的忽视和扼杀就变得理所当

---

① [法] 埃德加·莫兰著：《伦理》，于硕译，上海：学林出版社，2017年，第169页。

然。反过来说，孙频能够将这些被残酷现实摧残得非人化的人物内心描述出来，也就使我们能够理解这些非常态人物有着怎样的经历、情感、内在动机、痛苦与不幸。

理解孙频的小说，就是更全面更内在地去理解一些平常状态下无法理解的极端性格与变态内心。而且，如果根据一种复杂人类学知识，我们每个人其实都有着"智人／疯人"双重本性，都有可能走向极端、变成变态。根据美国神经进化科学家麦克林的研究，认为今人的大脑中包含三重性质的头脑：古生代脑、中脑、新皮层。它们分别意味着冲动、情感、理智。不同个体、不同时刻，这三个部分会有不同的主导关系。这种生物、神经结构，意味着理性的脆弱，意味着走向极端、成为变态是潜伏在每个头脑内部的可能选项。孙频小说所叙述的那些极致化性格、心理，之所以能够被尚属正常态的我们理解，或许也与这种共通的大脑结构有关。由此，我们理解孙频，也就不再只是理解这些虚构的人物，更是理解我们自身，帮助我们看到一些潜伏在自己头脑深处的冲动情绪和极端倾向。

对他人极致化性格状况的理解、对自我极端化可能性的认知，这是一体两面。理解他人，所以能同情、可怜悯；认知自身，为此要规避极端、需谨慎行动。理解他人，不是放弃对变态人物极端行为的审判，不是面对这个世界愈来愈多的极端事件无所作为，而是去体察那些有罪的、卑微的、无耻的人格状况，认识到他们也是人；认知自身，也即检省我们对于他人的态度是否同样陷入了极端化。莫兰论述人类性意义上的"理解伦理"时，最后指认说："要走出全球铁器时代，不同个体、文化、民主之间需要增进彼此间的理解。理解意味着兄弟化的可能，理解之后我们会发现，原来我们都是'地球祖国'

的孩子。"① 要修复世界,要走出这个残酷、恐怖事件愈来愈普遍的铁器时代,理解他人的痛苦和检省自身的极端可能,是我们每个人最紧迫的修为。

---

① [法]埃德加·莫兰著:《伦理》,于硕译,上海:学林出版社,2017年,第185页。

贴着底层生命，守护人性之光
——陈再见小说论

一、底层文学的身份延伸

陈再见被普遍叙述为致力于底层文学写作的青年作家。确实，到目前为止，他创作了很多具有底层视野的作品。他很多作品所书写的故事都来自底层世界，比如叙述打工者苦难的《七脚蜘蛛》《双眼微睁》《微尘》等都点及了离开乡村到城市后的打工者遭遇，书写他们身体上的辛苦和精神上的困惑。还比如《张少年的江湖》《瓜果》，把眼光放在底层群体的孩子教育问题上。还有其湖村系列小说，其书写的生命，都是一些挣扎在最基层的穷苦百姓。这些小说除开可以被描述为底层叙事之外，它们也属于乡土文学作品。比如湖村系列小说，那里有着作者的故乡生活，那些都是带着乡村记忆的作品。也如《藏刀人》《哥哥》《一日》《少莲》等等，这些文本的乡土特征非常浓郁，阅读它们，可以帮助我们去回味乡土世界的酸甜苦辣。当然，这些滋味背后，更有着作者沉重的人性和伦理思考。

乡土世界的经验，以及打工者的困难生活，它们都是底层写作的基本素材和思想来源。但如今的乡土现状，更暗含着底层问题的复杂变化，它有着从乡村进入城市的时代特征，而与此相关的更是伦理思想上的复杂性。乡土文明与城市文明之间的差异，导致了作家在文学写作上会呈现出糅杂的因素，比如金钱思维进入乡土世界后引起的很多问题，也比如乡土思维进入城市后面临的困惑等问题。因此，如果一个作家写底层时只书写单向度的"苦难"，忽视底层世界苦难背后的复杂性，那么其作品的真实感必然会有所折扣，艺术造诣上也会遭遇瓶颈。如今，人们对于底层世界的认识已经不仅是同情了，也不只是发现一些国民性问题，还有更多的新问题，比如在市场、金钱逻辑统治下所出现的新伦理问题。因此，书写底层，也必须直面这些复杂性。而且，在这一书写过程中，许多人容易出现居高临下的姿态，不管是同情还是批判，都把自己隔离开来，好像自身与同情和批判的对象一点关系都没有。这种距离也许使作者、叙事者有种远离现场的安全感，却也无意间使作品成为孤零零的、无关痛痒的寂寞文本。

然后，在这方面，青年作家陈再见却做得很好。阅读他的作品，我们可以轻易地感受到，他在努力对底层问题进行深入辨析。不但在底层身份这个问题上有所思考，在人性思考和苦难书写中呈现出复杂的一面，同时也不失高贵的、难得的伦理立场。比如《双眼微眯》中，如果我们了解过作者的身份，很可能会把这个故事读做真实事件的改编。当然，不管这种读法准不准，作者避开了作为他者的姿态进行叙事，这种情况本身就有探讨的价值。不管叙事人是虚构的，还是真实存在的，也就是说不管作者有没有使用这样一种叙事修辞方式，我们都可以将这个小小的故事看做一种沉痛的检讨式文本。文本中的"我"是个作家，是个来自农村的、靠笔杆子吃饭的人，不一定是知识分子，但起码是个有知识的人，可正因为这种身份，使"我"成为了最为尴尬的社会角色。在乡村世界，"作家"这个身份还留存着传统社会赋予它的象征资本。但如今时代，这一象征资本也仅仅是象征了，与物质财富资本不一定有相一致的关系。这对于那些年轻的、处于农村和城市缝隙里的作家而言，尴尬性就会更为严重。于是，这些作家，不管是现实中的，还是小说中作为作家的叙事人，都处于这个尴尬的缝隙中。人们都想维护好文化人的象征资本，但维护它的荣耀是需要代价的，最直接的代价就是需要财富资本的付出，比如文本中直言的："关键时刻，我要为此付出代价。"

"谁是底层"这个问题已经非常复杂了，市场逻辑推动下的社会发展把缺少财富的群体通通推向了"底层"，不管其他资本情况如何，金钱掌控的社会阶层逼迫人们把良心和道德抛弃到最边缘的位置。不管你情愿不情愿，现实就是如此残酷，"底层"连谈论良心和道德的资本都被掠夺了。大舅双眼微睁看到的是什么呢？那应该不仅仅是他儿子的没有良心，还看到了什么吗？当"我"试着微睁双眼的时候，是不是看到了更多的真相？也许真相就在于微微睁眼的同时微微闭眼，因为那样你看到的不是那么多：只是没有良心；或者那样你看到的不是那么少：还有底层的广阔群体，他们都被社会推到了谈不起良心的境地！因此，在这里面，我们可以感受到作家深沉的伦理诉求。

《微尘》一篇也可以承续《双眼微睁》提及的底层身份问题，故事里叙事者还是"我"。"我"依然是个拥有作家身份的叙事人，加上一个收购废品的罗一枪。小说开头即写："2008年我开始自由撰稿，天天写，能发表的却寥寥。那些存在计算机硬盘里的文字，就好像罗一枪废品站里跌价一半卖不出去的废品，看着让人无端绝望起来。"这开始就把两个截然不同的职业置于一起，放在同一位置上，这种比拟不能不说有种潜藏的自我贬低，而这贬低感的存在也就说明"我"其实还是有一点点作为写作者的高贵怀想——小说后面也写道："……我变得有点看不起罗一枪了。""我"之所以还存有这样的高贵感，因为它源于作家身份尚存的那些光环，或者用术语称之为象征资本，它们象征着拥有知识的身份。但这种象征资本所拥有的荣耀已经成为历史，它们必然要化作隐蔽的存在，这种隐蔽不仅仅表现于语言的表述层面，而且是存在于现实中。但隐蔽它也是需要付出代价的——那是一种需要不断支出知识的代价。支出知识，对于来自于还有传统风俗信仰的农村青年作家来讲，那是难以应付的——过去的知识人几乎是全才，人们往往把这种使笔杆子的人比作过去的秀才，甚至是状元探花榜眼……因此，写文章、写毛笔字、画画以及主持相关风俗仪式等等，都可以被要求为作家的必备能力。无疑，这种情况在今天是不太可能的，尤其对于刚出道的青年作家而言。除开文字，其他才能，他们几乎是一窍不通。因此，当他们回到乡村世界去，要应对一些特殊场面时，不知所措的尴尬难堪必然出现。而这就是《微尘》主要的故事内容，"我"以这样一种身份去承担照顾家庭的责任，首先是给父亲治病，这主要是钱的问题，然后是办父亲的葬礼，这也是钱的问题，但不仅仅是钱的问题了，还是处理各项事情的能力问题："我一惊，是哦，我连哭的权利都没有，好多事情等着我去处理。我有些慌乱，茫然四顾。"比如"画像"，"我"遭遇了二叔的"嘀咕"，"我说：'作家是写字的，画画的是画家。'我二叔嘀咕了一句：'还这么分的啊。'看他匆匆走开的背影，明显对我很失望，我突然鼻头一酸，像是被一个陌生人打了莫名其妙的一拳。"一种传统的文人形象在"我"不会画画的情况下轰然倒塌,这是"我"的问题吗?

在处理这样尴尬的文化隔膜时,不能只诉诸谁缺乏常识那么简单,这其实是一种身份的焦虑,作家的身份焦虑:文学作品的象征资本被缺乏物质财富的资本架空了,而作家身份在家乡时又失去了支撑起最传统的全才想象的那种文化和技术资本。这两种架空,使得作为青年作家的"我"还不如从事废品收购的罗一枪。好像文学被边缘化后,如今搞文学的人真正成了底层。在这个底层,只有死亡才能拯救他们吗?小说最后写"我"那个诗人朋友的出名和被记住,都是因为他的自杀。这是一个很强烈的讽刺式书写,它所蕴涵的悖谬已经超越了人们常常谈论的苦难和同情,底层的复杂再次亲临我们的视野,而通过这种揭示,我们也看到了底层所需要的伦理关怀已经不是简单的苦难,而更是诉求着一种紧迫的文化反思。

其他作品中,《拜访郑老师》《瓜果》等都涉及了身份问题背后的文化伦理批判。在《瓜果》中,顾福永与这个时代的关系很复杂,他是个农民工,却喜欢上了写作,爱好在工作之余写诗。他在农民工与诗人这两个身份之间游离不安。他必须以农民工身份现实地活着,却又感受着诗人身份的敏感心理和幻想情怀,一不小心就容易走进自己的幻想,现实把他拉回来的时候,他就多了很多感慨,心灵世界也在那些时候绽开。比如他只有在处于热闹的咖啡馆里头时才会感觉到宁静,那种宁静即是他作为诗人的一面淹没了他是装修工的现实时产生的。那是一份奢侈的安静,不管他多么惬意,也只能是片刻的、孤独的,就像"酒吧"这个寓意复杂的名词一般,它有着浪漫的味道,却也是痛苦和喧嚣、杂乱与肮脏的可能。诗人,这个身份对于顾福永来说,永远是五味杂陈的东西,它是一个浪漫的名词，却又是一种痛苦，诗人的心理带给一个装修工的现实人，只会是多一个领悟世界和感受痛苦的心灵。而作为读者的我们，透过诗人内心的敏感维度，看到的当然也是个复杂的人，甚至是一群复杂的人。

二、超越苦难的伦理诉求

《瓜果》谈到了身份问题，其实也涉及了伦理问题，父子关系在底层的文化人身上会是怎么一回事？在处理父子关系时，作者没有多少直接的抒情，反而写了更多的不情愿。顾福永作为父亲，他对儿子的抵触心理显而易见，但他又必须充当起，或者说扮演起他作为父亲的角色。他对于这个父亲角色是陌生的。当一个十多岁的人跑到他那个简陋的铁皮屋时，他找不到任何东西来安抚孩子的失望感，只有出让自己可以充当"诗人"那一面的唯一器具——笔记本电脑。在电脑网络的世界里，也就是游戏的世界里，儿子可以专注其中，连续好多天，把顾福永精心准备好的哈密瓜冷落到一边。儿子半个月后离开，邻居提醒他，说哈密瓜已经放了半个多月了。这时，顾福永的眼泪掉落下来，这最后一句话的落泪描写，可以让一个简单故事深沉到极致。

以"瓜果"作为标题的恰切性不可忽视，它不仅仅是一个哈密瓜，也不仅仅是贯穿整个故事的线索瓜果，而且是父子关系层面的瓜果寓意。父亲靠着电脑写作，通过电脑，他的诗人身份才能确立和维系。那对他而言，这是一种寄托，也是一种逃避，是一种浪漫，却也是一种痛苦……顾福永的诗人身份和他儿子的玩游戏身份有什么区别吗？儿子是他结出的果，在面对父亲的时候，他只沉浸于游戏世界，只对那个机器生产出来的虚拟世界入迷,而忽视了现实中父亲所准备的一切关心和情绪。这里面有什么瓜果关系吗?顾福永结婚生子后依然想象着外面有更好看的女孩,想象着成为大诗人,这所有的不满足堆积起来促使他最后还是离婚了,远离了妻儿,自己独自在外面打工。在城市里,他虽然可以看高楼大厦,可以感受酒吧气氛,可以有作为诗人身份的片刻自由。可是,属于他的终究还是一个修理工身份,孤寂和困惑缠绕着他,像他写的那几句诗:"从乡村到城市/牛羊疲惫/半路坐下来喘息/你看着它们/泪眼蒙眬。"其实,瓜果还可以是他的诗:"在他的眼里,文字何尝不也是他身体里结出的瓜果。"儿子是一个寄托的话,那诗歌也是他的一种寄托。儿子与诗歌,说是实在的,却又是虚幻的。顾福永这个装修工,在面对城市灯火辉煌的一面时,他的内心终究是寂寞的,诗歌也会像他的儿子一般,把它撂在一旁,因为它们都忠于虚幻,实在的只有生硬和冷漠。

在伦理思考层面,《妹妹》应该是最具深度的一篇。它给予我的阅读感受是震惊!读完它之后,我首先想的是:为什么作为80后作家的陈再见,在关注人性的时候会是如此的成熟稳重,而且写得精准到位?我们好像习惯了将80后作家视作尚不成熟的一群文学爱好者,视作文学场上年轻气盛却幼稚可爱的写作者。非常遗憾,这种观念被过去的许多事实验证后,已经烂熟人心,成为成见,成为阻拒我们更深入、更全面地去了解那个同样或者更为驳杂的80后作家群。很多人似乎忘记了80后作家是一个"群",而不是一个人或者两个三个人。"群"是一个不负责任的词,这个符指的复杂性往往被人一带而过,它真是"罪魁祸首",我们需要还原个人,要解散"群",还原到那一个个活生生的个体层面,恢复到那血淋淋的现场……就像陈再见把人心还原到赤裸裸的残酷一样!

《妹妹》讲述弃婴的故事,是围绕弃婴写的一篇心理小说,也可以说是伦理小说。心理与伦理,在弃婴的事件里,我们看到了它们的"沟通"——人性。林果的父亲把那因早产而推测肯定难养的孩子处理掉,林果看到了这一切,记住了那个没能成人的"妹妹",那是活生生的骨肉。父亲把她处理掉,但母亲永远忘不了,后来因此发疯。父亲呢?他可以忘记吗?母亲问的时候,"父亲放下正修弄着的犁耙,进屋,骂,'多少年的事了,你还提它干吗?'"。他想忘记吗?还是想忘记却忘不了呢?我只能推测那是沉痛的记忆,他肯定也在忏悔,或者如林果一样——应该说成林果在重复他父亲的罪行——对罪行惴惴不安。

　　林果父亲弃婴只是一个事件,在表层结构里,我们看到它被包含在林果自己杀婴、弃婴的事件中,开头与结尾都是林果自己的行为与心理描写,而把父亲弃婴和母亲发疯这些往事夹在其中,这种浅层的结构其实还有深层的瓜葛。作者将"妹妹"作为标题可谓是精准无比,"妹妹"是连接两个弃婴事件的线,或者说是连接两代人的钥匙。当然,这"线"和"钥匙"都是指向伦理拷问的。被父亲扔弃的"妹妹"成了林果想象中的"女儿",父亲扔弃了"妹妹",林果也扔弃了"女儿",林果无法消除罪恶感,他无法弥补父辈的罪恶。伦理在父辈那里无法安身,在林果自己这里也无处立命。"妹妹"作为"钥匙",因为她的被弃,拷问了父亲的良心,我们虽然不知道父亲的心理,但母亲的遭遇也足以让他忏悔无数,疯掉的母亲喊着"娃"的时候,父亲难道可以心安吗?他的灵魂必然会类似于被烈火烧烤。而林果呢?母亲无数次对林果讲述他有一个妹妹,这不就是在向林果的父亲讨债,在谴责父亲吗?林果自己如今也弃婴了,他的妻子也会是下一个母亲,即使林果安慰自己说他们都还年轻，还可以有孩子，但那肯定无法挽救他们的未来，就像父亲母亲有林果这个儿子也无法赎罪一样，也像女人拉起被子盖住头也无法逃避现实一样，罪恶一旦开始，良心的拷打也就开始了，无法弥补……

三、底层生命与文学立传

陈再见最新出版的小说集《一只鸟仔独支脚》，聚合为一部湖村系列小说，作者说这是他最为喜欢的作品，也许因为它们在作者心中有着特别的意味。这部集子有二十四篇小说，也可以说是二十四个主要人物，我不知道这二十多个生命是否真实存在过，但我敢肯定，即使不在湖村出现过，也在别的村子生活过，或许他们还没有死去，或许他们没有那么悲伤……

陈再见笔下的人物有着千万底层百姓的真实影子。比如与小说集同名的短篇《一只鸟仔独支脚》，甘紫难产死去，这在那个年代，是很多农村孕妇的悲惨命运。甘紫一心想着父亲和弟弟的生活，也维护着夫家的面子，为两个家庭操心，最后自己和未曾见及阳光的孩子一同死去。她弟弟阿勇爱护自己的姐姐，姐姐死后，他娶妻也不敢让妻子怀孕，害怕因此而联想到死前大着肚子的姐姐。阿勇最后只孤苦伶仃地守着没落的单车修理铺，过着凄惶的日子。小说不仅仅写甘紫的生命，更写了阿勇的生命，甚至是写了一个家庭的命运。而且，虽然阿勇最后的生活令人哀伤，却在作家的书写中不显得可怜可憎，反而让我们充满了同情和悲悯。阿勇当然是一个有毛病的人，但他更是一个有爱的人，那份情感是伟大的、纯真的。相似的短篇中，也有《状元命》，姐妹之间原本美好的情感最终被嫉妒心也被金钱利益剥蚀了，写这种故事容易陷入俗套，但陈再见在不动声色中让这篇短短的小说容纳了非常复杂的情感内容却又表现出了异常难得的写作态度。比如姐姐对妹妹嫁得好的那种嫉妒心，这其实是非常普遍的人性，因此不值得大肆书写，反而是妹妹一家发达之后，妹妹如何只看钱、不重情的形态被作者书写得较多，最后姐姐把钱甩给妹妹，妹妹俯身捡钱的情景，借着姐姐的心思，作者表达了这样一句话："算命还说你是状元命呢，看你今儿确是个乞丐啊。"这是点睛之笔，尾收得特别精彩，一句即把整篇提升到了不一般的思想高地。

《状元命》虽然没让主要人物死去，死的是姐姐金华的丈夫，这是一个老实的剃头匠，这种作为背景的死亡意味的是乡村中那些逐渐黯淡的家庭，他们的苦难一宗接着一宗，而他们的心理呢？精神呢？姐姐金华当然没什么值得嘉许的精神，她说妹妹是乞丐，但真正的乞丐也许正是她，她甩给妹妹金凤的钱其实是拐个弯从金凤丈夫水进那里要来的。因此，这些复杂性真正呈现的其实不是作家的某一种观念，而是某些真实的生活情景。真实的生活世界不会有演绎某种思想、某种道德的具体生命，有的是复杂的、多重的，甚至悖论性的人物情感和现实行为。因此，这本集子中，我个人最喜欢这篇故事。当然，其他篇章也都特色鲜明，尤其是它们都能够给我们一份温暖的生命感觉。比如《有些事情必须说清楚》，代课老师老汤打了汉金儿子，本来是想去向汉金家道歉的，老汤的儿子多年前为了救汉金的儿子被淹死，本来该有着相互感激之心，可老汤到汉金家后，汉金说老汤打他儿子是报复。因此，一切都变得冷漠、惨淡。可老汤最后看到汉金家的破落，还是把本不想给他们的鸡蛋放在了汉金家门口，那举动可以感动无数的读者。这就是人性的力量，陈再见虽然写了乡村世界中的冷漠和无情，却更写了绝望中的希望，写了面对荒芜人性时依然存在的生命之光。类似这篇故事的还有很多,《荔枝熟了》中,徐桂打农药本为了收获之后给妻子看病,德明家儿子偷吃之后送到医院,他立马就蔫了,为此他提前卖了荔枝,用钱去救德明的儿子,他的内心可以欺骗村长等等,却不容许残害了无辜的孩子,他最后还想着被汽车冲撞,用赔款去医治妻子。这里面的爱令人起敬,平凡的人,虽然经常心怀鬼胎,在面对他人孩子的生命危险、面对亲人的病痛时,他表现出来的人性之光也能异常动人。

这些令作者喜欢的短篇,是他成功塑造人物生命的短篇。陈再见在一些创作论中强调,他的写作是要为小人物立传。湖村系列小说证明了他的雄心,透过这一系列短小的故事,我发现它们其实不仅仅是一个个湖村人的困难生活,他所立下的那些小人物传,更成为了我们时代中那些众多被遮蔽的生命体之故事,因此,他笔下的人物也有着普遍的、永恒的、真实的生命。

四、总结

综上所论,我们似乎可以认识到陈再见小说中几个重要的维度,一是他用一种糅合自己身份进入小说人物身份的方式呈现了底层世界的复杂性,同时呼吁了一种文化伦理上的反思和批判。另外,陈再见在书写底层苦难生活的时候,也呈现了尤其难得的伦理思考,在底层的生命故事中,那些伦理事件令人顿生沉痛,作者在呈现这种伦理真实的同时,也表达了他难得的生命关怀和伦理诉求。第三,陈再见还特意要为那些底层的生命立传。其实,不仅是湖村那些卑微的生命,而且包括湖村之外的生命,进入作者的笔下就是一种立传的方式。陈再见用自己悲天悯人的情怀为那些备受冷落的生命体提供了一份曾经生活过的证明。

也许，到目前为止，用"底层"视角去论述陈再见的小说确实是最好的方式，但其实，不管书写什么"层"的问题，归根结底还是书写人的问题。文学最根本上还是关于人的学问，而且是关于人的生命和灵魂的学问。陈再见的小说能够始终带着生命体的温度，带着思考灵魂的视野，精妙而难得。沈从文先生教导汪曾祺说，小说创作最重要的是必须贴着人写，苏童评价陈再见小说也表示，陈再见所塑造的人物大多成功了，而且特别指出："可贵的是作者的写作态度，有真切自然的人性关怀，亦有恰当的情感温度和悲悯之心。"陈再见这些短小说都紧贴着人的存在感而去，因此情感能够抒发得真实而自然，悲悯之心呈现得也很纯粹。

总之，陈再见的小说能够贴着底层人物的生命，在语言和心理世界都呈现得尤为准确，成功地刻画了一系列活生生的底层人物，书写出了那些生活在多数人视野之外的个体生命是如何生活、如何感觉的，以及他们如何在悲欢中体味生命的博大，如何在生与死中表达灵魂的价值。陈再见为那些无名者洒下的一笔一墨其实也是他自己的心血，他用这份心怀为那些最为普通的、被很多人视如草芥的生命留下了曾经活过、爱过、痛过的证据。据此我也相信，陈再见的笔会继续紧贴着底层人物的生命感，继续守护着底层人物的生存价值！

行动之内,更有良知

——由《80后,怎么办?》引发的思考

一、反抗:因欲望还是因公义?

据说本雅明在读到托洛茨基著作的时候,忍不住对《英国人往何处去?》大加赞赏,然后一口气读完了《我的生活》和《俄国革命史》,认为这是他几年来从没有的感觉。① 我一直不清楚本雅明那种如饥似渴的畅快感到底是什么概念,这次真正用心来阅读杨庆祥的《80后,怎么办?》时,我也好像有了这样的感觉,一直到文章的最后,我都忍不住赞叹。他的问题感、作品分析方式等等,都给了我振奋感。于是,尽管之前在网络上读过一些,我还是一口气再次把文章读到了结尾。可到最后的结论时,我又突然有了疑惑。

杨庆祥在《80后,怎么办?》一文的最后,有一个带召唤色彩的总结,他说:"无论任何时代、任何地区,逃离社会历史都只能是一种自欺欺人。个体的失败感、历史虚无主义和装

---

① [英]特里·伊格尔顿著:《沃尔特·本雅明或走向革命批评》,郭国良、陆汉臻译,南京:译林出版社,2005年,第230页。

腔作势的表演都不能成为逃离的借口或者工具。从小资产阶级的白日梦中醒来，超越一己的失败感，重新回到历史的现场，不仅仅是讲述和写作，同时也要把讲述和写作转化为一种现实的社会实践。惟其如此，80后才有可能厘清自己的阶级，矫正自己的历史位置，在无路之处找出一条路来。"

　　这种有点口号的话语，顿时让我变得审慎，令我回头再去思考其分析过程，以及检视我的振奋感。杨庆祥确实分析出80后一代人的困惑和困境，以及这些问题的根源所在。但面对这一召唤，这一看起来很正确、很正能量的号召，这种唤起"运动"的想法，却容易让人想起一种由上而下的精英式革命宣言。历史告诉我们，这种呼唤即使有所呼应，到头来似乎也只能是一部分人成为英雄，而大多数人，却成为牺牲者。最后，很可能意见领袖们改善了自己的境况，而那些被召唤起来的大多数人，终究也是从哪里来回到哪里去，是历史的参与者，却不是历史成果的分享者。这种情况，比如20世纪，甚至几千年的革命史，革命开始都是激情澎湃，最后却都轮回为前朝模型，甚至更为可怖，这样的历史教训，已经够多了。对此，我有些恐惧感，于是从杨庆祥的思维中跳脱而出，想去思考这一召唤的本质该是什么，以及我们该如何回应其召唤等一类问题。而且，这种思考也可以是回应其号召的一种方式。

　　我是农村出来的孩子，自然属于杨庆祥文中所召唤的联盟对象，可是，我的教育史或者说我的阅读史，突然出来提醒我应该警惕。经过一段思虑后，我得出这样的结论：80后一代，以及此后更多的后们，需要的不是一拥而上的类似于革命运动的行动参与，而是以个体化的思想和判断作为前提的生活实践，并以这种合符良知的行动实践去参与历史建构。这里所谓个体化思想和判断，源自汉娜·阿伦特。在阿伦特思想中，思想或者思考，有着行动的内涵，或者说"思想是一种活动"。①它不是被动的接受和消极的享受，这种思考会转化成行动，这行动可以通过具体的实践，比如在艺术创作和社会反抗中得到体现。而80后如果要脱离失败感，摆脱现在的生存困境，或者进入这个大时代，他们需要的首先是这种思考能力，从小的个体出发，做出服从内心、良知的判断，于实践中呈现自己的主体特性。所有的反叛或反抗，都应该来自个体的良心觉醒，来自正义感的召唤，而不是来自一种时代性的、外在的具体化的使命召唤。只有这样，我们的反抗才会超越历史局限性，或者说超越一个年代人的欲望，超越某些阶级、某些人的欲望。

之所以这样认为，我们可以从杨庆祥的文中得出这一线索来。比如他指出了80后一代人生活实感为何失败时，把问题的原因归于历史虚无主义的盛行。他这里的历史虚无主义是指80后一代人没有历史参与感，他们生活过的历史，在本质上是与他们自身无关的，因而对历史是虚无的态度。对于80后，在个体与社会、历史之间，他们找不到关联点。缺乏自我参与的历史就是他人的历史。面对这样的历史，当然就容易以旁观者的角色去调侃和嘲讽，或者成为世俗化的纯粹市场追求。于是也就有了韩寒和郭敬明这一批人，也有了其作品的畅销与流行。比如对于郭敬明，杨庆祥从拉康、鲍德里亚等人那里借来了镜像、象征与物化的思想，把其作品解读为镜像世界，人在其中看到幻化的自我，又因为对物的崇拜，80后们也就认可了作品中的"实感"。于是，这一代人的存在感，其实是轻的、幻化的、后现代式的。而历史，当然也在这种幻化和物化

---

① ［美］汉娜·阿伦特著：《反抗"平庸之恶"》，陈联营译，上海：上海人民出版社，2014年，第112页。

中变得可有可无，历史虚无主义在 80 后那里，就变成了一种矫饰和华丽的演出，失去了沉重和痛苦的真实性。

应该说，对于其大多数的粉丝，或许迷恋的确实是那由时髦之物铺设的自我幻梦，但是更可能的是，这种状况跟历史的关系并非是割裂的，恰恰是投合，或者说割裂也是投合的一种形式。这种被欲望征服的主体，所憧憬的历史就是满足私欲的历史，它可能与杨庆祥讲的宏大历史没有多少直接关系。即使有关系也都是通过欲望来连接的。如果宏大历史所提供的机会能够让他们成为幻象中的自我形象，那么，参与其中就会是一件非常火热的事情。就像杨庆祥写及自己当年积极参与汶川地震救灾志愿者的历史一样，内心有着获取利益的私心。杨庆祥作为知识者有着反省，而对于多数志愿者而言，他们的私心占了多大比重？当然，这无关紧要，要紧的是不管如何，他们只是参与了一场"嘉年华"而已，这种实感最终也是失败的经验。杨庆祥自己也认为这种行动"只不过再一次证明主体重建的难度罢了"。

这种失败，其实就是 80 后大多数人无法参与所谓宏大历史的体现。他们不是不愿意参与，而是无法参与。陶东风教授在讨论"娱乐至死"时，他认为在我们的语境下，之所以娱乐不是因为喜欢娱乐，很大程度上是因为别无他途。他强调说："因为种种制度的原因，我们不能有真正的公民参与，不能表达我们的责任感，我们的反思精神无用武之地，我们才不得已而只能娱乐、傻乐，甚至纸醉金迷，享乐纵欲。"[1] 反观底层世界的青年，虽然有大量的不愿参与公共事业者，但其

---

[1] 陶东风：《是什么造就了中国式的"娱乐至死"？》，见共识网：http://www.21ccom.net/articles/dlpl/whpl/2012/0912/67415.html

实，绝大多数人不是不愿，而是愿却不能。这种现状其实也可以从韩寒的风行窥得一斑。杨庆祥分析韩寒现象时，也指出其作品的巨大问题，也看出韩寒的抵抗有着假性的一面："从表面上看他是在反对体制与不公，实际上他只是在和体制'调情'，他在'不能说'和'能说'之间找到了一条非常安全的道路。"①杨庆祥认为这是韩寒最不真诚的问题，但是在我看来，这种特征却是韩寒之所以能得到亿万粉丝的根本所在，因为韩寒这种"发现"符合了那些想参与却不能参与群体的不满心理。当然，这心理包括不满，以及因不满而滋生的不屑。

由此，郭敬明和韩寒，确实是 80 后的一体两面，但这不是因为他们都缺乏真正洞察的眼光和震撼灵魂的力量，虽然他们确实如此。这"一体两面"是针对 80 后一代人的欲望而言。他们在郭的镜像世界里找到了美丽的自我期许，因而对世界充满着欲望，而进入社会生活时，经受痛苦之后，才能真正发现自我世界的幻城本质。如此之下，梦破者也许就在不情愿中归入韩寒一类人物的门下了。当然，韩寒的粉丝们，大部分还是因为他们从一开始就直接或间接地感受了现实的坚硬，或者说韩寒的东西让青春期的反叛情绪找到了一个巨大的发泄通道，它过瘾而又安全，不像现实中稍微反叛就遭来警告和惩罚。因此，这是欲望的一体两面，憧憬与反叛，迷恋与嘲讽，都是欲望面前的情感折射。

如此，有着强烈世俗欲望的一代人，我们还能相信他们的"革命"吗？被欲望浇铸起来的人，不能相信他们的革命实诚。即使他们口口声声都是正义和平等，认为权贵阶层把社会

---

① 杨庆祥：《80 后，怎么办？》，北京：北京十月文艺出版社，2015 年版，第 38 页。

资产占据、分配不公等等，但这些也不过是要求满足欲望的正义和平等，它难以超越私我，很难说与公义有多少关系。如此情况下的革命，即使有成果，也难以成为负责任的历史果实。我们的反抗，其本质应该超越欲望，反抗意识应该来自我们内心的良知感和正义感，欲望不该成为反抗的根基。

二、结盟：希望还是幻象？

欲望，这一代人的内心都在纠结于欲望，包括沉默的大多数。杨庆祥接着分析一些打工群体的生活，80后群体中，有近一亿的农民工，这一庞大的存在，杨认为它是一个巨大的旋涡，召唤着我们投身其中。杨分析了一些打工者的生存境况和精神状态，他发现底层民工生活中的艰辛与欲望，而他们却不思考这种艰辛感背后的存在感问题，只关注如何满足眼前的点滴欲望。"这些几乎全部来自农村的'工人'们几乎没有任何现代的主体意识，他们即使不是完全，也是部分放弃了对自我历史和生活进行正当化的要求……这些人完全着意于同一化的物质存在，而拒绝了自我以及精神生活所可能带来的'历史性的自我'。"这确实是问题的可怕之处，它召唤着国家社会进行物质与精神的投入。而对于80后而言，要怎么投入其中？杨庆祥把希望寄托在新的阶级联盟上：农民工阶层与小资产阶级。

杨庆祥通过一些小说文本，解读出小资产阶级的生存困惑，也就是他们生活的时代其实是一个悖论性现实。在这个时代，个人奋斗被所有的教科书指认为最合法最有效的价值实现途径，而到头来，却发现"个人价值到底是什么、在哪里"已经成为了问题，似乎只有物质欲望的满足才是成功，才是真正的价值。目标的"去魅",神圣感的丧失,使得所有的奋斗都是一种性质,那就是满足现世的欲望。而欲望其实是永无可能满足的,于是在这无法满足的情况下,多数人,包括杨庆祥自己,也把这根由归结于大资产阶级和权贵阶层对各种资本的管控。确实,到80后进入社会的时候,社会结构已经基本固化。或者说资产的大分配已经完成,剩下的,不管什么职业什么性质什么学历,也不管你是体制内还是体制外,都不过是权贵阶层的打工者。但是,这是不是就意味着农民工阶层和小资们能够进行联合,来再一次"革命"呢?

杨庆祥当然不是主张"革命",或者说,不是简单的暴力革命。他通过对张悦然《家》的分析,把希望寄托在来自农村的保姆小菊身上。希望"她"不只是取代小资阶级的裘洛,更是一个看透轮回命运的可怕之后,具有反抗意识和历史意识的"新人"。这种"新人"没有在张悦然的小说中提供,但这是杨庆祥的希冀,"新人"的小菊应该逃离,去联合裘洛一族、富士康工人一族以及年轻知识者一族等等。而联合起来做什么?也就是怎么办的最后问题。

80后一族的奋斗历程是残酷的,他们上大学,脱离农村户口,毕业也只能流浪在城市,没有了田土,却又购不起城市的楼房,即使有职业,也只是飘荡在城市里的幽灵,是这个时代真正的无产阶级。于是,杨庆祥看中了《刘三姐》和《返老还童》,也就是要反抗,要让时代和历史更新,重新焕发出童年时光的天真和浪漫。于是,杨庆祥引述90年代以来新自由主义失落了的判断,进而相信小资产阶级的阶级意识苏醒了。这种苏醒是说,他们看清楚了自己的历史地位,也就是只有成为小资产阶级的可能,但这可能性在本质上其实是无望的,是不稳定的。疾病和各种偶然的事件瞬间就可以将他们打回无产阶级的原型。或许就是对于这些偶然的恐惧，杨庆祥需要唤起 80 后的警惕感，要他们从小资阶级的白日梦中醒来，重新回到历史的现场，把讲述和写作转化为社会实践。

实话说，面对最后过于温和的结论我其实有些不满，还没看到结论之前，我其实已经幻想着看到一句：80 后的无产者们联合起来！这样才是反抗、才能推翻权贵阶层，获得属于 80 后一代的宏大历史。因为只有这样，历史才是属于我们 80 后的，是未来新权威、新权贵的光荣历史。对此，我这个 80 后，而且是源于农村贫困家庭、现在是城市无产阶级、未来顶多也是小资阶级的个体，突然间好像看到了希望，很振奋。可是回头一想，似乎又觉得这是做梦，而且是一个根基不稳、性质模糊的梦。

杨庆祥"怎么办"的结论，它肯定有其重要的参考价值。可是，这种召唤其实是无力的，因为它面向的是虚空。80 后一代虽然有上亿的农民工阶级，也有数量庞大的小资产阶级，确实也有他们的阶级共性。可是这些农民工阶级在十年前的状况，同现在的 2015 年，也就是离杨庆祥体验到的 2006 年已经将近十年的距离了。在这近十年的时间里，中国的变化可想而知了，包括农民工阶层，也发生了巨大的变化，比如返工潮，很多农民工纷纷回家，城市里的底层劳动力在迅速减少。我小学初中的很多同学，基本是出来打工，也许刚出来时确实是艰辛贫困，而如今，他们基本上回归了农村，他们用从城市里赚来的钱，在小城镇或小县城买房，或者在农村建上光鲜亮丽的大屋，纷纷开始了养家糊口的日子，甚至小孩子都开始上学了，他们的希望不再是自己，而是寄托给了下一代。这种情况之下，又何谈联合？期待农民工保姆的新鲜化，这几乎是幻想，只能在小说中诞生。而且，如今即使还有很多农民工，若去查看他们的经济待遇的话，我们会发现，那些稍微勤奋的农民工，其收入可以远远高于城市里的大部分小资阶级，甚至一些中产阶级的收入也难以抵过。在这种新状况中，让小资产阶级去教育农民工阶级，只会是一厢情愿，甚至要引来冷嘲热讽。

而且，网络时代，农民工阶层或者小资们，他们获取知识的途径也在变化，我们谈论的重大话题，农民工们未必不知道，他们也清楚权贵阶层的统治，甚至有着比小资阶层的人更为切实的感受。这种情况下，让小资阶层去教育农民工，教他们自由、人权知识，想为人师，那不过是一种天真的浪漫想象而已。杨庆祥说这个时代又回到了中国现代的逻辑起点，即面对着两个庞然大物：全球化资本剥削体系和日益僵化的特权阶层。所谓逻辑上的相似也就是表面上的类似，那个时代的全球化剥削体系与如今的全球化资本统治方式，已经是完全不同的概念了，而相隔百年的特权阶层也是无法类比的，它们背后的社会基础是完全不同的东西。在小资阶层面前，再幻想以一种革命的浪漫性去打动一个陶醉于物质欲望的女孩，那是天方夜谭了。而且，农民工阶级内部的利益分化，也已经非常明显，这种分化足以把任何自上而下的行动宣言拆解得支离破碎。

三、自由：让与宏大还是留予个人？

除开现实基础已经失去之外，在理想、学理层面，我也恐惧于一种群体性的历史参与，或者说即使面对宏大历史的号召，我觉得在参与行动的前前后后，也应该树立起一道属于个人的旗帜。也就是允许参与和不参与，允许不同的行动方式，甚至允许批判行动的"不行动者"存在。这种"个人"虽然是细微的、脆弱的,但他们组成的历史才是真正的历史。我们或许太过希望成为历史的主角,或者说成为时代的英雄,认为进入历史教科书的历史才是历史,认为进入国家宣传片的人物才是英雄、才是成功。我对这种观念始终不感兴趣,即使我内心里对他们非常敬佩,甚至羡慕。但我更相信,历史不只这些,还有属于个体的、普通人的历史。细微的个体才是社会历史的真实主体,因为他们身在其中,感受到这个历史的痛苦与幸福,他们是历史的承受者,即使他们自身活得不明白,那也是历史的主角。就比如郭敬明和韩寒的粉丝们,他们的精神状态和生存现实,难道就不是历史内容吗?

或许,这种思维也进入了历史唯物主义的思维当中,我们可以不纠结于是英雄创造历史还是人民创造历史。只是想说明,不管80后反抗还是不反抗,他们的生活本身就是历史的一部分,焦虑于他们还没有创造出属于自己的宏大历史,是向一种伟大的理想致敬。但我们又必须反思:这种宏大历史是什么?是积极投入政策的号召中,还是如何举行一种集体的反抗?其实,杨庆祥的结论之所以要如此温和,我以为就是在这个问题上他还不能或不敢直接表达出来。但不表达出来,仅仅是号召回到历史现场,进行生活实践,又好像什么也没说。因为,难道我们现在没有在行动?难道我们如今的生活现状不是靠一点一滴的实践谋取的?

什么是历史现场?或许,我与杨庆祥兄最大的分歧点就是此问题。在杨庆祥的文章里面,其历史应该是宏大历史,其历史现场是大历史事件的现场,而我以为我们的日常生活就是历史现场。本人的硕士学位论文,探讨解构思想问题,在最后一章论述解构的伦理维度,指出在解构思想影响之下,今天的批评或者其他文本、社会历史实践,要践行的其实是一种历史救赎性的工作。所谓历史救赎，不是本雅明那时候的没更多选择的革命选择，而是摆脱乌托邦的幻象，让自己真正进入世俗的粗粝世界，向他者开放、向弱者敞开怀抱，这是一种解构式的伦理精神去践行正义的事业。这种所谓的历史救赎召唤，也是理想化的。而且，由此来观照现在的青年生活的话，80后们当下的日常生活状态也有很大问题。

在我所接触的农民工阶层以及小资阶层（如果他们确实有阶层的话）生活中，他们缺少的不是行动，而是对行动的认知，他们以勤劳的方式赚钱养家，这本来是很好的日常行动，可是他们不会询问这种赚钱方式合理与否，比如做小生意的也会卖假冒伪劣产品，做建筑工的也会想尽办法偷工减料……这些或许都是生活所逼，但他们没有任何心理负担，而相信所有人都这么干，因此自己这样做也是天经地义理所当然的。而小资阶层，他们会阅读，会思考，但也是过日子的阅读和思考，他们思考的不是自由与平等，而是日常生活中的琐碎事务，这没有问题。对于事业和工作，他们会抱怨有不满，但对于领导的意见，对于上司的观念，他们也只有顺从，这些或许都是不得已，但缺乏的是，或者说还难以表现出来的是，他们在行动中有否考虑一些与良心和正义相关的问题？或者，他们往往是嘴里一套，做起来又是另外一套。甚至于，很大一部分有过高校学历的城市职员，已经赤裸裸地、由内而外地不再相信正义和良心，不再认为这个世界有多少除了利益之外的意义。总之，在欲望面前，没有多少人去拒绝，在奔往欲望的途中，并没有多少人去反思内心的真实意愿，他们有的是行动的能力，真正缺乏的其实是带着反思和反抗性质的行动能力。

或许，我与杨庆祥兄的观念有差异，但目标又可能有一致性。我希望80后或者更后的人，参与历史上的行动应该以个人化的思考和判断作为前提，也就是我在文章一开始所讲的，把思想作为一种积极的行动，把个体的合乎良知的判断作为我们参与社会历史的精神前提，这种行动可以自下而上塑造一个良性的社会互动网络。虽然这种希望也是非常渺茫，而且可能比再来一次革命还要艰难，但是，我相信这是唯一的出路。也就是杨庆祥在文中提及的孙郁先生的观点，要摆脱历史的轮回，对于知识者，是尽可能地做好我们自己的工作，呈现更多的真实历史；而对于普通民众，当然也就是尽可能地做好他们自己的工作。这种"做好"，不是服从领导的做好，而是源自内心良知的"做好"，这种"好"有个人的思想和判断。有这种普遍的民众素质，我相信，即使出现了恶劣的政治，它也开不出极恶的花朵。

于是，这里可以引用梭罗的观念，抛开一切，我们必须承担的唯一义务其实是：在任何时候做我认为正确的事情①。这是最低限度的要求，不管谁来召唤什么行动，我认为都必须以承认民众有这种自由度和主体感作为前提。也因此我相信，面对历史，这个时代与其去召唤城市里充满欲望的幽灵进行联盟，不如去召唤出那些潜藏在每个人内心的良知感。或者说，行动与良知，这两者都要召唤。只有在良知的启发下，一个时代的反抗才不会局限于满足某些阶级的某种具体欲望，历史才不至于在你争我夺的恶中永远轮回。

---

① ［美］梭罗著：《论公民的不服从》，张礼龙译，见赵一凡编：《美国的历史文献》，北京：生活·读书·新知三联书店，1989年。

四、虚无：走向教堂还是庙堂？

也许，以上的异议，本质上只是一种疑惑，因而想法有些混乱。当看到杨庆祥谈及历史虚无主义时，我在想，我自己是不是深嵌其中不可自拔了？对此，这里可以对何为历史虚无主义进行一个简单回顾。历史虚无主义，顾名思义，也就是把历史虚无化，而为什么会导致如此，这有其思想原因。这原因里面，按刘森林教授的梳理，主要有三种，一是启蒙主义，二是历史主义，三是简单化和娱乐化的思维方式。启蒙思想在本质上有一种约束行动的成分，它要求理性，要求克制，在启蒙逻辑的思想观照下，以往的历史革命，都是含有暴动和焦躁特征的行动，为此，这种革命必须得到反思，而对于新崛起的革命行动，当然也就持着保守甚至批判的态度了。启蒙主义又因为其追求普遍性规律而被历史主义批判。历史主义看重特殊性，也就是指出每个时代都有其不可忽略的成就。而在人文领域的历史主义，也表现为对个体独特性的推崇，比如梅尼克的思想，就认为在探究历史普遍性的时候，必须同个体的独特性联系起来，宏大历史要同个人感受结合。如果说梅尼克还比较中允，那么历史主义的绝对化之后，也就走向了极端的个性追求，而否定普遍性价值和规律，这也就从启蒙主义的另一种方向上进入了虚无主义。第三种所谓的简单化和娱乐化思维，其实是后现代现象，也就是在绝对的相对主义中迷茫、虚无，把一切思想做简单的相对处理，于是就难以发现内在价值，也看不到超越相对的形而上意义，如此，找不到任何宏大性和具体意义的时候，现代人就很容易进入娱乐化游戏化的世界。①

若从这些历史虚无主义的思想根源和后果表现来看，前文对杨庆祥文章的异议，确实带着历史虚无主义的成分，首先我相信启蒙理性的重要性，其次我推崇个体价值的独特性，另外，我虽然排斥娱乐化和游戏化，但还是有着相对主义的思维基础。但是，把这些结合起来之后，是不是更虚无了，还是变得不虚无了呢？我虽然对我们能否改变历史抱着极大的怀疑，甚至悲观至极了。但我的悲观又是一种积极的悲观，也就是相信个体价值的基础上，也努力朝向一种崇高性，这种崇高何在？它不是悲壮，不是重复革命行动的牺牲，而是在认同相对和个性的同时，寻找一些永恒和普遍的价值。而这些永恒和普遍的价值又何在？这就是要我们努力去发现的。我们这一代人，不应该再简单地去相信某种现世的、暂时的、特定人物的理念。而从我目前的知识积累中去看，我认为超越这些东西的，只能是两个层面的指向，一是宗教，二是良心。宗教不是教堂的、寺庙的或者某个高僧圣徒的"宗教"，而是唯一的上帝/天帝。面对上帝，自由平等才可能没有阶级差异，而面对良心，人性价值才得以显耀。或许这种观念非常玄虚，离虚无很近，解决不了眼前的问题。没错，它确实没办法一步到位地解决我们眼前的问题，可是，如果真正相信它们，以行动去实践它们，用宗教的宽厚和良心的不忍去检视我们作为个体以及社会政治作为群体的所言所行，那么，很多轮回的罪恶似乎会变得没有生长的土壤。

自然，这种诉诸宗教和良心的见解，陈旧而孱弱，公义在

---

① 刘森林：《历史虚无主义的三重动因》，见《哲学研究》，2015年第1期。

哪里也是众说纷纭，它远没有再来一次"革命"令人激动和直接方便。而且，历史其实也不是简单的轮回。斯蒂芬·平克等人就强调，我们这个时代的暴力和罪恶其实是有史以来最少的，这说明历史还是在不断革命中有所进步，起码我们今天能够自由地谈论要不要革命以及如何革命了，这也是革命之后的观念进步。后革命时代，如何逃离革命带给我们的罪恶阴影，到底要靠新的革命来解决还是靠一种温和的良心的抵抗来消弭，这似乎是无人能预料的问题。作为有限的生命，面对无限的历史，我们似乎也只能作一种价值立场之上的对策商讨，而至于最后能否解决以及会是怎样的解决途径，似乎只有我们的"后历史时代"的梳理和判断才能揭示得了。

杨庆祥在另外的场合谈及80后的失败问题，他说："我所谓的失败，是指在文化和精神层面没有形成这一代人独有的质量，更没有建立起有效的反叛和抵抗。"这似乎也是我的感觉。我一直以为，我们这一代人在本质上是失败的，这种失败就是我们的青年时代基本属于淹没状态，没有形成属于我们的青年质量，或者说我们的青年质量就是懦弱和无声。即使有韩寒和郭敬明等人，也只能加上轻浮和虚假。这种青年质量，当然是失败。而在反叛和抵抗层面，我相信每个时代都有属于自己的反叛精神和反抗方式，而80后却还没有呈现出来。陈思和先生分析当代文学中的反抗意识时，连带指出年轻一代人的虚无与反抗问题，认为以往的几代人可以在革命热潮和战争风云、政治运动中挥洒他们的反抗心理，而和平年代，反抗心理变得无处消受了，因而转变为内心的苦闷，对社会问题的敏感也只能借着变态式的方式发泄，比如文学艺术。[①] 确实，如果说50后们通过"文革"与批判"文革"呈现了他们的精神，60后们通过先锋文学呈现了新的反抗方式，甚至70后们也在"断裂"问卷和欲望书写中展现了一些独特的反抗形式。而80后，好像什么也没有，即使在文学艺术上，也还没能展现多少独异之处。如此，80后，真的是失败的一代。可是，在这最后阶段，我们还能做些什么来挣扎挣扎呢？

对此，我确实是虚无的，或者说绝望的，至少是陈思和先生说的苦闷的，我相信即使能做些什么，甚至是无论做什么，面对坚硬无比的现实，所有的挣扎最终也只会是垂死的挣扎。我看到杨庆祥在《80后，怎么办？》一书的底封上附了自己的诗《世纪之爱》："我知道大多数人已经疲惫/但钟声依然长鸣/当我侧耳倾听这尘世回音/天空中飞过一只鸟的阴影//不能说失败了/也不能以群众的名义庆祝成功/好像只能停留在这里/看看云，听听风。"我的心态应该更为切近杨庆祥的诗歌，虽然我的愿望可能还是他的行动宣言，或者说，我所有的异议和犹豫，其实是这两种情感杂糅后的表现。疲惫却又不甘心，停留下来看到的云，也不确定它们要飘往哪里，所听到的风声，到底又是内心的还是尘世的？没有失败，也没有成功，不是行尸走肉，还有心灵和期望，而该走向哪里？这鼓舞我们的钟声，到底源自教堂还是来自庙堂？

[①] 陈思和：《批判与想象》，上海：华东师范大学出版社，2014年，第61页。

代后记

成为学院批评家

——周明全访谈唐诗人

一、兴趣的发现需要时间的折腾

周明全：我第一次看到你的名字，还以为是笔名，这个名字很有诗意，你父母当初给你起这名字，是否寄托了什么？

唐诗人：很多人从我的名字里猜测我的家庭是读书世家。我却觉得，读书世家一般都不敢这样取名字吧？只有农民有这个胆量。父亲给我取这个名，就是大胆。当然，他也不是一个普通的农民，他的遭遇非常具有历史性。我祖父是那个年代的中学教师，比较重视家庭的文化教育，但他戴了一些特殊年代的政治帽子。我父亲出生于饥荒年代，后来曲折地参了军，也因出身成分问题导致各种不遇，一气之下就回老家种田了。他自己的文化程度不高，但很重视教育，自己也喜欢看些书，他对身边的人很严厉，我小时候很怕他。我后来读书什么的都离家比较远，与我对他的害怕心理是有关的。

周明全：这样的家庭，对你理解历史，其实是有帮助的。我看你自述说，你中学时代就开始看《平凡的世界》《人生》等，高中时代开始看高晓声、史铁生等人的著作，但直到2007年，才真正开始喜欢文学，开始大量阅读余华、苏童等先锋作家的作品，后来报考了福建师范大学的文艺学硕士，最后才转入中山大学现当代文学。你是受中学、大学的阅读引导走上文学批评的，还是因为本科时的专业让你失去了兴趣而开始做文学批评的？

唐诗人：很惭愧，我小时候的阅读基本是胡乱拼凑起来的，有什么书就读什么书。我现在回到家里，同村的那些人，问我读博做什么，我说读书写作。他们就想起我小时候，说跟我一起玩时都见我带着书。他们对我的印象就是干什么都带着书。遗憾的是，那些书其实都不够优秀，很多是我并不喜欢读但实在没什么可读只好拿来读的。但这也暗示了我的性格，即喜欢自己做自己的事情，有阅读的借口，我可以一个人待着。我后来阅读到普鲁斯特的《追忆似水年华》，发现里面的马塞尔在同伙伴们玩时老开小差，融入不进去，我就特别有同感。

高中时代有图书馆，可以自己找一些书来看。但江西的高考，竞争是很惨烈的，被考试压着，什么别的兴趣都要搁置起来。阅读的兴趣,同样如此。进入大学之后,我才真正发现图书馆的价值,可以由着自己的兴趣去发展,所以在图书馆阅读成了我大学时代最重要的事情。一开始,我是成系统地阅读那些世界名著。虽有许多心灵震撼,心却还是不满,因为它们离我的生活还是太远。后来,一位爱写作的朋友介绍我读《活着》。阅读时,我总是想起我的父亲,自小他就讲给我的那些历史,好像在这里得到了呼应。于是,从《活着》延伸到余华所有的作品,从余华再延伸到格非、苏童、莫言等等。从他们的作品中,我模糊地意识到文学同生活、语言、结构等因素之间的关系非常复杂。而这些复杂性,刚好在我偶然翻到的《先锋就是自由》里得到了答案。然而《先锋就是自由》却改变了我的阅读取向,它成了我理论阅读和现代主义文学阅读的起点,我从这部著作开始,寻找脚注上的各种书籍,不断地延伸。导致我的文学阅读兴趣完全转向了哲学、宗教、美学,所以后来考研就选择了文艺学方向。当然,这里面也有一些现实考虑,比如孙绍振老师和南帆老师都在福建师大文艺学方向。文学批评写作是潜藏在我内心里的东西。因为读了谢有顺老师的《先锋就是自由》,才知道文学批评可以那么有趣有深度有意义的,后来阅读了南帆老师、陈晓明先生的众多批评文章,都深深感觉到文学批评的魅力。大学时写过一些文学作品评论和很多哲学社科类书评,当然都是私下写,现在读来,都很幼稚,但也是那个时代的收获。我觉得,发现自己的兴趣和继续追求这种兴趣并把它作为志业,都需要经过一段时间的折腾,才会真正进入其中。

周明全:你一路走到文学批评上,有点像你的师兄李德南所说,不是我选择了路,是路选择了我。你大量阅读哲学、美学,如宗白华、朱光潜,还有西方的柏拉图、贺拉斯、尼采、海德格尔等,哲学、美学的知识背景对你从事文学批评的帮助主要体现在哪些方面?

唐诗人:这些算是我本科时代的阅读积累了。那时候黑龙江大学的选课制度非常好,全校的课基本都打通了,而黑大的哲学课不错,所以,我就选修和旁听了很多哲学系的课。文学院的课,我也旁听了很多,叶君老师讲萧红等现当代作家的课非常吸引我,所以对现当代的兴趣,也与叶君老师课堂上的精彩讲解有关。

至于这些美学知识与我的文学批评有哪些关系,我以为这是内在化的。我很多时候的阅读感觉,或许就与我的这些知识修养相关。比如文艺心理学问题,我现在的阅读非常重视作品中的内在性,它们是不是有关系?还有我对文学与政治关系问题很敏感,是不是与我对文化哲学著作的阅读相关?更别说我要特意在批评写作中避免直观化、寻找深度意义的理解,以及我的阅读兴趣会是像莫言、陈希我这些作家,这是不是与尼采有关?我觉得是有的。

周明全:你和叶君还是相互欣赏型的,我们在鲁 26 上学时,他就一再向我推荐你。

二、文学研究必须回到文学本身

周明全:我个人的感觉是,现在高校文学教育,对西方理论的重视程度有些变态,我看你硕士时也大量地阅读德里达、德勒兹、福柯、米勒等人的著作,这些外来理论,对分析当下的文学作品，真的有那么大的价值吗？

唐诗人：这与我的专业有关，那时修文艺学专业，老师讲授的基本是西方文论。我那时候也对理论充满热情。前面讲到谢有顺老师的《先锋就是自由》，另外一个是黑大的文化哲学课，它们共同激起了我对哲学、理论的兴趣。最后，发展到解构主义研究，并在硕士时期完成一项艰涩的理论梳理工作。那种理论的跋涉，虽然训练了我对复杂性问题的思考能力，为我铺好了一些思想基石，可它们更是一种焦虑。我写那个关于解构的硕士论文的时候，就一直在想，理论到底意味着什么？我从很多方面了解到，理论永远驯服不了文学，真正的文学总能够蕴含许多理性主义话语无法企及的经验。那时我也正好读了陆建德先生的《不带理论的旅行》，他曾经说："八十年代理论书看了不少，德里达、福柯，这些书我都有。我自己觉得那样的研究，很容易让自己觉得方法可以解决问题。最终我还是相信文学作品是与社会生活、价值观念联系在一起。讨论文学作品背后的价值特别有必要，它最终显示了我们自己如何看待生活。你发现小说里面的人物，线拉起来是个五角星的结构。发现这个结构最终怎样？证明了什么东西？这种形式研究有其独到的一面，但实际上是对价值的一种伤害。"也就是说，理论、方法其实并不能解决文学的问题，我们必须回归到文学本身。所以，研二时期，我再次翻出《先锋就是自由》，并确立了自己考现当代方向博士的志向，并认为文学批评写作要摆脱陈旧惯性，不能让某种方法论、某个固定的思想观念局限住。也需要让批评创作同我们的具体生活联系起来，在文本、理论、生活与社会现实之间进行勾连、融汇。如此，文学才能体现其价值，理论才具备活力，同时我们自己的生活也会变得更丰富厚实。

当然，我并不后悔于自己曾经浸淫于理论那么多年。我以为，不带理论，反理论，并不是不要理论了。在经历了20世纪各大理论的洗礼之后，对于文学艺术，我们不能是局限于传统的抒情言志式理解，还应该擅于从各个角度进行审视。有理论的基础，我们会自觉地从文本内部、外部的各种视角去看一部作品，同时也能发现一部作品在哪些层面借鉴了哪些理论思想，哪些层面突破了哲学的思考成果。我曾经遇到一些小说，我发现它其实就是在用福柯等人的思想来叙述，很多人觉得这很有深度，但于我看来，不能超越那些既成的理论思想，用文学去演绎哲学，并不值得推崇。文学应该从哲学、理论中飞跃起来，用感性的、生活的东西去超越理性的归纳。在批评中，如果我们对那些思想不熟悉，很容易就陷入了大惊小怪的状态，发现不了文学作品的真正价值。

周明全：同意你的观点，对理论警惕，并不是排斥理论。我们现在的情况是，要么跪拜在理论面前，失去个人对文学鲜活的理解；要么只有个人的理解，缺乏整体的关怀。作为在校博士，你是如何看待当下高校的文学教育的？

唐诗人：其实我一直有个想法，就是研究我们时代的文学教育问题。在我的印象中，国内对文学教育的重视其实不够，很多文学教育研究只是文本分析，面向的是中学生。大学时代的文学教育，博雅、通识性教育是很好的方向，但还是太少。

在我看来，文学教育应该放在阅读教育层面去讲，就是培养人的阅读能力，这种阅读能力不仅仅是理解哪些文学作品，更是指向一种阅读理解文学作品的思维方式教育。思维方式直接关系到我们如何理解各种文学的或社会性的符号文本。这个时代的很多符号,不管它们看起来是客观还是主观,其实都有其修辞性特征,都需要解读。而如何解读?这是很重要的教育内容。一部人人都称它为经典的著作,也可以成为生成邪恶的资源。很多读者没有能力从整体上、从超越性角度去阅读经典,而是把目光集中在细微的情节上,甚至集中于小说中人物的勾心斗角策略问题上。就像一部《三国演义》,政治家看到的是权谋,道德家看到的是仁义道德。所以我一直感慨,世界上再多的文学经典,恐怕也改变不了人类的人性问题。我目前研究"恶",也有这样的目标,要弄清楚,邪恶、罪孽为什么会产生?人性到底能不能改变?这是宗教、哲学问题,也是文学问题,更是教育问题。另外的是,阅读教育是为了让我们的阅读文化更为成熟。目前,大众还在追畅销书,而没有形成,甚至没有要形成一种类型阅读的观念。阅读选择,说到底是趣味差异的问题。我们可以喜欢严肃文学,也可以喜欢侦探小说、科幻小说等,唯独不需要疯狂于那些所谓的畅销书。要形成类型的迷,而非畅销的奴。成为迷,就会对这种类型的作品有越来越专业的认识和更精致的追求。而畅销的奴,则没有个人坚守,多为凑热闹。

三、奖项太多成了作家们的梦魇

周明全:李敬泽说,80后作家并没有为当代文学提供什么新的重要因素,自80年代以来关于"成长"、关于"青春"的文学书写已经形成一个庞大、丰富的谱系,80后的出现使这个谱系延续,但至今为止,他们并未表现出挑战和改写这个谱系的真正能力。我相信,任何一个有充分的当代文学阅读经验而又愿意去读的人都会看出：文学并没有重新开始，一批新人出现了，但其实没有出真正的新事。现在的年轻批评家，你觉得，90后有可能会改变这种"未老先衰"的局面吗？

唐诗人：对此，我是比较悲观的。近期纪念先锋文学三十周年，很多人都说，先锋文学的革新精神并未在当下的青年作家身上得到很好的发挥。而这两年，我们也总是期待和召唤新一代的先锋作家出现。可是，召唤之下，并无勇夫。这是怎么回事？从我的观察来看，这与当前的文学生态有关。一方面，青年作家被各种世俗的关系牵扯着，写作变得不纯粹。我总觉得，我们现在各种奖项太多了，设立奖项的初衷是好的，但结果却成了作家们的梦魇，得奖成为一种写作和人际的比拼，而不是一种碰巧和幸运。另一方面，我们的刊物处于一种不健康的发展状态，很多杂志没有或者无法坚持一种独立的审美判断和趣味选择，普遍处于跟风状态。这种情况也与我前面讲的阅读文化不成熟有关，普遍追求热门，而不是坚持独立和异质。我觉得，如果这种文化生态不改变，不管是80后，还是90后，甚至00后，都很难出现真正有革新性因素的作品，即使有，也不太可能在期刊这类传统文学媒体上出现。

自然，我们也不能仅仅把责任推给文化语境。作家、批评家都需要自我反省，比如都要去思考，到底什么样的写作才是这个时代的先锋写作？吴亮先生说："先锋的艺术只能由先锋的哲学精神来识破和鉴别，这种鉴别工作成了当代真正拥有睿智目光和洞察力的先锋理性批评面临的最大难题。"我们要去思考这个难题。目前，我个人总是觉得，如今文本内部的游戏已近于耗尽，新一代的先锋是否要从外部来进行了？是不是需要打破过去的先锋思路，让文学更有力量对时代进行某种精神的介入？这或许是文学的自杀，但先锋不正是在自杀中完成的吗？所以，我期待文学写作去尝试自杀，而不是等着被杀。

周明全："期待文学写作去尝试自杀，而不是等着被杀"，这个提法不仅新鲜而且很有道理。我们的文学，现在就是缺乏一些有价值的探索。那么，近年来，代际作为一种命名方式，遭受部分批评家的批评，你如何看待代际问题？

唐诗人：把我列入90后，我就有点不舒服。不过，把我列入80后，我也不舒服。在80与90之间的那个点上，该属于什么后？我是游荡在所有"后"之间的孤魂野鬼。我对于代际划分，从来就不觉得有多么重要，甚至总想着从边缘、异质去打破各种代际隔阂。当然，作为学术研究的话，代价划分作为一种视角，可以发现很多问题。跟我同年出生的李壮兄在这方面讲了很多，我都认同。从我的研究角度来看，比如我论文中涉及当代作家的"文革"书写，若从代际去思考，会认识到处理历史苦难问题时，代际的差异是很明显的，可以发现每一代作家对待历史的态度变化，甚至继续思考集体记忆、文化记忆问题，这对于文化研究很有价值。但是，文学是个具有超越性的人文层面的东西，而代际往往是经验、材质、风格上的差异性考虑，而对于精神上的问题，对于文学的杰出性特征而言，代际就是个无力的角度。当代作家普遍有沉浸于跟同时代人比较的心理，这是不可取的。从根本上而言，作家的写作要面对的是人类历史上的伟大作家作品，只有接上伟大的精神之脉，同时清醒地认知自己所处时代的经验特征和精神困境，才有可能超拔起来。沉浸于同时代问题的斤斤计较中，人只会愈来愈狭隘，作品也很可能越来越平庸。

而作为批评家的代际划分,我更觉得价值不大,或许可以从文化研究角度分析出不同代际批评家所关注的对象和思考的问题等角度,看出一个时代的文化气氛、精神症候。但批评家必须具备贯通代际的能力,熟悉每一代作家的主要作品,看到每一代作家的优缺点,发现新生一代作家作品的新和旧问题。而且,钱钟书说:"大抵学问是荒江野老屋中,二三素心人商量培养之事,朝市之显学,必成俗学。"文学批评虽然和严格的知识性学问研究有所差异,但也有一致性。二三素心人的批评,比起那种朝市性的批评来,我还是更信任前者。当然,文学批评需要对话,批评家之间、批评家与作家之间,都适当地需要打通代际地对话,激发创造性活力。

周明全:关于批评家的代际研究,我不太同意你的看法。其实,正如陈思和教授所言,我们在文学创作领域不一定讲得清楚每一代生人的代表作家和作品,但是在当代批评领域则是清清楚楚的。所以,我觉得批评家的代际研究不仅必要,而且是有效的。

四、批评家要有好的审美趣味

周明全:你自己如何看待当下的文学批评?

唐诗人:这个问题好像大家都谈过。我补充点个人的想法吧。批评写作是需要激情的,而维持这种激情,除开对文学的持续热情之外,还有就是批评写作过程中可以收获新鲜的感觉和思想发现,重复必然导致疲软和无趣,现在很多批评文章就是处于观念重复状态,所以失去了生气。另外就是,我感觉现在的批评总是提供很多写作的规矩，不符合某种规矩就一无是处了，符合了就如何宏伟。这是很不好的趋势。对于作家进行文学创作，没有规矩就是最好的规矩。一个容许他们自由闯荡的创作环境，比一个充满条条框框的文学场要好千万倍。那些能够总结出来的创作规则都是过时的。为什么青年作家难以先锋起来？也跟这种批评风气有关。

周明全：你的评论文章，很多都还是以赞赏为主，这是刚刚出道的小心翼翼还是有别的什么考虑？

唐诗人：我预感到了会有这种怀疑。这跟我刚刚说的不愿意拿既成的规则去衡量作品有关。更主要的是，我是在选择性地评论。我觉得选择本身就包含了判断。我的批判性文章目前还比较少，是因为我没去选择我不喜欢的作家作品进行评论。而我选择莫言、陈希我、东西、盛可以、王威廉、孙频这些作家作品作为我目前的主要关注对象，不是因为我熟悉，而是因为我喜欢这一类作品。大学时代，我第一次读到陈希我老师的作品后，就深感震惊，它改变了我很多文学观念。后来我写了一个评论，并发现了陈希我老师的博客，所以就联系上了，并在硕士时期有过很多交流。如果去做一些细察，我关注的这些作家作品，有着非常大的共同点。

另外，我也写过一些青年作家的小说书评。我以为，对于青年作家，我们要擅于去发现他们身上的闪光点，而对于成名作家，我们要寻找他们的不足。鲁迅先生对青年多为扶持鼓励，对同辈前辈都是极尽讽刺批判，而我们现在的文化，却好像有点反过来了。去批判青年作家的不足，那是很容易的。我的很多批评性意见，基本在现实生活中传递给他们，在现实生活中我的观点经常是尖锐实在的。

当然，我对我目前的东西其实很不满意，我觉得我可以写得更好，所以很多文章也属于练笔性质的，我的观念还在成熟过程中。接下来我会写一些批评性文章，我一直在构思一些有真正发现的批判性文章。

周明全：你认为好的文学批评应该具备什么样的品质？

唐诗人：好的文学批评？如果是指批评文章的话，我觉得最重要的一点就是要有新知灼见。我们看很多评论文章，其观点仅仅是正确而已，没能洞察出某些内在于文本的东西。我喜欢深度，所以喜欢洞见，我以为我还不是批评家，我只是走在成为批评家的路上。而且，"成为批评家"是一辈子的事业，这一辈子，意味着一辈子都在求深度、求洞见。若是指向批评家，我以为审美趣味非常重要，而何谓好的审美趣味？在当下的语境里，好的趣味就是对文学中庸俗、媚俗因素的拒绝，以及对思想平庸化写作的警惕。当然，批评家需要宽广的知识面，对不同风格的作品，都需要了解。写作是思想发现，而我觉得当下的批评家，还需兼顾一些思想传播。这方面，谢有顺老师，以及年轻的杨庆祥老师等很值得学习。在批评写作、学术研究的同时，不忘记传播那些有价值、有德性的文化内容，这于当前这个大数据时代、价值观特别繁乱的背景里，显得非常重要，这也是我坚持写报刊书评的一大原因。

周明全：你对自己的学术进路是否有规划，能谈谈你的规划吗？

唐诗人：我目前在研究恶与文学的问题。中国文学、文化中的"恶"，同西方文学、文化中的"恶"，有着很大的差异。研究"恶"，可以发现非常多的问题，比如文学作品中对待"恶"的态度、书写"恶"的方式，直接关系到文学观念的变迁和时代文化心态的变化，而在书写"恶"的作品中，对"恶"处理得好不好，也直接显示出一个作家的思想深度和写作能力。这是一个很有挑战性，但很有意思的视角。若顺利的话，我希望接下来能够继续研究中西方文学、文化中的"恶"之比较，同时在文学的叙事伦理问题上做更为深入细致的研究。当然，我不会放弃文学批评创作，这是构成我学术研究的重要部分。我希望的研究，不是纯粹的理论演绎和知识探究，而是从文学批评写作到文学理论建构，从感性经验发现到理性知识概括。现在很多人对学院批评家有看法，但实言，我内心里想要成为的，确实是学院型批评家。

周明全：谢谢接受我的访谈。

2015 年 12 月 7 日

图书在版编目（CIP）数据

文学的内面 / 唐诗人著 . -- 北京：作家出版社，2018.12

（21世纪文学之星丛书·2017年卷）

ISBN 978-7-5212-0309-7

Ⅰ. ①文… Ⅱ. ①唐… Ⅲ. ①中国文学 – 当代文学 – 文学评论 – 文集 Ⅳ. ①I206.7-53

中国版本图书馆CIP数据核字（2018）第294865号

文学的内面

作　　者：	唐诗人
责任编辑：	史佳丽　李亚梓
特约编辑：	赵　蓉
装帧设计：	守义盛创
出版发行：	作家出版社有限公司
社　　址：	北京农展馆南里10号　　邮　编：100125
电话传真：	86-10-65067186（发行中心及邮购部）
	86-10-65004079（总编室）
E-mail:	zuojia@zuojia.net.cn
http://	www.zuojiachubanshe.com
印　　刷：	北京玺诚印务有限公司
成品尺寸：	142×210
字　　数：	198千
印　　张：	8.25
版　　次：	2019年5月第1版
印　　次：	2019年5月第1次印刷
ISBN	978-7-5212-0309-7
定　　价：	38.00元

作家版图书，版权所有，侵权必究。

作家版图书，印装错误可随时退换。